KB211997

오늘도 별일 없었어요

잠 못 이루는 밤 마음을 다독여줄
포근하고 잔잔한 이야기들

오늘도 별일 없었어요

잠 못 이루는 밤 마음을 다독여줄
포근하고 잔잔한 이야기들

캐스린 니콜라이 지음 허형은 옮김

문학동네

일러두기

1. 주석은 모두 옮긴이주이다.
2. 본문 중 고딕체는 원서에서 이탤릭체나 대문자로 강조한 부분이다.

꿈을 이루게 해준 재키에게
이 책을 바칩니다.

차례

이 책을 활용하는 방법

누구든 쉽게 잠들 수 있어야 합니다.

잠을 잔다는 건 세상에서 가장 자연스러운 일이니까요. 우리는 휴식이 필요하고, 잠을 자고 싶어합니다. 하지만 가끔은 도무지 잠에 들 수가 없지요. 어찌된 일일까요? 음, 대개의 경우는 우리의 뇌가 방해를 해서 그래요. 생각중인 뇌는 마치 가속페달에 벽돌을 올려놓은 트럭과 같거든요. 운전대를 잡은 사람이 없는데도 차는 굴러가고, 그대로 내버려두면 밤새 질주하게 되는 거지요. 이렇게 질주하고 있는 뇌에다 시끌벅적한 세상사와 카페인 과다 섭취, 어마어마한 시간의 스크린 타임이 더해진다고 생각해보세요. 왜 수많은 이들이 잠을 못 이루는지 답이 나오지 않나요?

하지만 걱정 마세요, 여러분. 쉽게 잠드는 습관은 얼마든지 다시 얻을 수 있고, 이 습관의 온갖 혜택과 장점도 누릴 수 있으니까요. 수면 루틴을 몸으로 습득하기까지 약간의 훈련과 자제력이 필요하긴 하지만, 일단 루틴이 생기면 어른이 된 이래 가장 빨리 잠들고 어느 때보다 오래 잘 수 있다고 장담해요. 그렇게 되면 쉴 만큼 푹 쉬었다는 기분으로 가뿐하게 일어나는 건 물론이고, 이야기들이 심어놓은 씨앗 덕분에 깨어 있는 동안에도 저절로 마음챙김까지 하게 될 거예요. (기분좋은 보너스랄까요!)

잠은 현대의 초능력이다.
이야기는 오래전부터 전해 내려온 마법이다.

나의 가장 어릴 적 기억 중 하나는 바로 침대에 누워 스스로에게 이야기를 들려주다 스르륵 잠이 들던 것이에요. 네 살 무렵인 듯한데, 아직도 그때 이야기가 기억이 나요. 가난한 주인공이 부자가 된다는 기본 줄거리에, 부모님이 읽어주던 동화에 으레 등장하던 서스펜스와 반전이 가득했어요. 결말은 만족스러운 해피 엔딩이었고, 똑같은 이야기를 수없이 반복해도 매번 마법처럼 스르륵 잠이 들었죠.

나 혼자 달빛 속에서 상상의 나래를 펼쳐 이야기를 엮든, 아니면 침대 끝에 걸터앉은 부모님이 남이 지어낸 이야기를 들려주든, 나는 '이야기로 잠재우기'라는, 세월이 증명한 이 오래된 방법에 늘 이끌렸어요. 고백하자면 지금까지도 하루를 마무리하고 침대에 누워 나 자신에게 이야기를 들려주는 버릇을 버리지 않고 있어요. 이제 해적선이나 비열한 악당 대신 뜨끈한 수프와 새근새근 잠을 자는 강아지가 등장하는 일이 부쩍 늘었지만, 내 이야기들은 여전히 효과가 좋답니다.

잠자리에서 이야기를 들려주는 데에는 다 이유가 있어요. 이야기는 우리가 세상을 더 잘 이해하도록 도와주거든요. 인생에 도움이 될 방향을 제시해주고 현재에서 벗어나 낯선 시간과 장소에 발을 딛게 해주지요. 새로운 관점을 보여주고 자신의 인생을, 더 나아가 남의 인생까지도 새로이 상상하는 법을 알려줘요. 그리고 특정 방식으로 이야기를 구연하면 듣는 이의 마음을 차분하게 가라앉히는 효과도 있지요.

· · · · ·

요가 강사가 되고 벌써 십칠 년이란 시간이 지났어요. 2003년부터는 주기적으로 명상도 하고 있어요. 오랫동안 신체의 이완을 촉진하는 방법과 마음챙김의 원칙, 즉 이완한 상태로 지금 이 순간 일어나는 일에 집중하는 일이 어떻게 복잡한 머리를 가라앉혀주는지에 대해 배웠지요. 그러면서 신경과학까지 공부하느라, 제 서재는 생리학과 프라나마 호흡법 서적은 물론, 뇌와 뇌 훈련법에 관한 책들로 가득찼어요.

그간 배운 것 중 가장 중요한 것이 하나 있다면, 바로 함께 활성화되는 신경세포들은 하나로 묶인다는 사실이랍니다. 말인즉, 얼마든지 훈련으로 좋은 습관을 만들 수 있다는 뜻이지요. 내가 바로 그 산 증인이에요. 평생토록 '이야기 들으며 잠들기' 습관으로 뇌를 훈련시 켰더니 이제는 누워서 이야기를 듣기만 해도 수면과 이완 상태에 들 게 되었거든요.

나이가 드니 친구들과 가족들이 수면 부족과 불안증, 만성 불면증 을 호소하더군요. 그게 심신에 얼마나 큰 무리를 주는지 눈에 들어 오기 시작했어요. 심장질환과 우울증, 불안증을 경험할 위험이 증가 하는 건 물론이고 하루종일 짜증나고 불쾌한 상태가 지속되기도 해 요. 그걸 보면서 나의 이야기 들려주기 습관이 사실은 숨은 초능력 이었다는 걸 깨달았어요. 그것도 다른 사람들에게는 무척 절실한 초 능력이라는 것을요. 하지만 그들이 잠자리에서 뒤척일 때 곁에 있어 주는 것 말고는 달리 도와줄 방법이 떠오르지 않았어요. (하지만 정말 로 옆에 있는 건 소름 끼치는 일이겠죠. 실용적이지도 않고요.)

그러던 어느 날 밤이었어요. 나는 나이 지긋한 반려견과 함께 (아 이러니하게도) 잠들지 않고 깨어 있었지요. 곁에서 비글의 등을 쓸어 주다가 갑자기 번쩍 깨달음이 찾아왔어요. 내 이야기를 팟캐스트로 들려주면 어떨까. 내 목소리로 다른 사람들을 재워주는 거야. 그러면 잠자리에 들 시간에 친구들과 가족들 곁에 (그리고 바라건대 모르는 사 람들 곁에도) 있어줄 수 있잖아요. 그날 새벽 세시, 나는 방바닥에 앉 아 당장 마이크를 주문했지요.

그로부터 여섯 주가 지난 뒤, 〈오늘도 별일 없었어요〉를 론칭했고 팟캐스트를 시작하자마자 내 직감이 맞았음이 증명됐어요. 전 세계에서 몇 년, 심하게는 몇십 년 만에 처음으로 꿀잠을 잤다는 청취자들의 메시지가 쇄도했거든요. 내 초능력은 남들과 나눌 수 있는 초능력이었던 거예요.

그뿐 아니라 내 팟캐스트를 다른 용도로 사용한다는 사연도 있었어요. 어떤 남자분은 화학요법 치료를 받는 동안 내 이야기를 들으며 위안을 받는다고 했고, 어떤 여자분은 밤마다 악몽에 시달려서 지난 몇 년간 잠들기가 무서웠는데 요즘은 난생처음으로 좋은 꿈을 꿔서 이제는 잠자리에 드는 시간이 기다려진다고 했어요. 수면제를 끊는 데 성공해서 이제는 알람이 울리면 맑은 정신으로 일어난다는 제보도 쏟아졌죠. 온 가족이 자기 전에 함께 팟캐스트를 듣는데 낮에 미친듯이 뛰놀던 아이들이 기적처럼 차분해져서 몇 분 만에 잠든다는 이야기도 들었고요. 불안하고 초조할 때 내 팟캐스트를 들으면 마음이 차분해진다는 사람들도 많았어요. 예술가들은 그림을 그리거나 조각을 할 때 내 방송을 듣는다고 하더군요. 가끔씩 내 이야기에서 영감을 받아 탄생한 작품 사진을 보내오기도 해요.

이야기가 지닌 힘이 무려 이 정도랍니다. 이 방법이 효과 있을 거라고 장담하는 이유예요.

잘 자는 방법

우리가 '일하는 모드'에서 '자는 모드'로 전환하기 힘든 이유 중

하나는 일감을 침대까지 가져가기 때문이에요. 잠자리에 들기 직전까지 이메일에 답장을 하고, 소셜미디어 앱 서너 개를 끊임없이 새로 고침하고, 문자메시지를 주고받잖아요. 이러니 우리 뇌가 잠들기를 거부하거나 새벽 세시에 갑자기 깨서 잠들기 직전 고민하던 문제를 해결하려 드는 것도 무리가 아니죠. 뇌의 입장에선 아직도 일을 하고 있거든요. 뇌에게 오늘 일은 끝났다는 신호를 보내려면 낮에 반복하던 활동의 고리를 확실히 끊어줘야 해요.

더 나은 수면 습관을 들이려면 우선 경계선을 그어야 해요. 모든 전자기기를 침실 밖에 둘 수 있다면 가장 좋아요. 그게 가장 이상적이지요. 정말 많은 것이 바뀔 거예요. 하지만 도저히 그러지 못하겠다면 다른 곳에라도 선을 그어야 해요. 예를 들어 잠들고 싶은 시각 삼십 분 전에 모든 기기를 끄고, 핸드폰도 무음 모드로 바꾸고, 화면이 있는 모든 기기를 서랍에 넣는 거죠. 일과 관련된 것을 몽땅 치우고 나면 '수면 준비 의식'을 치릅니다. 의식은 뇌가 하던 일을 멈추고 다른 일을 하도록 전환하는 데 큰 도움이 돼요. 그 의식은 양치질이나 세수하기, 내일 아침에 입을 옷 꺼내놓기여도 좋고, 반려동물과 가족에게 잘 자라고 인사하기, 허브티 한 잔 마시기도 괜찮아요. 핵심은 몸과 마음에게 이제 잘 시간이라는 신호를 보내는 루틴을 만드는 것입니다. 자신에게 신호가 가닿을 법한 활동으로 시간을 보내면 된답니다.

그런 다음 이불 속에 들어가 편히 누워요. 모든 것을 딱 알맞게 조정하고, 누워서 온몸에 힘을 빼요.

낮의 활동에서 물러나 잠들기 카운트다운을 시작했으니, 이제 뇌가 쉴 곳을 마련해줘야 해요. 이때가 바로 이야기를 들려줄 타이밍이에요. 이야기는 뇌를 편히 누일 아늑한 둥지이자, 정신없는 하루를 보낸 후 맞이하는 안식처예요. 가속페달을 벽돌로 눌러놓은 트럭이 기억나나요? 이야기는 바로 그 트럭을 주차시킬 잘 정돈된 차고입니다. 별일이 일어나지 않는 아주 단순한 이야기들인데, 별일이 안 일어나는 게 바로 핵심이지요.

이 책을 읽으면서 이야기 속 디테일을 재료삼아, 마음이 편하게 머무를 만한 장면을 머릿속에 그려보세요. 유독 기분이 편안해지는 부분에 집중해보세요. 삽화를 보면서 디테일을 눈에 담아보세요. 그러다 눈꺼풀이 무거워지면 책을 내려놓고 불을 끄고, 몸이 묵직하게 이완하도록 내버려두세요. 숨을 코로 깊이 들이마시고 입으로 내쉬어요. 한번 더요. 들이마시고, 내쉬고. 잘했어요. 이렇게 중얼거려도 좋아요. "금방 잠들겠네. 오늘밤은 푹 자야지." 조금씩 잠에 빠져들 때쯤, 기억나는 디테일들을, 유독 편안하게 느껴진 것들 위주로 하나씩 떠올리면서 이야기 속에 머물러보세요.

그렇게 잠이 듭니다.

한밤중에 깼을 때 다시 잠드는 법

어떤 사람들은 잠드는 데는 아무 어려움이 없어요. 다만 계속 자는 데 어려움을 겪죠. 이런 사람들은 동트기 한참 전인데 뇌가 반짝,

도로 켜지곤 해요. 트럭 엔진이 부릉 되살아나면 다시 잠드는 건 물 건너간 것처럼 보이죠. 이럴 때 해결책은 최대한 빨리 아까의 그 둥지로 뇌를 돌려보내는 거예요.

이 책에 실린 이야기 한 편을 예로 들어볼게요. 「집에서 한 블록 떨어진 그곳」이라는, 비를 맞으며 집으로 돌아가는 이야기를 읽고 있다고 생각해볼까요. 내가 그 사람이라고 생각해보세요. 나는 집에 가는 길에 식료품점에 들러 배와 아몬드 한 줌을 사요. 그리고 집에 돌아와서는 문을 철컥 잠가 바깥세상을 차단한 후 소파에 누워요. 고양이가 펄쩍 뛰어올라 내 옆구리에 몸을 찰싹 붙여요. 기분이 좋지 않나요? '바로 이거야' 하는 생각이 들지 않나요?

이제부터는 한밤중에 깰 때마다 뇌를 이 이야기로 데려다주세요. 내 경우에는 이야기 제목을 속으로 한 번 읊으면 그 세계로 되돌아간다는 신호를 주는 효과가 있더라고요. "집에서 한 블록 떨어진 그곳"이라고 말해보세요. 그런 다음 배와 아몬드를 떠올려요. 비 오는 저녁 집에 돌아가 현관문을 찰칵 잠그는 순간을 상상해보세요. 집안 곳곳을 어슬렁거리다가 소파에 눕고 곧 잠에 빠져드는 순간을 상상해봐요. 이렇게 하면 뇌가 잡생각과 걱정에 갇혀 맴도는 것을 멈출 수 있어요. 믿어보세요. 정말 효과 있다니까요?

처음 팟캐스트를 시작했을 때, 이야기를 들으면서 스르륵 잠이 들었다는 청취자들의 이메일도 많았지만, 더 많은 건 바로 이 기술이 정말 효과가 있었다는 이메일이었어요. 제게 늘 효과 만점이었던 것처럼요. "한밤중에 깼을 때 캐스린이 가르쳐준 대로 이야기를 차근

차근 따라갔더니 금세 다시 잠들 수 있었어요!"라는 리뷰를 많이 봤지요.

이런 것을 뇌 훈련이라고 해요. 인내심을 가지세요. 그리고 꾸준히 해보세요. 그러면 어느 날 힘들이지 않고도 푹 자는 자신을 보고 깜짝 놀라게 될 거예요. 자는 시간을 고대하게 될 거예요. 아침까지 마음과 뇌를 편히 쉬게 할 포근한 장소가 있다는 걸 아니까요.

이완하는 방법

잘 때만이 아니라 낮에도 차분하고 중심 잡힌 마음을 유지하는 데 어려움을 겪는 사람이 있을 거예요. 우선 혼자만 그런 게 아니라고 말해주고 싶어요. 헤아릴 수 없이 많은 이들이 불안에 시달려요. 흔하디흔한 일이며, 현대사회에서는 아주 사소한 자극도 '도망치거나 싸우기' 반응을 일으킨다는 점을 감안하면 오히려 평생 불안을 느끼지 않고 사는 게 더 이상하지요. 기억해둘 점은, 불안이 촉발되면 뇌에서 고등 사고를 담당하는 부분이 작동을 멈춘다는 거예요. 불안 스위치가 켜지면 자신에게 '그런 기분 느끼지 마'라고 설득해봤자 통하지 않아요. 이런 상태에서는 뇌를 붙잡고 달래봤자 소용이 없어요. 논리가 먹히지 않죠. 그러니 대신 몸의 언어로 소통해서 뇌가 다른 데 신경을 쏟도록 해야 해요.

불안을 느낄 때는 어떻게든 타인의 소음과 움직임으로부터 어느 정도 떨어진 곳으로 가 앉으세요. 호흡을 조절할 건데, 일단 코로만 숨을 쉬어보세요. 호흡을 통해 신경계에 아무 문제 없다는 신호를 전달하는 거예요. 이를 위해 박자를 세면서 숨을 쉬어보세요. 넷을 셀 동안 숨을 들이마시고, 또 넷을 세면서 내쉬어요. 숨이 얕고 가쁘더라도 걱정 말아요. 몸이 신호를 수용하는 데 시간이 조금 걸리거든요. 괜찮아요. 계속해서 박자를 세면서 들숨에 아랫배가 볼록해지고 날숨에 배가 푹 꺼지도록 폐의 깊숙한 곳까지 숨을 불어넣는 데 집중하세요. 아주 잘하고 있어요. 자, 이제 넷을 세면서 들이마신 뒤 여섯을, 가능하면 여덟을 세면서 내쉬어보세요. 다 내쉬었으면 다시 들이마시기 전에 두 박자 멈추고요. 들숨 날숨에 맞춰 아랫배가 부풀어 올랐다 푹 꺼지는 걸 의식해보세요. 네 박자에 걸쳐 들이마시고, 여섯 박자에 걸쳐 내쉬고, 두 박자 멈추고. 이 과정을 필요한 만큼 반복해요.

호흡이 느려지고 흥분이 이완했으면 이제 여러분이 제일 좋아하는 이야기의 디테일 몇 가지를 떠올려보세요. 특정 디테일이 어떤 모습이고, 어떤 맛이 나고, 어떤 냄새가 났는지 떠올려요. 그 감각 경험에 잠시 머물러보세요. 신경의 초점을 불안 요인에서 상상 속 안전한 장소로 옮겨놓는 연습이에요.

반복하다보면 나중에는 더 쉽게 될 거예요. 힘들이지 않고도 마음을 가라앉히고 중심을 잡을 수 있다는 걸 증명해주는 경험이 금세 차곡차곡 쌓일 거예요. 그러면 자기 자신이 달리 보일걸요. 걸핏하면 불안에 시달리는 사람이 아닌, 불안을 금세 가라앉힐 줄 아는 사람으로요. 수고했어요. (단, 불안증 치료는 더 전문적인 도움을 필요로 하는 경우가 있다는 걸 유념하세요. 의사, 심리상담사, 약물 모두 큰 도움이 되니 필요하다면 부디 도움을 청하세요.)

. . . . .

이제 여러분은 이 책을 읽을 준비가 됐습니다. 『오늘도 별일 없었어요』에 수록된 이야기들은 계절순으로 배치되어 있어요. 여러분이 지금 보내고 있는 계절과 일치하는 배경의 이야기를 먼저 읽어도 되고, 지금 경험하고 싶은 계절의 이야기부터 읽어도 좋아요. 아니면 처음부터 차례대로 읽어도 좋고요. 마음대로 하시길!

이야기들은 전부 하나의 세계를 배경으로 하고 있어요. 내가 '별일 없는 동네'라고 부르는 곳이에요. 이곳에서는 서점 주인이 동네 빵집에서 파이를 사서 나가는 길에 사이다 공장에 견학을 온 커플을 위해 빵집 문을 잡아준다거나 하는 정도의 일들이 일어난답니다. 이 책의 등장인물과 장소를 찬찬히 익혀가면서 다음 쪽에 실린 지도를 들여다보면 더욱 좋을 거예요. 이 포근한 동네의 일부를 담은 지도랍니다. 읽다가 자주 들춰보고, 지도에 그려진 길을 따라 걷고 있는 자신을 상상해보세요. '별일 없는 동네'를 더욱 생생히 떠올릴 수 있을 거예요.

로맨스가 나오는 이야기에서는 파트너의 성별을 표시하지 않았다는 것을 알게 될 거예요. 여러분이 화자에게 자기 자신을 이입하고 이야기에 자신의 삶을 대입해볼 수 있도록 신경을 썼답니다.

읽다보면 중간중간 부록편 꼭지들도 만날 거예요. 부록편에는 레시피도 있고, 명상법도 있고, 크리스마스 장식 만드는 법도 있어요. 전부 이야기 속의 세계를 여러분의 것으로 만들도록 돕는 장치예요. 맨 뒤의 찾아보기는 각자 제일 좋아하는 소재가 담긴 이야기를 고를 수 있도록 도와줄 거예요.

이제 아늑한 곳으로 가서 최대한 편안히 앉아보세요. '별일 없는 동네'에 입장할 시간입니다. 다정하고 친숙한 곳이고, 음미하고 즐길 거리도 아주 많은 동네예요. 다 같이 코로 숨을 크게 들이마시고, 입으로 내쉬어봅시다. 한번 더요. 들이쉬고, 내쉬고. 잘했어요.

그럼, 좋은 꿈 꾸세요, 여러분.

오늘도 별일 없었어요

NOTHING
MUCH
HAPPENS

별일 없는 동네

도서관 •

• 미술관

• 카페

• 빵집

← 오두막집

영화관

← 애플사이다 공장

크리스마스트리 농장

요가원

• 문구점

침상원

온실

버려진 농가

공원

극장

서점

향신료 가게

레코드점

농산물 시장

라벤더 농장

공동 텃밭

겨울 산책

밤새 눈이 펑펑 내리더니 청명하고 차가운 아침이 밝았어요.

나는 부엌 식탁에 앉아 커피를 한 잔 더 마시며 빛깔이 차츰 변해 가는 하늘과 떠오르는 태양을 바라봤어요. 밝은 분홍색 바탕에 노란색 빛줄기가 어우러진 한겨울의 일출을 보고 있노라면 어머니 대자연이 우리를 도닥이는 기분이 들어요. 그래, 낮은 짧고 세상은 온통 흰색과 회색 옷을 입고 있지만 하늘만은 이렇게 생생하잖니. 한겨울 가장 황량한 날에도 생명은 환하게 빛나는 법이란다.

해가 떠오르자 나는 커튼이란 커튼은 다 젖혀 방마다 비스듬히 쏟아지는 햇빛을 들였어요. 한동안 해를 많이 보지 못했거든요. 그래서인지 아침에 집안일을 해치우는데 나도 모르게 자꾸만 바깥을 내다보면서 숨을 깊이 들이쉬게 되더라고요.

정돈이 잘 된 침대에서 자면 더 개운하다는 말을 오래전 누군가에게 들었어요. 깔끔하고 반듯한 느낌에 잠이 솔솔 온다나. 그래서 침대를 정돈하는 습관을 들였고, 이제는 아침 명상과도 같은 일과가 되었어요. 매일 똑같은 방식으로, 동작 하나하나에 정성을 들인답니다. 때때로 앉아서 책을 읽는 침실 창가 앞 발받침 딸린 안락의자에 베개를 척척 쌓아올린 다음, 침대에서 이불과 시트를 걷어냈어요. 그런 다음 시트를 도로 깔고 침대를 빙 돌며 각을 잡아 모서리를 빳빳하게 펴서 끼워넣고는 그 위에 이불을 덮었어요. 베개도 집어들어 한 번 흔든 뒤 팡팡 두드려 부풀렸고요. 우리 고양이가 좋아하는 보드라운 격자무늬 담요는 둥지처럼 돌돌 말아 침대 발치에 올려놓았고요. 열린 커튼 사이로 아침햇살이 들어오는 내 방이 얼마나 깔끔해 보이던지. 어서 들어오라고 초대하는 것 같았어요. 오전과 오후를 만끽해야 하건만, 벌써부터 이불 속으로 들어가고 싶었죠.

잡다한 일을 끝낸데다 겨울치고 날이 더없이 포근하고 환해서, 두둑하게 옷을 껴입고 방금 쌓인 눈을 밟으며 긴 산책을 하기로 했어요. 스웨터 위에 코트를 걸치고, 두꺼운 양말과 부츠를 신고, 모자를 쓰고 목도리를 칭칭 두르고 장갑까지 야무지게 낀 다음 뒷문을 나섰죠. 발걸음을 옮기며 아직 아무도 밟지 않은 눈밭과 나이 많은 상록수의 우듬지, 눈이 족히 30센티미터는 쌓인 앙상한 단풍나무 가지를 구경했어요. 겨울 산책은 원래 천천히 걷게 되는 법이죠. 조심조심, 한 걸음 한 걸음 천천히 내디딜 수밖에 없지만, 그렇기에 사색과 발견의 시간이 되어주기도 해요. 마당 끄트머리를 지나 나무가 빽빽한 숲으로 이어지는 잘 닦인 오솔길로 접어들었어요. 몇천 제곱미터에 이르는 우리집 부지의 이쪽 구역은 공유지인 다른 숲들과 이어져 있어서, 하염없이 걷고 또 걸어도 구경할 나무와 야생 초목이 계속 나온답니다. 어렸을 때 가족들과 함께한 겨울 산책이 떠올랐어요. 길 끝에 공터가 있었고 그 너머에는 나무들이 듬성듬성 모여 있는 들판이 있었어요. 다 합쳐봐야 도시 블록 하나 정도의 크기였겠지만 내게는 아무리 탐험해도 발견할 거리가 남아 있는 신비의 땅 같았어요. 어린아이만 가질 수 있는 힘이죠. 아주 단순하고 일상적인 것에서 경이로운 것을 상상해내는 힘 말이에요.

몸을 움직여서 그런지 아랫배와 가슴에 열이 올라서, 상쾌한 공기를 가슴 가득 들이마셨어요. 눈이 쌓이니 익숙하던 오솔길이 새로워 보였고, 일부러 이리저리 방향을 틀어 평소 가지 않던 길로 걸음을 내디뎠어요. 막다른 곳이 나오면 발자국을 따라 돌아나오면 되니까요. 살얼음 밑으로 겨우 한줄기 물이 졸졸 흐르는 꽁꽁 언 냇가를 따라, 버석하게 갈라진 하얀 나무껍질이 희디흰 겨울 풍경과 조화를 이루는 자작나무가 빼곡한 작은 숲을 지나자 탁 트인 초지가 나왔어요.

그 순간, 거기에 꼭 봐야 할 무언가가 있다는 느낌이 들었어요. 그래서 가만히 서서 기다렸죠. 이윽고 들판 저편 나무들 사이로 그것이 천천히 걸어나왔어요. 길쭉하고 우아한 암사슴. 내가 알아차리기 한참 전에 나를 먼저 발견한 듯했어요. 그런데도 나를 믿고 자기 모습을 드러낸 거예요. 나는 그 아이의 아름다움에 매료되어 잠시 숨을 쉬는 것도 잊은 채 그저 서 있었어요. 그리고 이내 낮고 차분한 목소리로 말을 걸었지요. "산책하기 좋은 날이지." 그러자 그 아이는 새하얀 꼬리를 살살 흔들더니 고개를 숙이고 겨울 새순을 찾아 코로 눈밭을 훑었어요. 내가 오늘 아침 그랬던 것처럼 그 아이도 모처럼 해를 봐서 반가운 것 같았어요. 새삼 이런 생각이 들었죠. 우리는 이 땅에 함께 사는 존재로구나.

혼자서 편히 밥을 먹도록 그 아이를 뒤로하고 왔던 길을 되짚어 숲을 가로질러 다시 집 마당으로 돌아왔어요. 한참을 걸었더니 허기가 져서 마음은 벌써 냉장고와 찬장을 뒤져 식탁을 차리고 있었죠. 부츠에 엉겨붙은 눈을 탁탁 털어내고 뒷문 현관에 들어섰어요. 아침에 모험을 떠나기 전 했던 일들을 거꾸로 반복하면서요. 눈 맞은 옷들을 벗고 따뜻하고 보송한 옷으로 갈아입으려 내 방으로 가자, 침대 자기 자리에 몸을 웅크린 고양이가 보였어요. 녀석은 인간이 도저히 흉내 낼 수 없는 각도로 몸을 비틀어 턱을 치켜들고는 배를 보인 채 곰지락거리면서 작은 소리로 "야옹" 하고 말을 걸었어요. 나는 녀석을 감싸며 웅크려 누운 뒤 탁 트인 들판에서 만난 사슴에 대해 이야기해줬어요. 지금쯤 자기 은신처로 돌아가 친구들과 옹기종기 모여 있을 거라고요. 고양이 녀석은 가르릉가르릉 하며 대꾸했어요. 숲을 걸으며 상쾌한 공기란 이런 거였지, 하고 떠올릴 수 있어서 참 좋았고, 내 발자국을 따라 포근하고 안락한 집으로 돌아오는 길도 참 좋았어요. 겨울은 아직 끝나지 않았지만 이렇게 해가 나왔고, 봄을 기다리면서 즐길 거리는 얼마든지 있으니까요.

좋은 꿈 꿔요.

어린아이만 가질 수 있는 힘이죠.

아주 단순하고 일상적인 것에서

경이로운 것을 상상해내는 힘 말이에요.

걷기 명상

. . . . .

명상을 하는 방법은 많아요. 바닥에 방석을 놓고 앉아서 하는 전통적인 방법도 있고, 의자에 앉거나 어디든 편한 곳에 누워서 하는 방법도 있지요. 그런데 몸을 움직여 명상을 하고 싶은 날도 있을 거예요. 오만 가지 생각으로 머릿속이 번잡하다면 더욱요. 그런 날에는 걷기 명상을 해보세요. 실내에서도 할 수 있고 바깥에서도 할 수 있어요.

앞뒤로 3~5미터 정도 걸리적거리는 게 없는 공간으로 가세요. 잘 모르는 사람에게는 명상하는 모습이 조금 이상해 보일 수 있으니, 가능하면 보는 눈이 없는 곳을 고르세요. 균형을 잡는 것이 어렵다면 벽을 짚으며 걸을 수 있는 곳이 좋아요.

먼저 두 발을 골반 너비로, 약 20센티미터 정도 벌리고 서세요. 그런 다음 발가락을 들면서 쫙 펼쳤다가 도로 내려놓아요. 골반의 중심이 발바닥 아치 부분으로 오면서 체중이 살짝 앞으로 쏠리는 게 느껴질 거예요. 맨발이라면 자신이 서 있는 표면의 감촉과 온도를 느껴보세요. 신발을 신고 있다면 발등을 누르는 신발의 무게를 의식해보세요. 신경을 고도로 집중해야만 느껴질 수도 있어요. 어깨를 귀까지 끌어올리면서 숨을 깊이 들이쉬어요. 입으로 그 숨을 내뱉으면서 어깨를 등 쪽으로 굴리듯 내리고 그 상태로 잠시 정지하세요. 시선을 몇 미터 전방의 한 점에 가만히 고정하세요. 첫발을 내딛기 전, 잠시 동안 몸의 감각을 의식해보세요. 너무 오랜 시간 머리만 쓰다보면 몸의 감각에 둔해지곤 해요. 몸을 움직이면서 명상을 하면, 신체의 감각을 인식하는 법과 현재 상태를 있는 그대로 의식하는 법을 다시 배우게 되지요.

자연스럽게 호흡하고, 계속 앞을 보되 눈에 힘을 빼세요.

이제 다음 단계는 세 부분으로 나눠볼 거예요. 단 한 번도 이렇게 천천히, 혹은 의식적으로 걸어본 적 없는 사람도 있을 거예요. 그렇지만 이 방법으로 걷다보면 한 걸음 한 걸음 움직임을 제대로 느낄 수 있고, 그것을 느끼는 것이 곧 명상이에요.

몸의 무게중심을 왼발로 이동시키면서 오른발 발꿈치를 바닥에서 떼세요.

오른발을 천천히 지면에서 몇 센티미터 들어올리면서 체중이 왼발에 쏠리는 걸 느껴보세요. 이렇게 천천히 걸으려면 균형 감각이 더 필요하니, 발목과 무릎 주변의 근육이 어떻게 반응하고 어떻게 몸을 지지하는지 더 유심히 주의를 기울여보세요.

오른다리를 몸 앞으로 뻗어 왼발보다 한 보 앞에 오른발 발꿈치부터 디디세요.

몸의 무게중심을 오른발로 옮깁니다. 그러면 왼발 발꿈치가 들려 올라갈 거예요. 이제 우리는 시작 단계로 돌아왔어요.

이런 식으로 천천히 한 단계씩 넘어가보세요. 무게중심 옮기기, 발 들기, 딛기, 반복하기.

걸으면서 몸이 느끼는 감각을 계속 환기해보세요. 몸이 겪는 감각을 자신이 재단하고 있는 것 같을 땐 그것을 '생각하기'로 분류한 뒤 감각을 의식하는 일로 돌아가면 돼요. 더이상은 갈 공간이 없어서 되돌아가야 할 경우, 지금까지 각 단계에서 해왔던 것처럼 천천히 마음챙김을 하면서 돌아가면 돼요.

십 분이나 십오 분 알람을 설정해놓으면 더 좋습니다. (혹은 하고 싶은 만큼 오래 해도 좋아요. 저는 햇살이 따스하고 맑은 날에는 발바닥에 닿는 풀과 살갗을 어루만지는 산들바람을 느껴가며 한 시간씩 걷기 명상을 한답니다.) 알람을 설정해놓으면 시간이 얼마나 흘렀는지 확인하느라 자꾸만 시계를 흘끔거리지 않을 수 있어요.

알람이 울리면 한 보를 더 내디딘 다음 시작 자세로 돌아가세요. 두 발을 골반 너비로 나란히 두는 거예요. 다시 한번, 어깨를 굴려 귀까지 들어올리면서 숨을 크게 들이마셔요. 입으로 숨을 내쉬면서 어깨를 약간 뒤로 굴려 살며시 내려놓아요.

이제 이 마음챙김 상태를 하루종일 유지해보세요.

새로운 페이지

나는 새해 결심을 세우지 않는 편이에요.

꼭 달력의 빨간 날에만 새로운 것을 시작하라는 법이 있나요? 그렇지만 곰곰이 생각하는 건 좋아해요. 시간을 들여 어떤 생각, 어떤 감정을 낱낱이 분해하는 것, 즉 뭔가를 만들어내고 스케치하고 쓰는 것, 여기저기 탐색하고 탐험하는 것을 무척 좋아해요. 그런 일을 하기에 새해 첫날보다 더 무르익은 때가 있을까요. 그래서 내가 새로운 페이지로 넘어간다고 얘기할 때는 비유적인 의미라기보다 말 그대로의 의미일 때가 많답니다. 새로운 책의 첫 장을 넘기고, 가보지 않았던 새로운 오솔길에 발을 들이고, 새로운 노래에 레코드 바늘을 올려보지요.

이맘때는 늘 플래너를 사는 일로 새로운 출발을 하곤 했어요. 여전히 손으로 만질 수 있는 종이 플래너가 좋더라고요. 예쁘게 장정한 플래너에 새 계획을 써내려가는 기분이란. 한 주, 한 달을 한눈에 들여다보면서 하고픈 일에 날짜를 지정해주는 게 얼마나 재미있는지 몰라요. 작년 플래너는 마지막 장까지 다 썼는데, 일 년 내내 가방에 넣고 다니면서 하도 꺼냈다 넣었다 했더니 하드커버 장정의 가장자리는 너덜너덜해지고 날짜 찾기용 가름끈은 끊어져 사라져버렸어요.

크리스마스의 소란함이 가라앉은 어느 연말, 나는 어느새 제일 좋아하는 상점 진열창 너머의 플래너를 바라보고 있었어요. 기막히게 탐나는 물건들만 갖다놓는 작은 상점이에요. 선반을 가득 채운 무지 노트와 공책들은 어서 누군가 와서 굉장한 소설을 써주기를 기다리고 있었어요. 수십 가지 패턴의 속지랑 봉투 세트는 또 어떻고요. 다양한 색깔의 실링 왁스와 글자별로 다 갖춰놓은 스탬프도 있답니다. 달력도 별의별 종류가 다 있는데, 요가하는 고양이 그림이 실린 엉뚱한 것도 있고 한참 들여다보게 되는 축소판 세계를 그린 사랑스러운 일러스트 달력도 있어요. 그리고 또 뭐가 있냐면, 플래너가 있지요.

추운 길거리에서 실내로 들어가자마자 상점의 냄새가 느껴졌어요. 도서관 같기도 하고 공방 같기도 한 냄새. 아니, 정확히는 내가 다녔던 초등학교의 도서관 냄새였어요. 옛 기억을 강력히 소환하는 냄새에 홀려 자기도 모르게 걸음을 멈췄다가 머리를 흔들며 현재로 돌아온 적 있나요? 그날 그 순간 나는 우리 학교의 닳고 닳은 푸른 양탄자, 높다랗게 쌓인 책더미, 그 더미 안에 어떤 책들이 있을까 궁금해서 안달이 나던 그 기분이 떠올랐어요. 도서관 안쪽 구석의 책장에서 낡은 책 한 권을 꺼낸 다음 이 책을 누가 언제 마지막으로 대여했는지 알고 싶어서 앞표지 안 종이봉투에서 카드를 쏙 빼본 기억이 났어요. 나는 아주 작은 학교에 다녔는데, 우리 아빠도 어렸을 때 다녔던 학교예요. 그런데 글쎄, 대여 카드 리스트의 맨 위에서 몇 줄 아래에 삐뚤빼뚤한 글씨체로 우리 아빠 이름이 적혀 있지 뭐예요? 이렇게 작은 학교에서 똑같은 책을 고르는 게 그리 대단한 우연은 아니겠지만, 그래도 나는 푸른 양탄자에 붙박인 듯 서서 휘둥그레진 눈으로 주위를 살피면서 혹시 우주의 장난은 아닐까 신기해했던 기억이 나요. 그 기억에 슬며시 미소를 지으며, 플래너와 함께 아빠한테 보낼 카드도 한 장 사기로 했어요.

그렇게 카드를 고르기 시작했는데, 정신을 차려보니 내 손에 문구용품이 잔뜩 들려 있었어요. 아빠에게 보낼 카드, 부엌에 걸 달력, 새 연필 한 통(빨리 집에 가서 깎아보고 싶었어요), 종이접기용 색종이 한 세트, 그리고 새 플래너. 내가 좋아하는 구성은 다 들어 있고, 추가로 메모지를 넣을 수 있는 주머니가 달려 있고, 맨 뒤에는 스티커까지 몇 장 들어 있었어요. (스티커를 붙이고 놀기엔 내가 너무 늙은 걸까 잠시 고민했지만, 너무 늙은 나이 같은 건 없어요.) 마지막 아이템은 새 일기장이었어요. 집에 일기장이 하도 많아서 그걸 다 쓸 때까지 새로 사지 않기로 다짐한 터라, 딱 한 권만 샀지요.

계산대의 낯익은 직원이 물품을 다 계산하고 봉투에 넣어줬어요. 다시 겨울의 길거리로 나가면서 새해에 추진해볼 만한 일들을 떠올렸고, 몇 블록 걸으면서 머릿속으로 구체적인 계획을 세웠어요. 그러

ONERY SHOP
THANK YOU
INK
YOGA CATS
CALENDAR
FLORAL
CALENDAR

다 창가를 따라 소파 부스가 쪼르르 늘어선 식당이 눈에 들어왔는데 마침 문과 조금 떨어진 구석에 빈자리가 있더군요. 잘됐다. 냉큼 들어가서 그 자리를 가리키자 종업원이 앉으라고 손짓했어요. 커피한 잔을 주문하고 포마이카 테이블에 새 플래너를 꺼내놨어요. 쓰고 있던 플래너랑 새 연필, 연필깎이도 꺼냈죠. 딱 일 년 전에도 이런 순간이 있었어요. 수문장 교대식이라고 할까. 새 플래너에 이름과 전화번호를 기입한 뒤 풋풋한 새 종이를 손바닥으로 쓸어보고 낱장을 좌르륵 넘기면서 지인들의 생일이랑 이미 정해진 약속, 떠오른 아이디어를 적어넣었어요.

종업원이 커피를 리필해주려고 왔다가 테이블에 널린 플래너를 보고 미소 지었어요. "아, 저도 새해에 새 플래너를 쓰는 거 좋아해요!" 나도 맞장구를 쳤죠. 종업원은 돌아갔고 나는 커피를 마시며 아빠에게 보낼 카드를 써내려갔어요. 그다음엔 벽에 거는 달력을 한 장씩 넘겨보며 일러스트에 감탄했고요. 낱장을 후루룩 넘겨 내년 추수감사절과 크리스마스가 있는 페이지를 찾아봤어요. 벌써부터 계획을 세우려는 양 말이죠. 다음 한 해를 어떻게 보낼까 몽상하고 싶었나봐요.

거리가 어둑어둑해질 때쯤 슬슬 짐을 챙겼어요. 종업원이 와서 계산서를 놓고 갔고, 지폐 몇 장을 꺼내다가 문득 오래전 도서관 책에서 아빠의 이름을 발견했던 순간이 떠올랐어요. 누군가가 느닷없이 내 손에 뜻밖의 선물을 쥐여주고 간 것 같았던 그 기분 말이에요. 그래서, 사실은 사면 안 되는데 사버린 일기장을 꺼내 거기 들어 있던 스티커 한 장을 계산서 앞에 끼우고는 커피값을 테이블에 놓고 나왔어요. 계산서에 끼적인 "새해 복 많이 받으세요"라는 인사 말과 함께요.

좋은 꿈 꿔요.

눈 오는 밤 집안에서

처음에는 흩날리는 눈가루 정도였어요. 레이스 무늬 같은 눈송이들이 하나하나 육안으로 보일 정도로 천천히 내려왔죠.

길모퉁이 횡단보도에서 신호가 바뀌길 기다리고 있는데 부서질 듯 섬세해 보이는 커다란 눈송이 하나가 내 손바닥에 내려앉았어요. 거미줄 같은 대칭 무늬와 가지처럼 뻗은 결정 모양이 선명하게 보였어요. 눈송이는 먼지 입자를 감싸면서 만들어진다고 어디선가 읽은 기억이 났어요. 그럼 눈송이는 모래알에서 태어나는 진주 같은 건가? 꽤 마음에 드는 생각이었어요. 눈송이는 하늘에서 내려온 겨울 진주로구나. 내 장갑 색깔과 선명하게 대비된 눈송이를 들여다보고 있는데 어느새 눈송이가 스르르 녹아 사라져버렸어요. 찰나만 머물다 사라지는 이 진주알들을 누구라도 봐줬으면 했어요.

신호가 바뀌어서 길 저편으로 건너갔고, 내 손과 속눈썹에 더 많은 눈송이가 내려앉았어요. 목적지였던 가게로 들어서면서 나는 어깨와 뺨을 툭툭 털고 육중한 문을 밀어젖혔어요. 몇 년 전 발견한 가게인데 진열된 상품들을 보자마자 홀딱 반해 단골이 된 곳이에요. 오직 향신료만 파는 곳이랍니다. 벽마다 줄줄이 선반이 달려 있고 각 선반은 기다란 유리병으로 빼곡해요. 유리병은 진귀하고 효능이 강력한, 저마다의 빛깔과 향을 뿜내는 무언가가 담겨 있어요. 가게 안에는 여러 향신료 냄새가 겹겹이 배어 있는데, 그 향을 제대로 음미하고자 두 발에 체중을 나눠 싣고 선 채로 눈을 감고 숨을 깊이 들이마셨어요. 라벤더와 에르브 드 프로방스*의 은은한 꽃향기가 났어요. 그다음에는 계피와 카더몬 꼬투리 냄새가 섞인 한결 따뜻한 향이 났고요. 그보다 한 겹 아래에는 강황의 찌릿한 쇠맛 비슷한, 복잡한 카레 혼합물 냄새가 났어요. 들이마신 공기의 맨 밑에서는 매콤하고 짜릿하고 톡 쏘는 칠리 향이 났고요.

필요한 재료 목록도 따라할 레시피도 정해져 있긴 하지만, 여기 올 때마다 처음 보는 향신료들을 찬찬히 살펴보고 집에 새로 들일 향신료를 하나 고른답니다. 오늘도 통로를 천천히 걸으며 유리병에 붙은 종이 이름표를 손가락으로 쓸어봤어요. 어떤 이름들은 어감이 마음에 들었어요. '그레인스 오브 파라다이스'** 같은 거요. 서아프리카

---

* 말린 파슬리와 로즈메리, 백리향 등을 혼합한 향신료.
** Grains of paradise. '낙원의 씨앗'이라는 뜻.

에서 온 향신료인데, 생강의 친척이고 카더몬과 비슷해요. 회향 꽃가루는 천사의 향신료라 불리는데, 라벨 설명에 따르면 어떤 평범한 요리도 별 다섯 개짜리 고급 요리로 만들어줄 수 있다고 하네요. 암추르 가루 병을 열어봤어요. 설익은 망고를 바싹 말려서 간 향신료인데, 새콤한 맛을 내는 데 쓴대요. 과일처럼 향긋하고 톡 쏘는 냄새가 났지만 살짝 가루가 날리는 바람에 뚜껑을 얼른 닫고 다음 칸으로 옮겨갔어요. 삼 년은 익어야 딸 수 있다는 노간주나무 열매, 선홍색 훈연 파프리카, 여리디여린 사프란 가닥도 있었어요. 방풍잎이라는 것도 있고, 니겔라 씨앗도 있고, 카피르 라임 잎이 가득 든 길쭉한 병도 있었어요. 카피르 라임 잎에 대해 읽은 적이 있는데, 수프나 볶음 요리에 넣으면 향미가 풍부해진다고 해요. 오늘 데려갈 녀석은 이놈이구나 싶었죠.

새 향신료도 결정했겠다, 주머니에서 장 볼 목록을 꺼내 내가 제일 좋아하는 차이 티를 만드는 데 필요한 향신료를 하나씩 찾았어요. 그동안 이런저런 방법으로 차이를 만들어봤는데, 마침내 제일 마음에 드는 레시피를 발견했거든요. 오늘 같은 눈 오는 날 몸을 구석구석 데워줄 달콤하고 톡 쏘는 차이예요. 신선한 생강, 시나몬 스틱이랑 정향은 집에 있으니까, 카더몬 꼬투리와 검은 통후추, 스타아니스, 그리고 육두구 씨앗 두어 알만 사면 돼요. 각 재료를 필요한 양 만큼 작은 종이봉투에 담은 뒤 걸어가면서 봉투 윗부분을 조심스레 봉했어요. 그러면서 우리집 접시 꽂이에 씻어 말려놓은 작은 잼 병과 머스터드 병을 생각했지요. 새로운 향신료를 넣을 생각이었어요. 구매한 물건

을 계산하고 곱게 포장한 후 그 짜릿한 이국풍 공기를 마지막으로 한 번 더 크게 들이마신 뒤 다시 눈 내리는 바깥으로 나갔어요.

눈이 본격적으로 쏟아지고 있었어요. 좀전에 산뜻하고 느긋하게 날리던 눈송이가 이제는 시야를 가린 묵직한 장막이 되었고, 인도와 도로 표지판을 하얗게 뒤덮었어요. 나는 목에 둘둘 만 목도리를 조금 추어올리고 모자도 더 푹 눌러쓰고선 아까 차를 세워둔 곳으로 조심조심 걸어갔어요. 도로가 막 미끄러워지기 시작한 터라 대로를 따라 천천히 차를 몰았고 마침내 우리집 진입로가 나왔어요. 이따가 한바탕 눈을 쓸게 생겼더군요. 일단은 안으로 들어가 향신료들을 조리대에 올려놓고, 외투를 벗어 문 옆에 걸면서 사방의 지붕 위로 두툼하게 쌓여가는 눈을 바라봤어요. 오늘밤은 더는 외출하지 않기로 했죠. 다시 나갈 일 없이 따뜻하고 안전한 집안에서 이웃집 지붕들에 한 겹 내려앉는 눈을 구경하는 기분은 정말 더할 나위 없었어요.

오늘은 사 온 라임 잎을 넣고 새콤하고 걸쭉한 수프를 만들어볼 생각이었어요. 쌀국수와 가늘게 썬 야채를 넣고, 참기름 한 방울을 쪼르륵 얹은 수프요. 하지만 그보다 먼저 새로 사 온 향신료들을 유리병에 옮겨 담고, 요리하는 동안 홀짝일 차이를 한 주전자 만들기로 했어요. 요리나 청소 같은 집안일도 정성스럽게만 한다면 얼마든지 즐길 수 있다고 믿어요. 촛불을 켜고 술을 한 잔 따르고 음악이나 좋아하는 옛날 영화 한 편 틀어놓은 다음 처음부터 끝까지 차분한 마음으로, 한 동작 한 동작 그 과정을 즐기는 거예요. 나는 촛불을 켜고 레코드판을 올렸어요. 앞치마를 두르고 향신료를 계량해 주전자에 털어 넣었죠. 차이가 끓어 거품이 보글보글 올라오고 다르질링 잎이 충분히 우러났을 때 한 잔 따라서 집 뒤편 창가로 가져갔어요. 거기서는 해가 구름 뒤로 넘어가면서 땅거미가 지고 눈송이가 나뭇가지에 내려앉는 걸 구경할 수 있어요. 아까 가게에서처럼 두 발에 체중을 나누어 싣고 섰어요. 그런 다음 코를 찻잔에 박고 달콤 매콤한 마살라 향을 깊게 들이마신 뒤, 천천히 길게 한 모금을 넘겼어요.

좋은 꿈 꿔요.

단어의 맛

어렸을 때 공책 한 권을 받았어요.

정사각형에 가까운 모양이었고 주머니에 쏙 들어갈 만큼 작았죠. 표지는 두꺼운 마분지에 벨벳 천을 씌웠고, 속지에는 고운 선이 그려져 있었어요. 가름끈 끝에는 조그마한 금색 연필까지 달려 있었죠. 처음에는 왠지 조심스러워서 아무것도 적지 못했어요. 이렇게 예쁜 공책에 어울리지 않는 내용을 적어서 망치면 어쩌나 걱정됐거든요. 그래서 한동안은 그냥 가지고 다니기만 했어요. 외투 주머니에서 배낭으로, 또 침대 옆 협탁 서랍으로 조심스레 옮기기만 하다가 어느 날 문득 나의 어리석음을 깨달았어요. 아이들이 올라타길 기다리는 나무처럼, 놀이를 기다리는 장난감처럼, 나의 어여쁜 공책 역시 내가 어서 무엇이라도 써주길 기다리고 있었던 거예요.

처음에는 그냥 그날 있었던 일 몇 가지를 적었어요. 놀이터에서 했던 놀이에 대해 썼고, 특별한 날에만 신기로 했는데 실은 혼자 침대 옆에서 단독 댄스 공연을 펼칠 때마다 몰래몰래 즐겨 신는 새 신발에 대해서도 썼어요. 여름 캠프에서 수영한 일, 생일 파티에 참석한 일, 이번 핼러윈에 하려고 벼르고 있는 분장에 대해서도 썼고요. 어느새 공책이 깨알 같은 글자로 꽉 차버려서 새로운 공책을 쓰기 시작했죠. 이번에는 친구들과 즐긴 잠옷 파티, 과학 실험 수업, 첫사랑과 첫 실연에 대해 썼어요. 그다음 공책에는 생애 첫 방과후 아르바이트와 새로 사귄 친구들에 대해, 야외극장 잔디에 친구들이랑 돗자리 깔고 누워 즐긴 여름 콘서트에 대해 썼지요.

공책이 다 차면 책꽂이에 잘 꽂아두고 다음 공책을 펼쳤어요. 오랫동안 이 습관을 유지했더니 이제 책꽂이 하나가 온통 일기장으로 가득 찼어요. 제일 처음 썼던 벨벳 일기장부터 시작해서, 일기장이 몇 줄에 걸쳐 가지런히 꽂혀 있답니다.

그동안 여러 시기를 거쳤어요. 때로는 일상에서 누가, 뭘, 언제, 어디서 했다는 이야기는 조금 덜 쓰고 대신 그간 읽은 책이나 근래 곱씹던 생각에 대해서 더 많이 썼어요. 내가 만들어본 요리 레시피로만 채워진 공책도 있답니다. 그때 누구를 위해 요리했고, 먹으면서 우리가 무슨 얘기를 나눴는지도 깨알같이 적혀 있어요. 어떤 건 할머니의 어릴 적 이야기로 채웠어요. 할머니가 주신, 귀퉁이에 날짜와 이름이 적힌 사진들을 붙여놓았죠. 의욕적으로 시작했지만 결과물이 영 신통치 않아서 아무에게도 보여준 적 없고 앞으로도 보여줄 일 없을 스케치로 꽉 채운 공책도 한 권 있어요. 책꽂이를 채운 공책들을 보면 기분이 좋은 이유가 바로 그거예요. 그 자체로 충분하거든요. 이 공책들은 나만을 위해, 오직 빈 페이지를 채우는 기쁨을 위해 존재했고 그 자체로 의미가 있었어요.

딱 이런 걸 뜻하는 단어를 알게 됐는데, 최근 공책은 그 단어가 준 영감으로 채울 수 있었어요. 바로 **자기 목적적**autotelic이라는 단어예요. 오로지 창조의 행위 자체를 목적으로 무언가를 창조하는 것을 뜻하는 형용사지요. 새로 산 공책의 첫 페이지에 이 단어를 적어넣으면서, 이번 공책에는 마음에 드는 새 단어들과 그 뜻을 적어보기로 결심했어요. 새로운 단어를 찾고 설명하려니 자연히 새로운 장소와 새로운 것들을 탐구하게 됐답니다.

한번은 포도 농장에 있는 헛간에서 와인 배럴 몇 통을 다락에 보관하려고 끌어올리는 걸 구경한 적이 있어요. 그날 공책에다 이렇게 썼죠. "**밧줄 권양기**parbuckle는 원통형 물체를 내리거나 들어올리는 데 사용하는, 밧줄을 감는 장치를 지칭하는 명사지만 '권양'이라고 하면 그러한 행위를 묘사하는 동사로도 쓰인다. 그러니 우리는 밧줄 권양기로 권양할 수 있다."

해부학에 관한 다큐멘터리를 본 뒤에는 이렇게 썼어요. "내 윗입술 위 살짝 팬 부분에 숨이 닿는 걸 느낄 때마다 나는 **인중**philtrum이라는 단어를 떠올릴 것이다. 그 부위를 가리키는 정확한 명칭이지만 동시에 **여과**filter와 발음이 비슷해서, 마치 좋은 것은 들이마시고 나쁜 것은 걸러내는 부위처럼 느껴진다."

창가의 커다랗고 납작한 화분에 심어놓은 다육식물을 돌보면서 식물도 성장기와 휴면기가 있다는 사실을 떠올렸던 날에는 "휴지기 Quiescent는 잠잠하고 비활동적인 상태를 뜻하는데, 모든 사람과 모든 사물은 때때로 휴지기를 갖는 게 좋다"라고 썼지요.

눈이 펑펑 내려 시야의 모든 것을 가려버린 날 장화를 신고 눈밭에 서서 시끌벅적하던 동네 소음이 모조리 어디론가 빨려들어간 듯한 적막함을 마주했을 때는 어떤 물체를 사위로 감싼다는 뜻의 에두르다 circumambient라는 단어에 대해 적었어요.

사소하고 평범한 것들을 예쁘고 아기자기한 낱말로 멋지게 묘사한 시를 모은 시집을 읽고는, "에이독소그래피adoxography는 사소한 것들을 빼어나게 묘사한 글을 뜻한다"라고 썼지요.

영어에는 대응하는 말이 없지만 매력은 결코 부족하지 않은 외국어 단어도 많이 찾아냈어요. 점점 불어나는 단어 리스트에 기쁘게 추가했지요.

하루는 유기 동물 보호소에 봉사하러 가서 개들을 산책시켜주고 고양이들은 장난감 쥐가 달린 낚싯대를 흔들며 놀아줬어요. 그런데 그중 한 마리가 최근에 회색과 검은색이 섞인 새끼들을 여러 마리 낳았거든요. 그 말랑말랑한 새끼 고양이들을 차례로 들어올려 내 목에다 부비는 행운을 누렸어요. 그날 밤 공책에 타갈로그어 기길gigil을 적어넣었어요. 너무 귀여운 것을 꽉 끌어안고 싶은, 억누를 수 없는 충동을 뜻하는 단어예요.

오케스트라에서 비올라를 연주하는 조카가 발표회를 연다고 해서 언니와 함께 간 적이 있어요. 조카가 독주곡을 연주할 차례가 됐고, 활이 현을 건드리면서 낸 소리가 둥실 떠올라 강당에 풍성히 울려퍼지던 순간 언니는 내 손을 꼬옥 쥐면서 벅찬 눈물을 흘리는 동시에 입이 찢어져라 미소 지었죠. 나중에 딱 그런 현상을 지칭하는 단어를 찾아냈고 공책에 추가했어요. "나헤스naches는 간접적으로 경험하는 기쁨을 뜻하는 이디시어다. 보통 사랑하는 사람이 잘해내는 모습을 볼 때 느끼는 감정을 뜻한다."

이렇게나 유용한 단어들인데 그에 상응하는 말이 없는 게 너무 답답해서, 친구와 가족들끼리 그런 단어 몇 개를 평소에 사용하자는 소박한 캠페인을 벌였어요. 랄트로 이에리l'altro ieri라는 이탈리아 말이 있는데, 그대로 옮기면 '다른 어제'라는 뜻이지만 그제를 뜻하는 말로 통용돼요. 그리고 제그zeg라는 조지아어도 있는데, 이건 모레를 뜻하는 말이지요. 명절 연휴에 먹을 솔티드 캐러멜을 만들다가 아주 완벽한 맛의 조화를 이루는 비율을 찾아냈을 때는 손뼉을 치면서 라곰lagom을 외쳤어요. 스웨덴어로 덜하지도 더하지도 않은 상태를 뜻하는 표현이에요.

이번 공책도 거의 다 차서 얼마 안 있으면 다른 공책들과 나란히 책장에 꽂힐 듯했어요. 마지막 한 페이지가 남았는데, 단어 하나만 더 적어넣으면 딱이었어요. 그날은 몸이 아파 온종일 침대에 누워서 자다가 앓다가를 반복했는데, 누가 현관문을 살며시 두드리는 소리에 간신히 몸을 일으켰어요. 내가 아프다는 이야기를 들은 이웃이 수프를 한 냄비 끓여 와서는 데워 먹으라며 가스레인지에 올려주지 뭐예요. 퉁퉁 부은 목을 가라앉혀줄 오렌지 한 봉지랑 차 한 상자도 가져왔더라고요. 이웃은 데운 수프를 한 접시 떠주더니 혼자 편하게 먹고 쉬라며 얼른 집으로 돌아갔어요.

나는 공책을 펴고 줄루어 단어를 떠올렸어요. 영어로는 설명하기 힘든데, 우리가 나누는 인류애와 동정심을 아우르는 말, 우리가 있기에 내가 있다는 개념을 뜻하는 말이에요. 나는 수프를 한 숟갈 삼키고는, 서로에게 손 내미는 게 우리가 할 수 있는 가장 인간다운 일이 아닐까 생각했어요. 공책에 "우분투Ubuntu"라고 적어넣었죠. "혼자서는 인간이 될 수 없다."

좋은 꿈 꿔요.

로맨스 한 스푼

O

어느 맑은 겨울날, 거리를 걷고 있을 때였어요.

날이 쌀쌀한데다 아직은 눈이 공원 땅바닥을 두둑이 덮고 대로변 나무둥치에도 수북이 쌓여 있었지만 모처럼 해도 났겠다, 새롭고 상쾌한 분위기가 감돌았어요. 덕분에 우리는 외투와 목도리 속에 몸을 잔뜩 웅크리고 웅기중기 붙어 있지 않아도 됐고, 추위를 피해 이 가게 저 가게 옮겨다닐 필요도 없었어요. 몇 달 만에 처음으로 여유롭게 산책을 하고 있었죠. 느긋하게 해를 향해 얼굴을 들고 공기에 깃든 싱그러운 봄기운을 맛보면서요. 여기서 '우리'란 오늘 바깥에 나온 모두를 말하는 거예요. 나는 혼자 나왔지만 혼자가 아니었어요. 햇살을 받아 기분이 좋아진 우리는 지나가는 사람들에게 미소를 지어 보였어요. 모두 같은 생각을 하고 있는 걸 알았죠. "아, 좋다."

나는 주머니 깊숙이 손을 찌른 채 대로를 따라 걷다가 모퉁이에서 방향을 꺾어 공원으로 향했어요. 아직 점심시간까지 조금 남았는데 급한 볼일은 없었거든요. 마침 공원 초입에 뉴스 가판대가 있길래 신문이랑 잡지 몇 종을 들춰봤어요. 그러다가 남아메리카의 어느 산봉우리 사진들과 일본의 복잡한 도심 사진들이 실린 잡지를 발견했죠. 꽃으로 가득한 들판과 한밤의 차가운 사막 사진도 있었어요. 그 잡지랑 십자말풀이 책을 한 권 사서 가방에 넣고, 다시 공원 산책로로 들어섰어요.

살얼음이 낀 연못을 빙 돌아 나 있는 이 산책로는 한 바퀴 도는 데 채 몇 분이 걸리지 않았어요. 중간에 걸음을 멈추고 벤치에 앉아 따사로운 햇살을 한껏 흡수했어요. 열 마리 남짓 되는 거위들이 얼음장 같은 물도 아랑곳 않고 연못 표면에 얼음이 녹아 고인 물위를 찰방거리며 지나갔어요. 녀석들의 회색 발과 번드르르 윤기 도는 목의 깃털을 보니 슬며시 웃음이 나더라고요. 거위가 땅에 있을 땐 거위떼라고 일컫지만 하늘을 날아갈 때는 거위 행렬이라 부른다는 것이 문득 떠올랐어요. 녀석들이 우리는 뭐라고 부를까 궁금해하면서 외투를 단단히 여미고 벤치를 무심코 내려다봤는데, 좌석에 누군가 서툴게 하트 모양을 조각해놓은 게 눈에 띄었어요. 손가락으로 나무의 팬 자국을 쓰다듬으면서 지금 M과 L은 어디에 있을까, 아직도 하트 안에 자기네 이니셜을 나란히 써넣을까 궁금했어요. 그랬으면 좋겠네요. 어쩌면 이제 다 컸는지도 모르고, 이 공원을 함께 산책하다가 이 벤치에 나란히 앉아 하트를 내려다보고는 우리 어렸을 때 그랬지 회상

하며 한바탕 웃었을지도 모르죠. 정말 그렇다면 조용히 축복해주고 싶어요.

다시 가방을 어깨에 메고 연못을 마저 돈 다음 샛길로 나와 평소 자주 들락거리는 작은 카페로 갔어요. 실내의 따뜻한 공기가 나를 감싸자 바깥이 얼마나 추웠는지 순간 깨달았어요. 나는 진한 토마토 수프에 파스타와 채소가 잔뜩 들어간 미네스트로네를 주문했어요. 뱃속부터 뜨겁게 데워지는 느낌이었어요. 한 접시 다 먹어치운 뒤 차를 한 잔 주문하고 그날 아침 빵집에서 산 쿠키 하나를 주머니에서 꺼내 차에 살짝 담갔어요. 문득 M과 L을, 그리고 사랑과 로맨스를 다시 떠올렸죠. 계산을 하려고 지갑을 열었다가 도서관 회원증 뒤에 남몰래 찔러놓은 접힌 사진을 꺼내 펼쳐봤어요. 몇 해 전 어느 산책로의 부스에서 찍은 네 컷 사진이었어요. 뺨을 맞댄 두 얼굴, 시선을 맞춘 두 얼굴, 다음은 입맞춤, 그다음은 장난스럽게 웃는 두 얼굴, 이렇게 네 컷이요. 이탈리아어에서는 연애를 다른 누군가와 함께 만들어가는 이야기라고 표현한다던데. 그러고 보면 나는 참 복받은 사람이

구나 싶었지요. 내가 그동안 누군가와 만들어낸 이야기들이 나를 더 나은 사람, 더 현명한 사람, 더 이해심 깊은 사람으로, 결코 더 편협하지 않은 사람으로 빚어줬으니까요. 닳고 닳은 접힌 자국을 따라 사진을 도로 곱게 접어 원래 있던 자리에 끼워넣고 카페를 나갔어요.

거리는 점심을 먹으러 나온 사람들로 북적였고, 윈도쇼핑을 하거나 느긋하게 걸어가는 인파를 헤치고 걷던 나는 수업을 땡땡이치고 놀러 나온 게 분명해 보이는 아이들을 발견했어요. 개중 몇몇은 대담하게도 자기들의 어른 놀이를 알아챈 사람이 있나 두리번거렸고, 또 어떤 아이들은 극장 앞 매표 줄에 서서 혹여 들킬까 땅바닥만 쳐다봤어요.

아직 하늘이 환하기에 좀더 걸으면서 쇼핑을 할지 아니면 다음 블록에 사는 친구네 놀러갈지 고민했어요. 그러다 아까 구입한 세계 곳곳의 사진이 실린 잡지와 십자말풀이 책이 생각났죠. 이어서 우리집 부엌 식탁을 비스듬히 비추는 오후의 햇살과, 부츠를 벗고 슬리퍼로 갈아 신었을 때의 감촉도 떠올랐고요. 그래서 집으로 발길을 돌렸어요.

서점 앞을 지나는데 서점 주인이 책이 실린 카트를 꺼내느라 낑낑대고 있기에 걸음을 멈추고 문을 잡아드렸어요. "벌써 할인 가판대 내놓을 때가 된 거예요?" 이렇게 물었더니 사장님은 "마침 해가 나서요"라고 대답하면서 웃어 보였어요. 나는 사장님이 인도로 카트를 미는 걸 도왔고, 함께 페이퍼백을 몇 권 뒤집어 제목이 잘 보이게 정리했어요. 서점 주인이 어깨 너머로 우리집 출입구 옆 벽돌로 된 공용 우편함을 고갯짓하며 말했어요. "뭐가 온 모양이에요."

음. 아닌 게 아니라 우편함 덮개가 벌어져 안에 들어 있는 물건의 귀퉁이가 얼핏 보였어요. 나는 우편함으로 다가가 그것을 덥석 꺼냈죠. 내 손에는 작은 하트 모양의 빨간색 상자가 들려 있었어요. 얼굴에 슬그머니 미소가 번졌어요. 상자를 열자 빨간색 종이로 포장한 초콜릿이 몇 개 나왔어요. 얼굴이 살짝 달아오르는 것 같아서 황급히 어깨 너머로 고맙다고 인사를 던진 후 우리집 현관문으로 쏙 들어왔지요.

좋은 꿈 꿔요.

내가 그동안 누군가와 만들어낸 이야기들이

나를 더 나은 사람, 더 현명한 사람,

더 이해심 깊은 사람으로,

결코 더 편협하지 않은 사람으로 빚어줬으니까요.

안개와 빛

안개 낀 날이었어요. 간밤에 켜진 가로등 불이 여전히 대로를 따라 듬성듬성 희미한 노란색으로 빛나고 있었죠.

나는 눈이 녹아 생긴 웅덩이를 장화로 찰박거리며 좋아하는 커피숍으로 가고 있었어요. 축축한 잿빛 날씨에 한동안 짓눌려서 오늘은 으라차차 기운을 내볼 작정이었어요. 그렇게 하는 데 커피는 좋은 시작이지요(계획의 아주 중요한 부분이기도 했고요). 그 카페는 벽돌과 오래된 나무로 지은 묘한 형태의 공간이었는데, 사람들이 쉴새없이 드나드는 건물의 전면 구석에 자리하고 있었죠. 차와 커피는 종류가 단출하고, 카운터의 케이크 스탠드에는 세모난 조각 케이크, 쿠키와 머핀 따위가 커다란 유리 돔 아래 놓여 있었어요.

카페에 들어서자 문 꼭대기에 달린 종이 짤랑거렸고, 나는 새빨간

겨울 털모자를 쓰고 엄마 손을 꼬옥 잡은 여자아이 뒤에 줄을 섰어요. 아이가 몸을 돌리더니 입을 헤벌리고 호기심에 동그랗게 뜬 눈으로 나를 올려다봤죠. 학교 가는 대신 외출을 한 그 아이는 평소에는 볼 수 없었던 어른들의 바쁜 세계를 엿보는 중이었어요. 내가 웃어보이자 아이는 갑자기 수줍어하며 고개를 홱 돌렸어요. 혹시 치과나 다른 병원에 가야 해서 수업을 빠졌는데 엄마가 아이를 달래려고 여기 데려온 걸까, 몹시 궁금해졌어요. 엄마는 아이 몫으로 코코아를, 너무 뜨겁지는 않게, 주문했고 유리 돔 안에 있는 쿠키도 하나 시켰어요. 아이는 쿠키를 들고 구석의 테이블로 총총총 걸어가더니 자리에 앉아 음료가 나오기를 기다렸어요. 그러다가 창밖의 개 산책시키는 사람을 가리키며 엄마에게 저 강아지도 우리 고양이랑 똑같이 점박이 무늬에 빨간 목줄을 달았다고 조잘댔어요. 그걸 듣자 벌써부터 기분이 한결 나아졌죠.

내 차례가 되자 나는 에스프레소만 한 잔 시키고 바 테이블 끝으로 가서 기다렸어요. 큰 머그잔에 담긴 커피나 차를 천천히 홀짝이는 것도 좋지만, 제대로 뽑아낸 이탈리아식 에스프레소의 진한 그 맛은 그 어떤 우중충한 기분도 한 방에 날려줘요. 따사로운 캄파니아에서 선선한 봄날을 즐기는 듯한 기분만이 남지요. 이 카페는 그런 에스프레소를 뽑을 줄 아는 곳이었어요. 에스프레소는 세 모금 될까 말까 한 분량으로, 받침 딸린 조그마한 흰 잔에 담겨 나왔어요. 받침에는 설탕을 젓는 데 쓰는 말도 안 되게 작은 스푼이 하나 있었고요. 그 옆에 탄산수가 담긴 작은 유리잔도 곁들여 나왔지요. 에스프레소 잔은 예열을 해놓은 터라, 향을 들이마시려고 잔을 들자 도기 잔에 닿은 내 입술이 따뜻해졌어요. 우선은 눈을 감고 향만 들이마셨어요. 그다음 엔 천천히 한 모금 머금고 혀에 가만히 올려놨고요. 진하고 강렬한 맛이었지만 쓴맛이나 탄맛은 아니었어요. 그 기운이 온몸에 퍼져 원기를 북돋우도록 잠시 가만히 있었어요. 그런 다음 탄산수를 꿀꺽꿀꺽 마시고는 팁 넣는 병에 1달러를 더 넣고 도로 안개 속으로 나왔죠.

이쯤 해서 계획이 순조롭게 진행되고 있는지 되짚어보았어요. 지금 까지는 잘돼가고 있었어요. 감미로운 음료를 한 잔 마셨고, 강아지를 발견한 아이의 표정도 봤고. 눈이 휘둥그레져 엄마를 부르는 아이의 목소리에 웃음이 묻어나던 것. 신나서 테이블 아래로 늘어뜨린 다리를 달랑달랑 흔들던 모습이 떠올랐어요. 덕분에 내 안의 등불은 더 밝게 타올랐죠.

다음 계획을 위해 산책로에 오리떼가 뒤뚱뒤뚱 돌아다니는, 빗물 축축한 공원으로 갔어요. 지난여름 콘서트를 보며 앉아 있었던 작은 원형극장을 끼고 돌아, 이렇게 북적이는 도시 한가운데 기적처럼 자리한 특별한 장소로 갔지요. 바로 온실이었어요. 유리로 된 돔 형태의 아담한 건물인데, 아까 커피숍에서 본 케이크 진열장이 문득 생각 났어요. 나는 잠시 가만히 서서 주위를 둘러봤어요. 안개가 나무에 달라붙은 모습 좀 봐, 얼마나 짙은지 꼭 내가 공원에 솔을 둘러준 것 같네, 이런 생각을 하면서요. 혹시 내가 안개를 끌어오고 있나? 이런 생각이 들었지만 이내 고개를 젓고 육중한 유리문을 열었어요. 순식 간에 내부의 따듯하고 습한 공기가 얼굴과 목에 달라붙었죠.

이 온실이 난초 백여 종의 보금자리라는 걸 나는 알고 있었어요. 지난번 여기 왔을 때 일일이 세봤거든요. 입구에 잠깐 서서 눈을 감고 훈훈한 흙내음과 봉오리들이 발산하는 진한 바닐라 향을 흠뻑 들이마셨어요. 외투를 벗어 문 옆의 고리에 걸어놓고, 꽃길을 따라 둘레둘레 걷기 시작했어요. 포근하고 촉촉한 공기가 폐를 한 겹 감쌌고 난초들의 색깔과 모양, 제각기 다른 형태로 뻗어올라간 덩굴과 화려한 빛깔의 꽃잎을 보고 있노라니 머릿속의 잡생각이 싸악 사라졌어요. 만져보고픈 마음을 꾹 참고 눈으로 감상하며 만끽했어요. 통로를 걸으면서 꽃 이름을 읽고 기억에 남도록 또박또박 발음해봤어요. 마스데발리아. 브라사볼라 노도사. 막실라리아. 반다 세룰리아. 사이콥시스. 린코스타일리스.

몇 해 전, 기나긴 인생의 여정을 마치고 떠날 날을 앞둔 친구가 하나 있었어요. 난초를 참 좋아해서 내가 놀러갈 때마다 그간 가꿔둔 난초들을 보여주곤 했지요. 꽃들이 지고 난 뒤에도 계속 살려두는 기술은 끝내 터득하지 못했다고 나한테 고백하더군요.

"어쩌겠어." 친구는 어깨를 으쓱했어요. "좋아하니까 자꾸 사는 거지 뭐. 살아 있을 때까지는 계속 사들일까 해."

그 친구는 실제로 그렇게 했지요. 이곳을 정말 좋아했을 텐데. 친구를 위해, 친구를 대신해, 나는 꽃을 더 열심히 보고 다녔어요. 나를 통해서 친구가 즐거움을 만끽하길 바라며.

아담한 온실에서 나와 서늘한 공기를 맞으며 외투의 지퍼를 올리는데 안개가 걷히고 있었어요. 환한 빛이 어리고 하늘에 희미한 노란색이 보였어요. 두 손을 주머니에 넣다가 한쪽 주머니에서 페퍼민트 립밤을, 다른 쪽 주머니에서는 시나몬민트 사탕이 든 양철통을 발견했어요. 내 친구에게 배운 인생 교훈을 떠올려봤어요. 하루를 조금 더 즐겁게 만들어줄 소소한 기쁨을 스스로에게 끊임없이 제공하는 게 중요하다는 것. 조그마한 잔에 담겨 나오는 에스프레소라든가 물웅덩이를 찰박찰박 밟아도 멀쩡한 장화, 페퍼민트 립밤 같은 것 말이에요. 그리고 오늘 같은 날 우중충한 마음을 환하게 밝혀줄 계획된 외출도요.

다가오는 봄의 첫 소식을 기다리는 동안 맛볼 소소한 즐거움이 얼마나 많은데요.

좋은 꿈 꿔요.

휴양 여행

여름 끝 무렵부터 세워놓은 계획이었어요. 겨울이 한창일 때 휴양 여행이 필요하리란 것을 알았던 거죠.

얄미운 맹추위와 잿빛 커튼을 드리운 하늘을 벗어나 햇볕 쨍하고 후끈한 곳, 바닷바람이 솔솔 불어오고 야생의 새들이 서로를 불러대고 기우뚱한 야자수 줄기에는 해먹이 매달린 곳으로 갈 계획이었어요. 떠나기 전 며칠 동안은 여름방학을 앞두고 애써 흥분을 가라앉히며 등교하는 학생이 된 기분이었어요. 그날이 어서 오길 빌면서 밤마다 달력 칸에 가위표를 치고, 들뜬 상태로 집안일을 해치우고, 후딱 짐을 싸고 냉장고를 비웠죠.

우리는 남은 식재료를 하나씩 해치우면서 듣도 보도 못한 괴상한 음식을 만들어 몇 끼를 해결했어요. 수프 남은 것 한 컵씩, 남은 식빵을 해치우려고 만든 프렌치토스트 몇 접시, 지금쯤 다 먹었을 거라 장담했던 방울토마토만 잔뜩 들어간 샐러드. 디저트는 우리가 먹어치울 수 있는 최대 분량의 바나나였지요. 그래도 좋았어요. 우리는 요상한 메뉴에 깔깔 웃으면서, 남아 있던 와인을 반잔씩 나누고 서로 잔을 짠 부딪쳤어요.

마침내 그날이 왔고, 새벽같이 깬 우리는 눈을 끔뻑거리며 하품을 하고 말없이 옷을 주워 입은 다음 짐 가방을 차에 실었어요. 그다음엔 길고 긴 이동이 이어졌지요. 중간중간 "우리, 지금부터 휴가야"라는 의미로 서로에게 윙크를 날리며 씩 웃기도 했고요.

알지 못하는 사이에 우리가 탄 비행기가 벌써 목적지에 닿았고, 우리는 완전히 새로운 곳, 후끈하고 습한 공기 속으로 첫발을 내딛고 있었어요. 이런 게 바로 현대의 기적이겠죠? 지구 위 어떤 계절 어떤 장소에서 눈을 떴는데 불과 몇 시간 만에 정반대인 곳, 출발지와 전혀 다른 풍경에 와 있다는 것 말이에요.

우리는 바다가 내다보이는 방에 짐을 풀었어요. 빳빳하고 새하얀 리넨 시트가 깔린 널찍한 침대에는 두툼한 베개들이 가지런히 놓여 있고, 발코니 문을 스르륵 열자 일렁이는 파도 소리가 방안을 가득 채웠어요. 우리는 어깨동무를 한 채 바다를 향해 난간 너머로 몸을 쭉 빼고 해변을 이쪽부터 저쪽까지 훑어봤어요. 아침에 추운 세상에서 입고 온 스웨터와 데님 바지 차림으로요. 여행이 막 시작되는 이 기분이란. 휴일은 아직 한참 남아 있고 우리는 그저 휴식과 놀이, 독서, 해수욕, 해변 산책 따위로 남은 날을 채우기만 하면 되었죠. 나는 갑자기 신이 나서 손뼉을 치며 외쳤어요. "마지막에 물에 들어가는 사람이 술래!" 우리는 겨울옷을 벗어던지며 앞다투어 방으로 뛰어 들어갔고 가방을 뒤져 선크림과 수영복, 샌들을 꺼냈어요.

얼마 안 있어 우리는 휴가지의 일상에 익숙해졌어요. 실컷 늦잠을 자다가 일어나 룸서비스로 커피 한 주전자와 과일을 곁들인 토스트를 주문해 발코니에서 난간에 발을 올린 채 아침을 먹었어요. 그런 다음 옷을 갈아입고 손을 잡은 채 맨발로 바닷물 가장자리를 찰박찰박 밟으며, 또 간간이 두런두런 이야기도 나눠가며, 길게 펼쳐진 해변을 천천히 걸었어요. 중간에 멈춰 서서 부서지는 파도를 응시하거나 수직으로 날아와 수면에 꽂히는 새들, 물에서 튀어오르는 물고기들, 슬렁슬렁 걷거나 헤엄을 치는 가족들을 구경하기도 했고요. 한참을 그러다가 적당히 그늘진 곳으로 가 입이 심심하지 않게 음료를 하나씩 시켜놓고 페이퍼백 소설을 읽어치웠죠. 열기에 몸이 슬슬 달아오르면 다시 파도에 뛰어들어 열기를 씻어내고 도로 배고파지거나 갈증이 날 때까지, 아니면 햇볕에 다시 몸을 지지고 싶어질 때까지 물방울을 튀기며 헤엄치거나 둥둥 떠다녔고요. 오후 늦게 해가 수평선을 향해 기울기 시작하면 소금기와 모래 묻은 몸을 끌고 방으로 돌아와 찬물 샤워로 햇빛에 달군 피부를 식힌 뒤 바스락거리는 빳빳하고 깨끗한 침대 시트에 몸을 펴고 누워 몇 번째인지도 모를 낮잠에 스르륵 빠져들었죠.

가끔은 그럴듯한 휴가 시늉도 했어요. 옷을 갖춰 입고 옥외 파티오에서 저녁을 먹으며 신선한 현지 재료로 만든 요리와 와인을 음미하거나 푸근한 밤공기 속 올망졸망한 꼬마전구 불빛 아래 뺨을 맞대고 음악에 맞춰 몸을 흔드는 거예요. 또 어떤 날은 큰맘 먹고 룸서비스를 시켜놓고 발가락 사이로 TV를 보거나 침대에 누워 해변에 부딪혀 부서지는 파도 소리를 멍하니 듣고 있고요.

한 주가 지날 때쯤에는 충전된 기분이 들었죠. 피부와 머리카락은 햇빛과 소금기에 튼튼해져 윤이 나고, 햇볕에 뜨뜻하게 데워지고 노곤하게 달구어진 느낌을 추억의 저장고에 실컷 쌓았으니 이제는 으슬으슬 눈 내리는 집으로 돌아가도 몇 주는 거뜬히 버틸 수 있겠다 싶었어요. 집에서도 얼마 있으면 둥지로 돌아오는 새들과 봄을 맞아 녹은 물로 불어난 강을 보게 될 테죠. 한 달쯤 더 있으면 헐벗은 시커먼 흙에서 수선화와 크로커스 새순이 돋기 시작할 테고요. 조금 더 있으면 동네 농산물 시장 가판대에 루바브가 등장할 거고, 우리는 씨앗 카탈로그를 후루룩 넘기면서 올해는 정원에 뭘 심을까 궁리하고 있을 거예요. 이제 슬슬 우리집 침대에 눕고 싶어졌어요. 옷을 죄다 세탁기에 돌린 다음 서랍장에 잘 개켜 넣으면 아주 개운하겠다는 생각도 들었어요.

떠날 곳이 있다는 게 얼마나 다행스러운지 몰라요. 잠시 일상에서 벗어나고 딱딱한 스케줄의 고단함에서 탈출할 수 있으니까요. 반대로 그곳과는 전혀 다르지만 못지않게 포근한, 돌아갈 곳이 있다는 것도 얼마나 좋은지요.

좋은 꿈 꿔요.

창밖으로 내다본
어느 겨울날

　전면 창문으로 올겨울 마지막일 것만 같은 함박눈을 구경하고 있었어요.

　눈이 꾸준히 내려서 동네 뜰과 지붕마다 새하얀 이불이 겹겹이 쌓였죠. 다들 이제는 봄을 맞을 준비가 된 것 같았지만 하루쯤은 더 조용히 흩날리는 눈송이를 감상하고, 장갑 낀 손으로 눈을 굴려 눈사람을 만들고, 공원 언덕에서 썰매를 타는 것도 괜찮겠다 싶었어요.

　썰매를 탈 엄두는 안 났지만 아늑하고 따스한 우리집 거실에서 도톰한 양말을 신고 밖을 내다보는 정도는 얼마든지 가능했지요. 가스레인지에 올려놓은 찻주전자가 삐익 울기 시작할 때쯤, 움직일 수는 있을까 걱정될 정도로 꼭꼭 껴입은 동네 아이들 한 무리가 썰매와 둥그런 판자를 가는 밧줄로 질질 끌면서 어기적어기적 걸어가는 게 눈에 들어왔어요. 부츠에 내복 바지를 그렇게 껴입고도 아이들은 팔짝 팔짝 뛰고 후다닥 내달리면서 앞질러간 친구를 불러대고 뒤처진 동생들을 재촉했어요. 썰매 언덕이 기다리고 있었으니까요.

내가 자란 동네에도 적당히 경사가 진 언덕이 하나 있었어요. 썰매 하나에 서너 명씩 바짝 붙어 탄 다음 닿을 대로 닿은 손잡이 끈을, 그리고 서로를 붙잡은 채 언덕을 미끄러져 내려오다 가속도가 붙으면 꺅 소리를 내지르곤 했지요. 언덕 기슭에서 옆으로 푹 고꾸라지거나 눈더미에 처박혀야 비로소 썰매가 멈추었는데, 그러면 우리는 벌떡 일어나 얼굴에 붙은 눈을 툭툭 떨어내고 곧장 또다시 꼭대기로 쪼르르 달려 올라갔어요. 한참을 그러다가 참을 수 없이 춥거나 누구네 부모님이 부르면 따스한 집안으로 우르르 들어갔죠. 우리는 눈이 엉겨붙은 외투와 모자를 벗어서 라디에이터 위에 척척 쌓아 말렸고, 열에 아홉은 옷이 다 마르기도 전에 주워 입고 또 언덕으로 달려가곤 했어요.

나는 부엌으로 가 김이 펄펄 나는 주전자의 물을 컵에 따른 후 티백 하나를 천천히 물에 담갔다 뺐다 하면서 루이보스의 불그스름한 갈색이 물에 톡 떨군 잉크처럼 퍼져나가는 걸 가만히 바라봤어요. 그러다가 찬장에서 바로 전날 사둔 쿠키 한 상자를 꺼냈지요.

이런저런 잡생각에 부산하던 어느 날, 카트를 밀면서 마트 통로를 걷다가 어릴 때 먹던 익숙한 주황색 쿠키 상자를 발견했지 뭐예요. 노릇노릇 연한 갈색에 아몬드가 점점이 박혀 있는 풍차 모양 쿠키였어요. 그걸 보자마자 복잡한 상념은 온데간데없이 사라지고 나는 즉시 선반의 쿠키로 손을 뻗었어요. 과자 이름의 폰트마저 어릴 적 그 대로였어요. 획이 굵고 마치 구식 인쇄기로 찍어낸 양 군데군데 번진 글씨요. 로고는 윤곽이 흐릿한 풍차에 사업자 가족의 성姓이 적혀 있는데, 상자를 뒤집어 라벨을 읽어보니 여기서 북쪽으로 조금 가면 있는 작은 마을에서 여전히 쿠키를 만들고 있더라고요. 그곳에서 우리 동네 마트 선반까지 쿠키가 먼길을 왔다고 생각하니 갑자기 감사한 마음이 들었어요. 나는 구겨진 포장지를 펴고 셀로판 포장지 안의 비스킷을 들여다봤어요. 형태가 모두 제각각이었어요. 어떤 건 색이 진하고 어떤 건 더 두껍고 또 어떤 건 색이 연하고 전부 다 조금씩 달랐어요. 두 번 생각할 것 없이 당장 카트에 집어넣었죠. 그때부터 차에 곁들이려고 벼른 거예요.

어렸을 때 할머니와 할아버지 집에서 먹었던 쿠키예요. 그러고 보니 거기 말고 다른 데서는 먹은 기억이 없네요. 나는 접시를 꺼낸 다음 풍차 쿠키 몇 개를 담아 창문 앞 의자로 가져갔어요. 다리를 접고 앉아서 무릎에 담요를 덮고는 쿠키 하나를 집어들었지요. 코에 바짝 대고 달콤한 향을 들이마셔봤어요. 향신료 냄새가 은은하게 났어요. 정향이랑 너트맥, 시나몬 냄새에 체리처럼 달콤한 아몬드 향도 희미하게 났어요. 한 입 베어 문 순간, 약간 바스러지고 퍼석거리긴 했지만, 할머니 할아버지네 부엌에 서 있는 기분이 들었죠.

할머니 할아버지네 집은 아담해서 현관 앞 포치도 덩달아 자그마했어요. 아주 나이 많은 나무들이 사이에 폭 들어앉아 있었지요. 그 나무들 때문에 사방에 그늘이 졌어요. 방마다 오래된 사진이며 옛날에 우리 아빠가 가지고 놀았던 장난감이 가득했고요. 하지만 부엌만은 뒤뜰이 내다보이는 커다란 퇴창이 있어서 늘 환하고 햇빛이 가득 들었어요.

할머니는 찬장 깊숙이, 할아버지가 우연히라도 발견할 일이 없도록, 밀가루통 뒤에 풍차 쿠키를 숨겨두곤 하셨어요. 할머니랑 나는 쿠키 봉지를 꺼내 할머니가 마실 커피와 내가 마실 코코아와 나란히 식탁에 올려놓고, 각자의 음료에 쿠키를 담가 천천히 음미하면서 다람쥐들이 까불며 송전선을 달리는 걸 내다봤어요. 조용히 창밖을 바라보는 걸 즐기는 내 성향은 할머니한테서 물려받은 건가봐요.

창밖에 내리는 눈을 보며 나는 잔을 들어 할머니께, 그리고 우리가 부엌에서 함께 나누었던 시간에 건배를 하고, 천천히 차 한 모금을 넘겨 입안의 쿠키를 삼켰어요. 아이들 몇 명이 친구들과 합류하려고 달려가는데 끼지 않은 손모아장갑이 손목께에서 달랑거렸어요. 나는 이웃집 뜰에 서 있는 플라타너스의 맨가지에 매끈하게 쌓인 눈과, 지는 해가 비스듬히 비추는 복숭앗빛 주황색 광선이 하늘에 번지는 걸 지켜봤어요. 그래요, 봄이 오면 두 팔을 벌려 반기겠지만 아직은 아늑한 집안에서 떨어지는 눈송이를 감상하는 것도 좋아요.

좋은 꿈 꿔요.

마티네

○

우리 아이들이 아직 어리고 이 집으로 막 이사를 왔을 무렵의 일이에요. 동네에는 적극적으로 놀이를 계획하고 주선하는 몇몇 친절한 학부모들과 꼬마 아이들이 있었어요.

어느 집 뒷마당 아니면 지하실 놀이 공간에 꼬맹이들을 한데 모아놓으면 자기들끼리 마구 뛰어다니고, 역할 놀이나 분장 놀이도 하고, 수백 가지 놀이를 발명해내고, 소파 쿠션이랑 담요를 가져다가 요새를 만들곤 했어요. 그러다 간간이 놀이를 멈추고는 간식을 집어먹고 주스를 꿀꺽 삼킨 뒤 제일 가까이 있는 어른한테 컵을 건네고는 곧바로 중요한 일을 하러 돌아가더군요. 어린이의 특권을 누리며 신나게 노는 일 말이에요.

아이들이 으레 그렇듯 몇 살을 더 먹더니 자전거를 타고 동네 골목

골목을 누비기 시작했어요. 누군가의 집 차고 앞에 모여 농구를 할 때면 농구공이 탕탕 튀는 소리가 여름날 오후의 배경음악이 됐지요. 집안일이나 숙제를 후다닥 해치우고 뛰어나가 길 이쪽저쪽을 두리번 거리다가 마당에 자전거 서너 대가 엎어져 있는 집이 보이면 거기에 친구들이 모여 있단 걸 알고 그리로 갔어요. 놀이가 바뀐 거지, 끝난 건 아니었어요. 그때 그 아이들이 점점 나이들어 각자의 삶을 찾아 떠나는 걸 보면서 나는 잊지 못할 교훈을 얻었지요. '나이가 얼마든 절대로 노는 법을 잊지 말 것.'

사실 나는 어른답게 놀이 계획을 준비했어요. 어른의 놀이는, 간식이 필요하고 분장을 해야 하고 가끔 베개로 요새를 쌓는 아이들의 놀이와 겹치는 부분도 있지만 그보다는 훨씬 차분하지요. 때로는 혼자서 즐기기도 하고요.

오늘이 바로 그런 날이었어요. 어젯밤 문득 몇 가지 사실을 깨닫고 곧장 계획을 세웠답니다. 첫째는 연차가 잔뜩 남았는데 오늘 못 쉴 이유가 없다는 거였죠. 둘째, 너무 보고 싶었던 영화가 지금 시내 극장에서 상영중이라는 것. 그리고 셋째, 극장 바로 맞은편에 예쁜 카페가 있는데 거기서 지난 몇 주간 계속 먹고 싶었던 메뉴를 판다는 것이었어요. 혼자 영화 보고 맛있는 것 먹기, 이보다 더 만족스러운 놀이가 있을까요. 그런 생각에 은은한 미소를 머금은 채 잠들었고, 오늘을 위해 힘차게 잠에서 깨어난 거예요.

보고 싶은 영화의 시간표를 확인해보니 마침 정오쯤 마티네*가 한 타임 있더라고요. 좋았어. 나는 영화를 보러 가기 전 실내 가운과 슬리퍼 차림으로 조금 뒹굴다가 여유롭게 브런치를 즐기기로 했어요. 마침 이럴 때 읽으라고 협탁에 갖다둔 소설책이 눈에 띄었어요. 책과 새로 우려낸 차를 창가의 안락의자로 가져가 발 받침대에 발을 올리고 책을 읽기 시작했어요. 한참 읽는데 우리 고양이 목줄에서 짤랑짤랑 경쾌한 종소리가 들렸어요. 이윽고 방안의 가구 사이를 부드럽게 누비는 녀석의 꼬리 끝이 눈에 들어왔죠. 녀석은 고양이 특유의 느긋함으로 어슬렁어슬렁 내 의자로 다가왔어요. 그러고는 야옹, 하고 울었죠. "그럼 이리 올라와." 내가 격려하는 투로 말했어요. 녀석은 다시 야옹, 하고 대답했고요. 나는 무릎 위 보드라운 천을 쫙 펼쳐 녀석에게 너를 위한 자리가 준비됐다는 걸 보여줬어요. "야옹." 나는 강조하듯 내 허벅지 위를 톡톡 두드렸죠. 고양이들은 어떻게 이럴까요? 와서 내 다리에 앉겠다고 한 건 내가 아니라 녀석이었는데, 어느새 내가 어서 앉아달라고 빌고 있잖아요.

녀석은 앞발에 침을 묻혀 귀를 닦으면서, 자기도 나름 할일이 있다는 걸 과시했어요. 나는 다시 책을 읽었고, 잠시 후 녀석이 내 무릎으로 풀쩍 뛰어올랐어요. 내 다리 위로 몸을 쭉 펴고 눕기에, 비단 같은 털을 살살 쓰다듬어줬어요. 그렇게 책을 읽었죠. 고양이는 가르릉거렸고요. 그 '가르릉 가르릉'의 리듬이 몸안에서 공명하는 것 같아서, 나는 책을 치우고 쿠션에 머리를 대고 눈을 감았어요.

평화롭고 만족스러운 기분이 들었어요. 고양이의 가르릉거림은 치

• 낮시간에 상영하는 영화나 공연.

유 효과가 있다는 이야기
를 어디선가 읽은 적
이 있어요. 그 울림
의 진동수와 관계
가 있다나. 치유하
는 헤르츠라나. 고
양이와 사람 모두에
게서 엔도르핀 생산
을 자극한대요. 뭐 그
설명도 일리가 있겠지만,
어쨌든 우리 고양이가 편안
하고 행복해서 나도 편안하고

행복했어요. 맛있게 만든 요리를
푸짐하게 대접하고 상대방이 만족스럽게 먹는 걸 지켜볼 때의 기분,
아니면 방학을 맞아 집에 돌아온 아이들이 아침에 늦잠 자는 모습을
살며시 방문 열고 들여다볼 때의 기분이었어요. 내가 사랑하는 이들
이 필요한 것을 다 충족받는 모습을 보는 것, 그것이 내가 아는 최고
의 치료약이에요.

　푸짐한 요리를 떠올리다보니 문득 허기가 졌어요. 잔에 남은 마지
막 한 모금의 차를 마저 마신 뒤 고양이를 안아 들었어요. 내가 앉았
던 자리에 녀석을 내려주고, 가서 옷을 입었죠. 잠시 후 나는 아직 쌀
쌀한 겨울 끝 무렵의 공기 속으로 발을 내딛고 있었어요. 날씨가 계

절의 경계를 왔다갔다하면서 날이 녹았다가 다시 얼기를 며칠간 반복하던 참이었어요. 나뭇가지와 건물 옥상에 쌓인 눈이 아직 남아 있었지만 몇 달간 우리를 힘들게 했던 한랭 기류가 서서히 사그라들고 있었고, 살얼음이 싹 사라진 보도는 보송보송했어요. 나는 차에 시동을 걸고 도로로 나와서 동네를 길게 한 바퀴 돌아 대로에 합류했어요.

다들 일하고 있을 시간이었어요. 아이들은 학교에 있고요. 그런데 나는 브런치를 먹으러 가고 있었죠. 미소가 절로 나왔어요. 우리는 모두 가끔씩 땡땡이를 치고 놀아야 해요. 주차할 자리가 보여서 재빨리 차를 대고 잠깐 걸었어요. 모퉁이에 이르러 걸음을 멈추고는, 인도를 따라 신중히 계산된 간격으로 심어놓은 아담한 나무들을 바라봤어요. 누군가 나무마다 새 모이를 넣어 얼린 하트 모양 얼음덩어리를 장식처럼 가지에 달아놓았더라고요. 잠시 보고 있는데 몸집이 자그마한 새 한 마리가 가지에 내려앉아 얼음을 열심히 쪼더니 씨앗을 빼먹었어요. 이 얼음 모이통들은 시 당국이 걸어둔 게 아닐 거라는 직감이 들었어요. 누군가 공들여 만든 후 튼튼한 노끈으로 일일이 매단 거지요. 새들이 굶어죽지 않도록, 동네가 조금 더 따뜻해지도록, 일부러 추운 날 나와서 달고 간 거예요.

카페는 북적거렸지만 만석은 아니었고, 다행히 창가 작은 테이블에 앉았어요. 메뉴판에서 먹음직스러워 보이는 것을 이것저것 주문했지요. 수제 헤이즐넛 초콜릿 스프레드를 얹은 팬케이크와 과육이 덩어리째 들어간 분홍빛 자몽 주스 한 잔, 이렇게요.

종업원이 접시를 내려놓았을 때 나는 잠시 음식이 담겨 나온 모양을 감상했어요. 겹겹이 쌓아올린 노릇노릇하고 두툼한 팬케이크, 그 위에 넉넉하게 두른 초콜릿 스프레드, 그리고 접시 가장자리에 부채처럼 펼쳐 장식한 슬라이스 바나나. 팬케이크에서 모락모락 올라오는 김의 달콤한 냄새를 맡자 갓 구운 도넛이 생각났어요. 입에 침이 고이기 시작해서 부랴부랴 무릎에 냅킨을 펼쳐놓고 본격적으로 먹기 시작했죠. 한 입 한 입 음미하면서 포만감이 들 때까지요. 다 먹고 나서는 새콤한 주스로 마무리했어요.

시계를 확인하니 곧 영화가 시작될 시간이었어요. 계산을 하고 서둘러 길을 건너가 표를 샀지요. 마티네 상영을 보러 온 관객이 몇 없어서 우리는 어둠 속에 듬성듬성 떨어져 앉았어요. 특별히 오늘을 위해 고른 영화였어요. 널리 사랑받은 옛 영화를 리메이크한, 향수를 자극하는 작품이었지요. 오래전 아이들이 어렸을 때 데려가 원작을 보여준 적이 있어요. 새로이 해석된 아름다운 노래와 친근한 등장인물들이 잔뜩 나올 예정이었죠. 아무래도 보다가 울 것 같더라고요. 우는 게 부끄러운 일은 아니지만 손수건으로 눈가를 훔치고 코를 푸는 모습을 남한테 보이고 싶지는 않았어요. 내 아이들이 엄마가 혼자 놀이를 계획하고 영화를 보면서 한바탕 울었다는 걸 알면 뭐라고 놀릴까 싶어 웃음이 나왔지만, 그 아이들에게도 언젠가는 이런 날이 오겠지요. 주머니에 휴지가 넉넉한지 확인한 다음, 조명이 어두워지고 오프닝 음악이 흘러나올 때쯤 스크린을 향해 고개를 들었어요.

좋은 꿈 꿔요.

봄비

거짓말처럼 눈이 싹 사라지고, 끝나가는 겨울의 바람 사이로 간질이듯 봄 내음이 났어요.

아직도 낮은 짧고 하늘은 어둑했지만, 만물이 깨어나고 변화가 다가오고 있다는 걸 은근히 느낄 수 있었지요.

그날 아침에는 비가 줄기차게 내려 끈질기게 남아 있던 살얼음 덩어리들을 씻어낸 뒤 맨살이 드러난 까만 흙 안으로 스며들었어요. 최근 너무 집에만 있었던 터라 몸을 좀 움직이면서 뭔가 새로운 것을 보고 듣고 떠올리고 싶어졌어요. 그래서 노란 장화를 신고 외투를 걸치고 벽장 안 깊숙이 있던 우산을 꺼냈죠. 정성 들여 깎아 만든 나무 손잡이를 움켜쥐는 맛이 있는, 오래된 검정 우산이었어요. 현관을 나가 우산을 펼치자 우산살과 이음새들이 살짝 삐걱거렸지만 이내 머리 위에 또 한 겹의 커다란 하늘을 만들어줬어요. 비눗방울에 홀로 감싸여 걷는 듯한 느낌에 기분이 좋았죠.

장화가 주는 기쁨이란 어릴 때처럼 아무 거리낌 없이 찰방찰방 걸으면서 물웅덩이도 실컷 밟고 진흙탕도 과감하게 디딜 수 있다는 거 아니겠어요? 그렇게 찰박거리며 골목길과 대로를 걷다보니 어느새 시내 중심부였어요. 딱히 계획은 없었어요. 몇 군데 들러도 괜찮겠지만 우선 좀 걷고 싶었어요. 아스팔트 바닥에 달각달각 부딪히는 장화를 가끔씩 내려다보고 또 우산을 젖혀 초봄의 신선하고 차가운 공기로 뺨을 식히기도 하면서, 공원을 가로지르고 근사한 브라운스톤 주택가를 돌아 계속 걸었어요. 마침내 시내 끝에 다다른 후에야 방향을 돌려 다시 천천히 상점과 카페가 늘어선 중심가로 돌아왔죠.

커피숍은 유리창 가장자리에 김이 서렸고 테이블에 책을 펼쳐놓은 학생들과 테이블 옆에 유아차를 바짝 대놓은 부모들로 만석이었어요. 옆 문구점에서는 한 남자가 진열창을 새로 꾸미고 있었고요. 겨울 눈송이 장식이 내려가더니 커다란 파란색 빗방울을 맞으며 곳곳에서 튤립이 피어나는 장식이 올라왔죠. 줄지어 난 유리창 너머로 바쁘게 일하는 사람들이 들여다보이는 사무실도 지나쳤어요. 한 여자는 생각에 잠겨 창밖에 내리는 비와 아래위로 일렁이는 우산의 행렬을 멍하니 바라보고 있었지요. 왠지 우리와 함께 바깥에서 장화를 신고 철벅거렸으면 좋겠다고 생각하는 것 같았어요. 그분을 위해 집에 가는 길에 물웅덩이 몇 개를 더 찰박거려주기로 했어요.

길모퉁이에는 유리창 여기저기 포스터를 붙여놓은 레코드점이 있었어요. 손님 몇 명이 레코드판을 하나씩 넘겨보기에 나도 문 앞에서 우산을 접고 안으로 들어갔어요. 작고 좁다란 매장은 벽을 따라 나무상자가 늘어서 있고 서점의 페이퍼백 코너처럼 좋은 냄새가 났어요. 나는 우산꽂이에 우산을 찔러넣고 한쪽 벽을 따라 슬렁슬렁 걸어갔다가 반대쪽 벽을 따라 슬렁슬렁 걸어오면서 음반을 하나씩 들춰보고 어떤 건 꺼내서 속지 디자인을 확인하고 설명을 읽었어요. 칙칙한 짙은 색 커버의 옛날 재즈 음반들, 옛날 음반인 척하는 신간 음반들을 살펴봤어요. 커버는 분실되고 원래 주인의 이름이 색 바랜 잉크로 희미하게 남은 45회전 레코드판 상자도 뒤적였어요. 그러다 어릴 적 엄마가 반복해서 틀었던 음반을 발견했지 뭐예요. 잠시 동안 나는 일곱 살 아니면 여덟 살의 어느 여름날 저녁, 해가 진 후 우리집 뒷마당에 서서 창 너머로 엄마가 부엌에서 설거지하며 노래를 따라 부르는 모습을 엿보던 그때 그 순간으로 돌아갔어요. 나는 입을 헤벌리고 정신없이 엄마를 쳐다봤죠. 엄마가 너무 예뻤거든요.

계산대에서 음반을 계산하고 우산꽂이에서 우산을 빼 드는데 동네 라이브 공연과 행사를 알리는 지역 발행 잡지와 홍보지 더미를 발견했어요. 몇 장을 집어 음반 옆에 끼워넣고 밖으로 나왔어요. 여전히 비가 내리고 있었고, 얼굴에 닿는 차가운 공기에 기분이 한결 상쾌해졌어요. 새로 산 레코드판을 조심스레 옆구리에 끼고서 조금 더 산책을 했어요. 물웅덩이를 밟는 공상을 하던 회사원이 떠올라 더 힘차게 찰박거렸지요. 몇 군데 더 구경할까 아니면 따끈한 음료를 사 마실까 고민하다가, 어서 집에 가서 레코드판을 틀어보고 싶어졌어

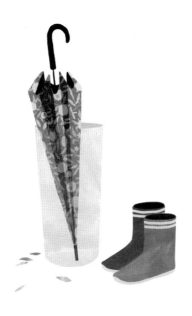

요. 얼마 후 나는 우리집 현관 앞 계단을 올라 신나게 장화와 외투를 벗어던지고 있었죠. 우산을 턴 뒤 문 옆의 우산꽂이에 꽂아 물이 흘러내리게 내버려뒀어요. 차가운 바깥바람도 좋았지만 포근한 우리집은 사막의 오아시스였죠.

오후의 실내는 어둑어둑했고, 나는 턴테이블 옆에 놓인 독서 램프를 켠 뒤 허리를 숙여 턴테이블 뚜껑을 열었어요. 음반 커버를 기울여 스르륵 판을 꺼내 턴테이블에 얹었어요. 탁자 위 작은 종이 상자에서 벨벳 브러시를 꺼내 레코드판 표면을 살살 문질러 먼지를 떨어줬어요. 다이얼을 돌리자 판이 돌기 시작했어요. 바늘이 판에 내려앉으며 첫 음이 울려퍼지던 그 순간, 가사가 전부 기억이 났지요. 노래를 따라 부르면서 거실을 무대삼아 빙글빙글 춤을 추는데 다음 노래가 뭔지도 훤히 꿰고 있음을 깨달았죠.

어느새 나는 거실 바닥에 주저앉아 이런저런 음반을 잔뜩 널어놓고 있었어요. 레코드숍에서 집어 온 잡지와 홍보지를 읽으며 오후를 보내는 동안 함께할 사운드트랙이었지요. 가볼까 싶은 공연은 귀퉁이를 접어 표시해뒀어요. 계절이 바뀔 무렵에는 다가올 몇 달간 즐길거리를 기대하고 고대하기, 미리 모험을 구상해놓기, 새로운 것을 보고 듣고 떠올리기가 필수라는 걸 잊지 마세요.

좋은 꿈 꿔요.

서점 문을 닫으며

몇 분만 있으면 여섯시인데 서점에는 아무도 없었어요.

나는 책등을 밀어넣어 열을 나란히 맞추고 엉뚱한 자리에 있는 책들을 원래 자리로 돌려보내며 책장을 정리했어요. 카운터를 정돈하고 계산대 옆 책갈피 더미를 가지런히 한 뒤 계산대를 잠갔어요. 하루종일 이 작은 서점이 그렇게나 북적이더니 드디어 텅 비어서 '열림' 표지판을 '닫힘'으로 뒤집을 수 있었지요.

이곳은 늘 분주한 중심가의 오래된 건물에 입점한 작은 서점이에요. 바닥에는 폭이 넓은 나무 널빤지를 깔았고, 높다란 우물천장에는 오래된 연철 샹들리에가 달려 있어요. 우리 가게에는 이곳이 몇 세대 전 공구점일 때부터 있었던 긴 카운터가 한쪽 벽면에 고정되어 있고, 다른 벽면에는 거리가 내다보이는 창들이 쪼르르 나 있어요.

쿠션을 여러 개 쌓아놓고 벽에 일러스트 그림을 붙여놓은, 책 읽기에 딱 좋은 아늑한 공간도 몇 군데 있지요. 안 흘리겠다고 약속만 하면 커피를 가져와도 돼요. 서점에는 점심때마다 조용히 커피를 홀짝이며 책장을 넘기는 손님들도 있고, 주머니에서 샌드위치나 사과를 몰래몰래 꺼내 먹는 손님들도 있답니다. 그래도 우리는 개의치 않아요. 책을 사랑하는 분들이니까요. 그거면 충분해요.

책 읽기 좋은 공간 중 하나는 서점 전면 창 바로 앞이에요. 나무판자로 만든 부스 형태라서 자기 몸은 조금 숨기는 동시에 창밖에 오가는 사람들은 실컷 구경할 수 있는 구조지요. 그 부스 안쪽에는 아프리카와 유럽 대륙 지도, 일본 도시 지도, 톨킨 세계의 '중간계' 지도, 곰돌이 푸가 사는 '헌드레드 에이커 우드' 지도, 심지어 레브 그로스먼이 창조해낸 마법사들의 세계가 펼쳐지는 '필로리'를 손으로 그린 지도까지 붙어 있답니다. (첫 장에 지도가 실린 책은 결코 실망시키는 법이 없다는 것, 다들 알잖아요.) 직원도 손님도 인정하는 명당이라 비어 있는 때가 드물지만, 다들 그 자리의 의미를 잘 알기에 다음 차례를 노리며 기웃거리는 일은 하지 않아요.

매장은 그만 둘러보고 다시 뒷정리를 하기 시작했어요. 먼저 뒷문을 잠갔어요. 나무 널을 대고 군데군데 물결무늬 유리판을 끼워넣은, 이 건물만큼 오래된 육중한 나무문이에요. 잠금장치를 딸깍 돌리고 가림막도 내렸어요. 뒷문 쪽 복도와 화장실을 돌며 불을 일일이 끄고 사무실 문도 꼭 닫은 다음 앞문으로 갔어요. 앞문도 두껍고 육중하지만 방충문이 덧달려서 날이 푹할 때는 신선한 공기가 책 향기와 섞

여들도록 문을 열어두기도 해요. 그 문을 닫고 잠금장치를 거는데 문 꼭대기에 달린 종이 달랑거려서 배시시 웃음이 났어요. 아침에 첫 손님이 들어올 때 종소리가 나는 것도 참 좋지만 저녁에 문 닫을 때 고요에 잠기기 전 듣는 마지막 종소리도 못지않게 좋거든요.

잠시 문에 기대 가만히 서 있었어요. 사람을 구경하기 딱 좋은 시간이었죠. 일이나 공부를 마치고 집으로 발길을 재촉하는 행인들은 봄날의 햇살에 눈을 깜빡이면서도 입에는 미소가 가득했어요. 서점 안은 고요했어요. 우리는 서점을 그저 책이 있는 만남의 장소라기보다는 도서관에 가까운 곳으로 생각하기에 음악을 잘 틀지 않아요. 째깍째깍 시계 초침 소리와 희미한 길거리 소음만이 들렸어요. 인정해요, 그 순간을 만끽하려고 늑장을 부리고 있었다는 걸. 스스로를 기다리게 만들었죠. 책을 파는 일이 즐겁고 책에 둘러싸여 책에 대한 이야기를 나누는 것도 좋아하지만, 혼자서 책 읽는 것도 못지않게 좋아하거든요. 그래서 매일 하루를 마무리한 뒤 꼭 혼자 책을 읽는답니다.

잡동사니 가득한 좁은 사무실로 돌아가면서 기대감에 한껏 설렜어요. 사무실 안에는 전기포트와 머그잔 몇 개, 그리고 지난주에 한시간 동안 함께 요리책을 골랐더니 손님이 고맙다며 선물해준 쿠키 두어 개가 있었어요. 나는 전기포트 스위치를 올리고 차 상자를 뒤적이다가 시나몬 차이를 마시기로 했어요. 사무실 구석 소형 냉장고에는 늘 아몬드 밀크가 쌓여 있지요. 다들 차에 아몬드 밀크를 넣는 걸 좋아하거든요. 아몬드 밀크가 뽀얗게 퍼진 차에 설탕을 넣어 휘휘 젓고, 쿠키 봉지와 읽던 책을 집어들고 창가 자리로 갔어요. 연작 시리

즈의 두번째 권을 읽기 시작하려던 참이었어요. 1권이 너무나 마음에 들어서 2권을 손에 넣기까지 무려 일 년을 기다렸어요. 아주아주 재미있는 책을 처음 읽는 기회는 언제나 단 한 번뿐인지라, 그 기대감마저 즐길 작정이었어요.

서두르지 않고 편히 자리를 잡았어요. 적당한 위치에 차와 쿠키를 놓고 쿠션도 적당한 위치에 놓았죠. 모든 것이 제자리를 찾은 후 신발을 벗어 좌석에 다리를 길게 뻗고 차를 한 모금 마시고 쿠키를 조금 베어 물고, 창밖을 지긋이 내다봤어요.

그런 뒤 숨을 한 번 깊게 들이마시고, 다시 크게 내뱉고, 비로소 책장을 펼쳤지요.

좋은 꿈 꿔요.

아스파라거스 밭

　오늘 아침 교외 헐벗은 농지의 야트막한 구릉 사이를 운전하면서 들이마신 봄의 공기가 얼마나 달고 포근했는지 몰라요.

　할아버지 댁에 놀러가는 길이었어요. 할아버지는 아직도 해마다 정원 가득 뭔가를 심고 망가진 물건들을 고치거나 책을 읽거나 야채수프를 끓이면서 바삐 지내시는 분이에요. 나무에 새순이 돋아나기 시작했고, 저멀리 지평선을 바라보면 나뭇가지에 어린 연녹색이 마치 연무처럼 보여요. 비로소 겨울이 끝나고 더 길고 환한 날들이 다가오고 있다는 첫 징표 같았죠. 언덕길을 오르는데 우듬지 위로 열기구 한 대가 떠오르는 걸 봤어요. 생각보다 가까이서, 느닷없이 나타나는 바람에 나도 모르게 너무 좋아서 활짝 웃었어요. 밝은색 열기구를 감싼 반들반들한 나선형 천조각들이 공중에서 펄럭거렸죠. 바구니

안에 몇몇 탑승자의 형체가 보였는데, 그들이 오늘 목격할 풍광을 상상해봤어요. 주홍빛이 어린 분홍색 아침 하늘과 퀼트 이불처럼 정방형 구획들이 가지런히 이어지는 들판, 새싹 돋은 나무들과 꾸물꾸물움직이는 자동차들. 이 모든 걸 새롭고 예사롭지 않은 각도에서 보겠지요.

진짜인지 아닌지 헷갈리는 기억이 있나요? 혹 꿈이었나 의심되지만 여느 꿈과는 달리 실제로 경험한 것처럼 느껴지는 그런 기억 말이에요. 내 앞에서 하늘로 둥실 떠오른 열기구를 보면서, 너무나 강렬하고 선명해서 진짜일 수밖에 없는 어떤 기억이 떠올랐어요. 높은 언덕 또는 산의 절벽에 내가 걸터앉아 있고, 주위에 열기구들이 가득 떠 있었어요. 가까이 떠 있는 것들은 선명하고 생생했고 좀 멀리 떠 있는 것들은 작은 점처럼 보였죠. 열두어 개 혹은 그보다 조금 더 됐는데, 나는 거기 앉아 탁 트인 공간을 둥실둥실 떠다니는 열기구들을 멍하니 바라만 봤어요. 만약 기구 하나가 밧줄을 늘어뜨린다면 내 옆을 스칠 수도 있고 그럼 꽉 붙잡아 덩달아 모험을 떠날 텐데, 하고 생각했던 기억이 나요.

그 장면을 생각하면 할수록, 생생하긴 하지만 내가 꾼 꿈이거나 아니면 누군가 들려준 이야기의 파편이 틀림없겠다 싶었어요. 그런 일이 일어날 법한 곳에 내가 어떻게 갔었는지 모르겠고, 그 일이 일어난 때라든가 다른 디테일을 전혀 떠올릴 수 없으니까요. 길이 꺾이면서 열기구는 시야에서 사라졌지만 나는 기억으로 위장한 꿈들에 대해 계속해서 생각했어요.

어렸을 때 해변의 돌출된 바위틈에서 비밀 동굴을 발견했다고 굳게 믿은 적이 있어요. 내 몸 하나 겨우 밀어넣을 만한 폭의 암벽 틈이 있었는데, 그 안에는 반들반들 윤이 나는 돌들이 가득하고 폭포와 얕은 연못까지 있는 꽤 널찍한 공간이 있었어요. 종유석과 석순도 있었는데, 그중 몇 개는 점점 가늘어지다가 중간에서 만난 모양새였어요. 손으로 그 옆구리를 쓸어보면 울퉁불퉁하면서도 매끈했지요. 짭짤한 바다와 습한 여름 공기의 냄새가 났고, 누군가 발견하기만을 기다리는 보물 상자가 근처에 틀림없이 있을 거라고 나는 확신했어요. 이 기억은, 어른들이 요리조리 뜯어보면 허물어질 것을 알기에 마음속 깊숙한 곳에 묻어뒀던 것 같아요. 왜냐면 내가 어렸을 때 우리 가족이 놀러갔던 연못들은 주변에 암벽이 없었거든요. 모래나 이파리 무성한 나무가 둘러싸고 있었고, 연못물도 염수가 아닌 담수였지요. 그 기억이 허구의 이야기에 불과하다는 걸 인정하기 싫었나봐요. 그래서 손도 대지 않은 채, 더께가 쌓이도록 마음속 다락에 묻어두고 오랫동안 방치했어요.

이 생생하고 진짜 같은 기억이 상상의 산물이라 해도 이제는 그다지 신경이 쓰이지 않는 걸 보니 나도 나이가 들었나봐요. 어렸을 땐 그런 기억이 무언가 범상치 않은, 마법 같은 일들이 세상에 존재한다는 증거 같아서 진짜이기를 온 마음으로 빌었어요. 하지만 이제는 평범한 것들이 오히려 하늘을 날아다니거나 오래된 보물을 발견하는 것보다 더 마법처럼 느껴져요.

작업실에서 옹이가 진 나무 덩어리를 다듬어 우묵한 그릇을 만드시는 우리 할아버지가 떠올랐어요. 앞뜰 나무에서 떨어진 연두빛 사과를 가득 담아도 될 정도로 그릇이 반들반들해질 때까지 나무를 사포질하고, 깎고, 문지르시겠죠. 그 옹이를 길러냈을 나무를 떠올려 봤어요. 상처나 감염 부위로부터 자라나 한데 엉킨 모양이 됐지만 아름다운 소용돌이 물결무늬를 만들어낸 나무. 사람도 때로 그와 같잖아요. 힘겨운 시간을 버텨내고 아름다운 뭔가를 만들어내니까요. 나한테는 그게 마법 같네요.

어느새 타이어는 잘 닦인 아스팔트 도로 대신 흙길을 달렸고, 얼마 안 가 나는 할아버지 댁 앞에 차를 대고 있었어요. 작지만 할아버지 혼자 살기엔 넉넉하고, 집보다 몇 배 넓은 뜰과 텃밭이 딸려 있는 곳이에요. 할아버지는 사과나무 뒤로 펼쳐진 새파란 풀밭에서 떨어진 잔가지를 줍고 계셨어요. 나는 할아버지의 보드랍고 주름진 뺨에 입을 맞춘 뒤 허리를 숙여 같이 땔감을 줍기 시작했죠. 할아버지 댁에는 겨울에 땔 난롯불용 건조 목재를 가득 쌓아둔 헛간이 있는데, 지금 함께 줍는 가지들도 거기에 모아둘 참이었어요. 우리는 도란도란 이야기를 나누면서 열심히 주웠어요. 할아버지는 이제 일상처럼 익숙해진 관절염 때문에 조금 힘들어하셨고요. 관절들이 원하는 만큼 구부러지거나 펴지지 않는 거죠. 하지만 할아버지는 참을성이 대단한 분이었고, 우리는 좀더 느릿느릿 가지를 주우면서 수다를 떨었어요. 할아버지가 땅에서 마로니에 열매 한 알을 주워 건네주면서 이러셨어요. "마로니에 열매를 주머니에 넣고 다니면 코끼리가 절대 네 발을 밟지 않지."* 이런 현명한 조언을 누가 감히 마다하겠어요.

나뭇가지를 충분히 모아 헛간에 쟁인 후 우리는 할아버지가 채소를 키우는 빈 텃밭에 들렀어요. 할아버지가 어디에 옥수수를 심고 어디에 깍지콩을 키울지 손가락으로 가리켜주셨죠. 언제나 정원에 이것저것 새로운 걸 심으시는데, 마침 집안에 씨앗 봉투가 있으니 들어가서 보여주겠다고 하셨어요. 나도 마침 브런치용 간식으로 빵집에서 베이글을 사 온 터라, 우리는 발길을 돌려 집으로 들어갔어요. 가는 길에 할아버지가 발길을 멈추고는 초록색 채소가 삐죽 솟아난, 폭이 꽤 넓은 땅 한 뙈기를 가리켰어요. 새 아스파라거스 밭이래요. 예전에 심은 건 작년에 드디어 수명을 다했다고 해요.

　"잘하셨어요." 내가 할아버지에게 말했어요. "언제 수확해요?"

　"한 삼 년 있으면 되지." 할아버지가 나한테 찡긋 윙크를 했어요. 집으로 천천히 들어가는 할아버지를 바라보면서 주머니에 손을 찔러넣고 아까 받은 열매를 만지작거렸어요. 이건 꿈이 아니야, 속으로 생각했지요. 이건 지금 일어나고 있는 일이야. 기억해둬.

　좋은 꿈 꿔요.

• 마로니에 열매를 주머니에 넣고 다니면 행운이 온다는 속설이 있다.

이건 꿈이 아니야.

속으로 생각했지요.

이건 지금 일어나고 있는 일이야.

기억해둬.

먼저 하나 하고,
그런 다음 또하나

오래전에 친구가 꽤 유용한 조언을 해줬어요.

처리할 일이 너무 많아 허둥대다가 급기야 제풀에 지쳐 헉헉대며 기운을 빼고 있을 때였어요. 친구는 손을 뻗어 내 팔을 살며시 잡더니 나와 눈을 맞추며 말했어요. "먼저 하나 하고, 그런 다음 또하나를 해." 우리는 같이 심호흡을 한 번 했고, 나는 웃음을 터뜨렸어요. 친구의 단순한 한마디가 먹구름을 뚫고 비치는 한줄기 햇살처럼 느껴지더군요. 나도 모르게 또다시 몸보다 머리가 앞서 달리고 있었고, 그러니 압도될 수밖에요. 한 번에 한 가지씩 하면서 지금 있는 곳에서 최종 단계까지 차근차근 수순을 밟는 게 옳은 방법이었어요. 지금도 해야 할 일이 많을 때는 물론이고 실컷 즐기고 싶은 일이 있을 때에도 친구의 조언을 되새긴답니다. 친구의 한마디는 마음의 지침이 되어, 무슨 일을 하든 속도를 늦추어 좌충우돌하지 않고 계획한 대로 흘러가게 해주었어요.

오늘 아침에도 그 말을 읊조리며 창문 커튼을 차례로 젖히고 블라인드를 올렸어요. 초봄의 햇살은 따사롭고 환해서, 겨우 몇 주 전의 겨울 햇살과는 전혀 다르게 느껴졌어요. 아직 창을 활짝 열어 바깥 공기를 들이기엔 너무 추웠지만 햇빛은 들일 만했지요. 나는 방마다 돌아다니면서 창가에 선 채, 비스듬히 들어와 눈꺼풀을 쓰다듬는 햇살을 느끼며 중얼거렸어요. 먼저 하나 하고, 그런 다음 또하나.

환한 한낮의 햇빛을 가득 머금은 집은 사뭇 다르게 느껴졌고, 오늘 하루 봄맞이 대청소로 겨울의 찌꺼기를 씻어낼 생각에 신이 났어요. 모두가 이런 날을 반기진 않겠지만 나는 무척 좋아해요. 물건들을 제자리에 갖다두고, 정돈하고 정리한 다음 마지막에 한 발 물러서서 모든 것이 반듯하게 자리한 걸 보는 게 좋아요. 집안이 여기저기 널린 물건들로 정신이 없으면 마음도 똑같이 산만해진다는 걸 오래전에 깨달았거든요. 반대로 모든 게 제자리에 있으면 기운이 솟고 정신이 명료해지죠. 그래서 오늘도 힘차게 소매를 걷어올리고 집에게 제 모습을 찾아주기로 했어요.

새벽에 새 모이통을 채우고 들어오는데 옷걸이가 눈에 띄었어요. 목도리며 묵직한 외투, 모자가 겹겹이 걸려 있고 외투 주머니에는 손모아장갑과 가죽장갑이 비죽 튀어나와 있는가 하면 발치에는 부츠가 한가득 쌓여 있었어요. 나는 허리에 손을 짚고 그 앞에 서서 말했죠. "먼저 이것 하나 하고."

겨울 옷더미부터 공략하기로 했어요. 외투들을 벽장 깊숙이 걸고 목도리는 잘 개서 바구니에 착착 담은 뒤 나머지도 정리했죠. 제일 좋아하는 손모아장갑 한 짝을 영영 잃어버렸다는 사실을 마침내 받아들이고 남은 한 짝도 보내줬어요. 주머니마다 뒤져 영화표 쪼가리며 구겨진 종이쪽지 따위도 전부 내다버렸고요. 마지막으로 뒤진 주머니에서는 빳빳한 10달러짜리 지폐가 한 장 나왔지 뭐예요. 아싸! 까맣게 잊고 있던 주머니 속 쌈짓돈을 발견하는 일은 어쩜 이리 매번 기쁜지, 10달러만 찾아내도 30달러나 (부디 바라건대) 80달러를 찾아낸 것처럼 이렇게 신난다는 게 새삼 신기해서 웃음이 터졌어요.

다음은 부엌 찬장이었어요. 안에 티백 한두 개만 남은 차 상자들을 한데 모아 상자 하나에 합치고, 필요한 사람에게 주면 훨씬 유용할 요리책도 죄다 꺼냈어요. 딱 이런 걸 모아두는 장소가 우리 동네에 있거든요. 다 읽은 책, 끝끝내 사용법을 익히지 못한 우묵한 프라이팬, 너무 예쁘지만 예전만큼 잘 맞지 않는 스웨터 따위를 갖다두는 작은 창고예요. 지난주에 산책을 나갔다가 잠깐 들렀는데, 모르는 작가들의 작품이 실린 작은 시집 한 권을 발견했어요. 내 봄 외투 주머니에 쏙 들어갈 만한 크기였죠. 그날 이후로 버스 정류장이나 커피숍에서 줄을 설 때 그 시집을 잠깐씩 펼쳐보고 있답니다.

벽장과 찬장을 하나씩 정리하며 손잡이 달린 가방에 주섬주섬 물건을 담았는데, 어느새 새 주인을 기다리는 물건으로 가방이 꽉 찼어요. 그걸 뒷문 옆에 놓으면서, 만약 해가 질 때까지 시간이 좀 남았다면 이따 날이 저물기 전에 창고에 갖다 두면 되겠구나 했지요.

이제 정리가 거의 다 됐어요. 방마다 말끔하고 깨끗해져서 이제 들어가 살기만 하면 되겠다 싶었지요. 나는 가스레인지에 주전자를 올리고 불을 켰어요. 물을 데우는 동안 조리대의 낡은 도기 꽃병에 꽂아둔 다발에서 꽃을 솎아냈어요. 묵직한 릴리를 초록색 잎이 감싼 이 다발은 며칠 전 동네 모퉁이의 마트에서 사 온 거예요. 봉오리가 막 벌어지던 참이었는데, 수술대와 꽃밥 몇 개를 손톱으로 톡톡 잘라내줬죠. 꽃가루가 손가락에 묻어나서 수도꼭지 아래에 대고 씻어냈어요. 우리집 텃밭에서 깨어날 날을 손꼽으며 잠들어 있는 구근들, 아직 앙상한 나뭇가지에 둥지를 트는 새들, 땅굴을 깊이 파놓고 가족을 키우는 토끼들이 떠올랐어요. 이탈리아어로 봄이 '처음'과 '진짜'를 뜻하는 단어의 조합인 '프리마베라'라는 것이 떠올랐어요. 그래요, 올해는 고작 몇 달밖에 안 됐지만 봄은 늘 한 해에 가장 처음 찾아오는 진실한 순간이니까요.

나는 머그잔을 가지고 밖으로 나와, 가득찬 새 모이통과 마주보이게 배치해놓은 의자로 갔어요. 홍관조며 산비둘기, 캐나다어치 들이 통에 든 씨앗을 쪼아먹거나 새카만 흙바닥에서 쫑쫑 뛰어다니고 있었어요. 오늘은 모두 집을 정리하는 날인가봐요. 살갗에 닿는 따스한 오후 햇살을 느끼며 의자에 몸을 쭉 펴고 앉았어요. 한두 쪽은 읽을 요량으로 책에 손을 뻗었지만 얼굴에 닿은 햇빛이 눈꺼풀을 끌어내리는 힘을 이길 수가 없어서, 천천히 숨을 내쉬며 쿠션에 뒤통수를 살며시 기댔어요. 하려던 일은 다 끝냈어요. 그러니 쉬어도 돼요.

좋은 꿈 꿔요.

할일이 너무 많을 때
일을 체계적으로 처리하는 법

．．．．．

미뤄둔 업무와 집안일이 차곡차곡 쌓여 하루 날을 잡고 해치워야 할 지경일 때, 천천히 한 가지씩 의식적으로 수행하면 즐겁게 해치울 수 있답니다. 그 과정을 즐기는 방법을 알려드릴게요.

• 머릿속에서 할일이 뒤죽박죽 섞이지 않도록 목록을 작성합니다. 제일 윗줄에 '할일 목록 작성하기'라고 써두면 목록을 끝까지 다 작성했을 때 그것부터 시원하게 줄을 쫙 그으면서 희열을 느낄 수 있어요. 봐요, 벌써 한 가지를 해치웠잖아요!

• 요리를 하거나 일주일치 식단을 준비해놓을 작정이라면, 먼저 요리책 두어 권을 꺼내 천천히 들춰 보면서 어떤 음식을 만들고 싶은지 생각해둡니다. 시간 있을 때 후무스나 잡곡밥, 그래놀라, 샐러드용 드레싱, 수프 같은 것을 대량으로 만들어놓으면 좋아요. 채소는 미리 씻어 다듬어두세요. 샐러드를 쉽고 빠르게 만들 수 있거든요. 먹으면서 만족하는 것도 준비하는 것 못지않게 중요하다는 걸 잊지 마세요. 그러니 지금 어떤 음식이 당기는지, 마음의 소리에 귀기울이세요! 쿠키가 먹고 싶다면 지금 당장 굽기 시작하세요.

- 음악이나 좋아하는 팟캐스트 채널, 오디오북을 틀어놓으세요. 괜찮은 장편 미스터리 소설 오디오북을 듣기에 딱 좋은 타이밍이에요. 잠자리에서 들으면 잠이 확 달아나 곤란하지만 밀린 집안일을 해치우면서 들으면 기운을 돋워줄 흥미진진한 내용이면 다 좋아요.

- 중간에 쉴 타이밍이 있는 집안일부터 시작하는 게 좋아요. 예를 들면, 빨래는 단시간에 집중적인 작업을 하고 중간중간 세탁되거나 건조되는 동안 길게 시간이 비지요. 또 압력밥솥이나 전기밥솥에 밥을 안치면 간간이 와서 들여다보고 확인해주기만 하면 돼요. 그런 일을 일단 시작해놓고 사이사이에 더 작은 단위의 집안일을 해치워요. 한 가지 일을 끝내면 가서 가스레인지에 올려놓은 냄비나 빨래 상태를 확인할 수 있도록 미리 알람을 설정해놓으세요.

- 집안을 중구난방으로 왔다갔다하며 청소하지 말고, 방을 하나씩 차례로 돌며 정리정돈해요. 한 구역을 다 끝내면 초를 켜놓거나 꽃을 꽂아놓거나 은은한 조명을 켜서 그 공간을 아늑하게 만들어요. 그러면 중간에 돌아보고 어디까지 청소했는지 한눈에 파악할 수 있을 뿐 아니라 청소를 다 끝냈을 때 집안 전체가 얼마나 아늑해질지도 머릿속에 그려볼 수 있답니다.

요가 수업에
너무 일찍 간 날

오늘 요가원에 너무 일찍 도착했어요. 기적 같은 일이었죠. 온종일 한 박자씩 뒤처져서 따라잡느라 종종거렸거든요.

아침에 잠에서 깬 순간부터 피곤하고 몸이 무겁더니 오전과 오후 내내 업무든 잡무든 뭐 하나 제대로 처리한 게 없었어요. 자꾸만 뭘 잊어버리거나 떨어뜨렸고, 그러다보니 슬슬 머릿속에서 스스로에게 모진 말을 퍼붓고 있더라고요. 휴식이 절실했고, 요가원의 조용하고 어두운 구석자리에 매트를 펼치는 상상으로 간신히 하루를 버텼어요.

그런데 기분좋게 일찍 도착한 거예요. 수업 시작하기 거의 삼십 분 전에요. 스튜디오는 열려 있고 미리 들어갈 수 있었어요. 요가원에서 한 블록 정도 떨어진 곳에 주차할 공간을 찾아서 차를 대고 잠시 차

안에 앉아 있었어요. 글러브박스에서 일기장을 꺼낸 다음 다시 손을 넣어 더듬더듬 펜을 찾아냈어요. 요가 수업 듣기 전 마음을 가장 무겁게 짓누르는 문제들을 종이에 옮기는 버릇이 있거든요. 그렇게 하면 어지러운 생각들과 조금은 거리를 둘 수 있는 것 같아요. 이제 그 생각들은 일기장이라는 물성이 있는 세계로 옮겨졌으니 더이상 내 머릿속에 머무를 필요가 없잖아요. 때로 내 머릿속 잡생각들은 소매를 잡아당기며 자신을 좀 봐달라고 아이처럼 조르곤 하는데, 이렇게 종이에 옮겨놓으면 잠시나마 벗어날 수 있답니다.

나는 일기장을 글러브박스에 도로 넣고 매트와 열쇠를 챙긴 뒤 요가원을 향해 걸으며 시내를 누볐어요. 초저녁의 정경과 소리에 이끌려 창문마다 안을 들여다보았지요. 옷가게 진열창에는 주황색 드레스가 걸려 있었어요. 레스토랑에는 샌드위치를 먹고 머그잔의 커피를 홀짝이는 사람들이 보였고요. 인도에는 와자하게 뛰어다니면서 노는 한 무리의 아이들이 있었어요. 서늘한 저녁 공기 속에서도 여미지 않은 외투 자락을 펄럭이며 서로의 이름을 큰 소리로 불러댔죠. 오늘 내린 비로 촉촉하게 젖은 아스팔트 냄새가 났고, 오직 봄에만 맡을 수 있는 새카만 흙의 신선한 내음도 솔솔 풍겼어요.

환히 켜진 요가원의 불빛과 프런트 데스크에 놓인 양초에 불을 붙이는 우리 선생님을 본 순간 벌써 기분이 훨씬 나아졌어요. 문을 열고 들어가 조용히 신발을 벗은 뒤 출석을 알리러 데스크로 갔어요.

"오늘은 기분이 어떠세요?" 선생님이 물었어요.

나는 숨을 한 번 들이마셨다가 내쉬면서 대답했어요. "지금은 좀

괜찮아졌어요."

선생님은 잠시 내 눈을 들여다보더니 대꾸했어요. "그렇군요. 저녁 수업에 잘 오셨어요. 벽에 다리를 올리고 누우세요."

미주알고주알 사정을 설명하지 않아도 되는 것에 감사하면서 나는 고개를 끄덕였어요. 요가 강습실은 어둑어둑했어요. 군데군데 초를 켜놓고 조명을 최대한 낮춰놓았죠. 그리고 따스했어요. 호흡하기에도 편했고 차가운 몸을 조금씩 데워주었죠. 조명이 나무 바닥에 반사돼 주황빛으로 퍼졌는데, 그래서인지 벽난로 앞에 앉아 불을 쬐는 기분이 들었어요. 꽤 일찍 왔는데도 다른 수강생 몇 명이 벌써 조용히 매트에 눕거나 앉아 있었어요. 정신없는 하루를 보낸 게 나 혼자가 아님을 알 수 있었죠. 강습실에는 떠드는 사람도, 핸드폰을 갖고 들어오는 사람도 없어요. 아주 고요하죠. 덕분에 오늘 처음으로 남의 시선에 짓눌리지 않는, 안전한 기분이 들었어요. 다른 사람들과 같이 있는데도 나만의 공간에 있는 듯했어요. 그것만큼 좋은 게 또 있을까요.

나는 강습실 제일 뒤 구석에 가져온 매트를 펴고, 선생님이 시킨 대로 벽에 엉덩이를 대고 바닥에 등을 붙여 누운 뒤 다리를 벽에 올렸어요. 그리고 곧바로 한숨을 토해냈죠. 이 자세는 언제나 마음을 가라앉혀줘요. 이렇게 하면 다리가 머리보다 높아져서 림프액이 어찌저찌되기 때문이라는 걸 알지만, 그런 걸 다 떠나서 그냥 편안해져요. 몇 분이 흘렀어요. 나는 계속 눈을 감고 있었어요. 잔잔한 피아노 연주곡이 흐르고 있었지요.

발소리가 나더니 귓가에 선생님의 나지막한 목소리가 들렸어요.

"매트에 완전히 몸을 펴고 누우세요. 더 좋은 방법이 있어요." 나는 하라는 대로 했고, 잠시 후 묵직한 담요가 내 몸을 내리누르는 게 느껴졌어요. 군데군데 모래주머니를 달아놓은 담요의 은근한 무게가 온몸을 고르게 눌렀고, 온갖 불안과 긴장을 밀어 내보내는 느낌이 들었어요. 머릿속에서 온종일 요란하게 울리던 자동차 경고음을 의식하지 못하다가 소리가 뚝 그친 후에야 비로소 알아차린 것만 같았죠.

"이게 뭐예요?"

"안도감이요." 선생님이 대답했어요. 그러더니 내 머리를 살짝 쓰다듬고는 어깨에 손을 잠시 올려두었어요.

"이러다 잠들겠어요." 내가 조용히 중얼거렸어요.

"잘됐네요. 이따가 깨워줄게요."

발소리가 멀어져 이윽고 담요의 묵직한 압박감과 강습실의 따뜻하고 조용한 공기만 남았어요.

좋은 꿈 꿔요.

더 나은 하루를 보내기 위한
몸 회복 요가

. . . . .

벽 앞에 움직일 공간을 마련하세요. 다리를 쭉 뻗을 수 있을 정도면 충분해요. 핸드폰은 필요 없으니 다른 데 치워두세요.

벽에 몸 오른쪽을 붙이고 바닥에 엉덩이를 대고 앉으세요. 그런 다음 누우면서 몸을 틀어 다리를 벽에 올리고 등은 바닥에 편하게 댑니다. 그러면 엉덩이를 벽에 붙인 채 등은 벽과 직각을 이루게 누운 자세가 돼요. 엉덩이를 벽에 딱 붙일 필요는 없지만, 붙이는 게 더 편할 수 있어요. 두 손은 아랫배에 살며시 얹거나 몸 옆에 툭 내려놓아요. 둘 중 더 편한 자세로 하세요. 이제 눈을 감고 자연스럽게 숨을 쉬면서 호흡에만 신경을 씁니다. 이 단계에 최소 오 분간 머무르세요.

벽에 몸을 붙인 채 양 무릎을 벌려 발바닥을 서로 맞대보세요. 이 자세에서 오 분 더 머물러도 좋고, 아니면 일 분에서 삼 분 정도만 있다가 다음으로 넘어가도 좋아요. 몸이 원하는 대로 하세요.

이제 무릎을 다시 모은 다음 천천히 내려 더 편한 방향으로 옆으로 누우세요. 태아 자세가 됐을 거예요. 잠시 웅크린 채 누워 있어요. 서두를 것 없다는 걸 몸이 알도록요.

벽에서 떨어져 바닥에 등을 대고 누우세요. 발에 힘을 빼고 발가락이 바깥을 향하도록 툭 내려놔보세요. 잠시 뒤통수를 바닥으로 밀면서 흉부를 살짝 들어올려 견갑골을 등 안쪽으로 접어 넣으세요. 이 자세를 약 오 분간 유지하면서 몸과 마음을 편안히 놓아두세요. 제대로 쉬게 하는 거예요. 머릿속에서 몰래 다른 일을 떠올리지 마세요. 지금은 쉴 때예요.

자, 이제 손과 발을 살살 꼼지락거리세요. 그런 다음 정수리부터 발끝까지 크게 기지개를 켜요. 무릎을 모아 가슴팍에 붙이고 꼭 끌어안으세요. 기억하세요. 지구상의 다른 모든 생명들과 마찬가지로 여러분도 따뜻함과 좋은 것들을 누릴 자격이 있다는 것을요.

옆으로 누웠다가 천천히 몸을 일으켜 앉아요. 준비가 됐을 때 다시 일상으로 돌아가세요.

크레용과 모래알

요 며칠 날씨가 갈피를 못 잡고 있어요.

해가 쨍하고 따스한 날이 계속되다가 언제 그랬냐는 듯 살갗을 에는 찬바람과 진눈깨비가 휘몰아치곤 했죠. 아침에 잠에서 깨면 두툼한 양말과 스웨터를 골라야 할지 아니면 티셔츠와 샌들을 골라야 할지 도무지 갈피를 잡을 수가 없었다니까요. 오늘은 잠시 가만히 서서 변해가는 새벽 하늘빛을 지켜봤어요. 해가 다 떴을 때 하늘이 무슨 색일지 보고 싶어서요. 처음에는 분홍색과 주황색이 밀고 올라와 길게 번지더군요. 아이들이 천천히 흐르는 시내 옆에 쪼그려앉아 물에 손을 담그고 장난치듯, 누군가 멀리서 손가락을 하늘에 담그고 천천히 물살을 가르고 있는 것 같았어요. 옛날에 누군가가 물에 긋는 선은 긋자마자 사라진다며, 걱정거리도 그런 식으로 생각하면 도움이 될 거라고 말해준 적이 있어요. 걱정거리란 돌에 새겨진 게 아니라 물에 그은 선이라고요. 실제로 도움이 됐지요. 오늘 하늘을 올려다보니 누군가 그은 선들이 흐릿해지고 희미해져 결국 어스름한 회색빛이 섞인 파란 창공에 녹아들더군요. "오늘도 갈피를 못 잡겠니?" 나는 날씨에게 물었어요. 날씨는 대꾸가 없었죠. 어쨌든 당장은요.

어머니 대자연이 오늘 어떻게 할지 아직 마음을 정하지 못했다면 나 역시 그래도 되겠다 싶었어요. 오늘은 계획을 세우지 않고 대신 그때그때 내키는 대로 보내기로 했어요. 그 순간 배에서 꾸르륵 소리가 나서, 다음 갈 곳은 부엌으로 정해졌지요.

부엌 조리대 한가운데 놓인 커다란 사기그릇에는 자몽과 귤, 그리고 종이처럼 얇고 새파란 꼭지가 그대로 달린 온주밀감이 한가득 담겨 있었어요. 최근 상큼하고 새콤한 맛이 당겨서 사랑스러운 감귤류 과일을 잔뜩 사다놨거든요. 귤 하나를 집어들어 코에 대봤어요. 달콤하고 새콤한 냄새에 감각이 깨어났죠. 껍질이 한 번도 안 끊기고 술술 벗겨졌어요. 천천히 한 조각씩 떼어내 그 조그만 주머니에서 과즙이 터져나오는 느낌을 음미했어요. 다음엔 자몽을 집어들었어요. 주황 빛깔의 껍질은 자세히 보면 분홍빛 붉은 기도 어려 있었어요. 칼로 조심스럽게 갈라 반달 모양 조각들을 접시에 담았어요. 여기에 말린 생강과 시나몬을 살짝 뿌린 다음 서랍에서 스푼을 꺼냈어요. 천천히 과육을 떠먹었죠. 어찌나 상큼하고 향기로운지 한 방울도 놓치기 싫었어요. 접시를 싱크대에 넣고 손가락에 묻은 끈적이는 과즙을 다 씻어내는데 어느새 우리집 부엌이 상큼한 과일 향으로 가득차

있더군요.

고등학교 때 과학 선생님이 교실 앞에 앉아 조용히 오렌지 껍질을 벗기던 날이 떠올랐어요. 우리 모두 숨죽여 기다렸죠. 수업이 시작된 건지 아니면 선생님이 뒤늦게 아침식사를 하려는 건지도 통 알 수가 없었거든요. 교실 측면에 앉아 있던 내가, 냄새가 참 향긋하다고 큰 소리로 말했어요. 선생님은 미소로 응답했지요. 선생님은 과일 향이 공기를 타고 내 코에 닿은 것처럼 분자가 공기에 퍼지는 원리를 이번 시간에 배울 거라고 하셨어요.

거실을 흘끗 내다보니 이제는 해가 완전히 떠서, 창으로 들어온 햇빛이 각진 창문 모양 그대로 바닥에 펼쳐져 있었어요. 햇빛 속 미세한 먼지 조각들이 춤추는 걸 보고 있자니 공기 중에 떠다니는 분자가 또 생각났어요. 그 빛 안으로 걸어들어가 잠시 서봤어요. 햇볕이 내 발가락을, 그다음엔 내 얼굴을 데워줬죠. 환한 햇빛과 자몽 향에 며칠 전 들춰봤던 컬러링북의 한 페이지가 떠올랐어요. 그래서 책상에 앉아 그 컬러링북을 내 앞에 올려놓았지요. 유치원 다닐 땐 색칠 공부가 전혀 즐겁지 않았어요. 그걸 잘할 만큼 진득하게 앉아 있는 게 너무 힘들었고, 내가 벌새처럼 이쪽에서 저쪽으로 부산스럽게 오가는 동안 컬러링북 낱장들은 하나같이 낙서장이 되어버렸어요. 그런데 이제는 색칠 공부를 하면 그렇게 평온할 수가 없네요. 형태를 점점 색깔로 채워나가면서 눈앞의 그림이 변해가는 과정을 지켜보노라면 조용한 위로를 받아요. 방금 전 머릿속에 떠오른 페이지를 펼쳐봤어요. 한가운데 자리한 커다란 원 안에 세세한 장식이 들어 있는 그림이었어요. 깃털이라든지 소용돌이, 꽃잎 따위가 좌우대칭으로 동그라미를 채우고 있었죠. 어쩐지 내 조리대 위의 그릇 같기도 했어요. 나뭇잎 꼭지가 그대로 달려 있는 온주밀감과 동그란 귤과 자몽이 들어 있는 그릇이요.

나는 커다란 크레용 상자를 열고, 색연필로 꽉 찬 낡은 머그잔을 바짝 끌어당겼어요. 손으로 컬러링북 종이를 쓸어 구겨진 곳을 펴고 어디부터 시작할까 궁리했어요. 마침 오늘의 색은 분홍색과 주황색인 것 같으니, 거기서부터 시작하기로 했죠. 먼저 동그라미 바깥쪽 가장자리를, 색깔을 바꿔가면서 조심조심 메워갔어요. 환한 아침해 비슷한 그림이 나오는 것 같았어요. 이런 형태의 그림을 만다라라고 해요. 이 컬러링북에는 아주 복잡한 만다라도 있고 다소 밋밋한 만다라도 있어요. 기하학적 도형이 가득해서 수학을 가르치기 위한 문제 같은 그림도 있고, 원 안에서 굴절되고 반복되는 꽃과 꽃봉오리 모양 때문에 자연 풍경을 비추는 만화경 같은 그림도 있고요.

대도시 중심가의 유서 깊은 미술관에서 오래도록 일했던 이모가 한 분 계셨어요. 정확히 말하면 이모할머니지요. 이모할머니는 미술관의 초청을 받아 갤러리 바닥에 만다라를 그리고 간 수도승들 이야기를 해주셨어요. 그분들은 갤러리 바닥에 거의 알갱이를 하나씩 옮긴다고 봐도 좋을 정도로 참을성 있게 모래를 이용해 풍성하고 정교한 도형을 만들어갔대요. 며칠이고 바닥에 무릎을 꿇고 손을 짚은 채 도형을 만들어 거의 완성해갈 무렵, 누군가 그만 발로 차서 모래를 사방에 흩트려놓았대요. 이모할머니는 작업을 감독한 수도승을 흘끔 돌아보았죠. 그는 금세, 정말 순식간에 차분한 얼굴빛을 되찾고 그저 이렇게 말했대요. "만다라를 완성하는 데 시간이 조금 더 걸릴 것 같군요."

비스듬히 들어오던 햇빛이 물러나고 아득히 천둥소리가 들려왔어요. 대자연이 또 변덕을 부리는 모양이었어요. 방이 어둑해져 램프를 켰어요. 파랑과 보라, 회색과 검정으로 색깔을 바꿨지요. 이모할머니가 들려준, 일의 흐름에 몸을 맡긴 수도승의 이야기를 떠올렸어요. 내가 철저하게 세운 최선의 계획이 누군가의 무심한 발길질에 공중분해됐던 순간들도요. 물에 그은 선과 떠다니는 분자들, 시시각각 변하는 하늘도 생각했어요. 공통점이 있었어요. 변화 앞에서도 평화로운 마음과 인내심. 나는 다른 색 크레용, 이번에는 진갈색과 초록색에 손을 뻗으면서, 아직 마음을 정하지 못했지만 그럼에도 무언가를 창조하고 있는 대자연을 계속 따라 해보기로 했어요.

좋은 꿈 꿔요.

좋았던 것 세 가지

우리집 꼭대기 층에는 나만을 위한 방이 있어요. 아래층에서 몇 계단만 올라 모퉁이를 돌면 나오지요.

너른 방 창문 너머로는 나무들이 내다보이고 나무 바닥에는 드문 드문 낡은 러그가 깔려 있어요. 책상 하나, 책장 하나, 작은 소파와 램프 하나. 작은 테이블은 퍼즐 놀이를 하거나 그림을 그리기 좋아요. 양초도 여럿 갖다놓았지요. 방 한구석 부드러운 러그 위에는 명상용 방석이 있어요. 말하자면 서재라고 할 수 있지요. 여기서 일을 뚝딱 해치우곤 하거든요. 하지만 오롯이 홀로 독서와 음악 감상, 재충전을 하는 곳이기도 해요.

늦봄의 오후, 창문을 열어둔 집이 오늘따라 조용했어요. 따뜻한 차를 한 잔 타서 나만을 위한 방으로 올라갔어요. 창가에 서서 새순이 돈은 나무를 한참 바라봤어요. 차를 한 모금씩 마시면서, 나뭇가지의 굽은 부분에 앉아 간간이 꼬리를 흔드는 다람쥐 녀석도 한동안 지켜봤죠. 찻잔을 내려놓고 선반이랑 창틀에 올려둔 화분을 살펴보며 갈증이 난 아이들에게는 물을 줬어요. 그런 다음 하나둘 초를 켰어요. 몇 분이 걸렸어요. 이것도 나름의 의식이거든요. 어떤 순간을 기념하는 것을 좋아해요. 초를 켜거나 음악을 틀거나, 아니면 그냥 숨을 크게 들이마시는 일도 기념 의식이 될 수 있답니다. 나는 콧노래를 흥얼거리며 성냥을 긋고 초를 하나씩 밝혀가면서 방을 은은하고 아늑하고 다정하게 만들었어요.

찻잔을 명상용 방석 옆에 내려놓고 방석에 앉아 잠시 꼼지락거렸어요. 몸이 곧게 펴지고 편안한 자세를 찾을 때까지, 두 발과 골반에 적당한 위치를 찾아줘야 하니까요. 그리고 오래된 얇은 담요를 어깨에 두르고, 머리까지 덮도록 추어올렸어요. 춥지는 않았지만 그렇게 하면 안전하고 집중이 잘되는 느낌이 들거든요. 숨을 깊이 들이마시고 내쉬면서 지난 이십사 시간을 돌아봤어요. 좋았던 것 세 가지를 찾으려고요. 머릿속에서 다시 재생할 세 가지 기분좋은 순간을요. 이렇게 하면 뇌가 새로이 정비되고, 이후로 하루이틀은 어디에 있든 세상의 다정함을 더 민감하게 알아채게 되는 것 같아요.

고요하게 가라앉은 마음속에 기억 한 조각이 떠올랐어요.

전날 밤 자고 있는데 짝꿍이 꿈을 꾸다가 돌아누우면서 손으로 내 팔을 툭 쳤어요. 그러더니 잠에서 깨지 않은 채로 내 손목을 꼬옥 쥐고 그대로 붙잡고 있는 거예요. 나는 온몸으로 퍼져가는 만족감 속에서 가만히 짝꿍의 느린 숨소리가 낮게 코를 고는 소리로 바뀌는 걸 들었어요. 그렇게 어둠 속에서 미소를 머금다가 도로 잠들었죠. 담요를 두르고 앉은 지금, 사랑하는 사람의 손이 닿는 그 감촉이 얼마나 좋았는지 떠올리면서 새삼 또 미소를 지었고요.

가만히 앉아 깊이 호흡하면서 또다른 좋았던 순간을 떠올려봤어요.

어제 아침 개들을 데리고 신선한 봄 공기를 들이마시러 나왔다가 걸음을 멈추고, 마당의 플라타너스 뿌리 주변에 피어 있던 은방울꽃을 한 송이 꺾었어요. 줄기가 어찌나 곱고, 또 작은 종 모양의 봉오리는 어찌나 오밀조밀한지, 그 자리에 서서 한참을 감탄했다니까요. 겨울이 비워놓은 마당의 공간을 봄이 채우고 있었고, 공기에서도 깨끗한 냄새가 나서 들이마시기만 해도 약이 되는 것 같았어요. 개들도 킁킁대며 마당을 돌아다니고 풀밭 사이로 서로의 꽁무니를 쫓았지요. 그 모습을 지켜보며 순수한 기쁨을 느꼈어요. 방석에 앉은 지금, 그때의 기분을 떠올리고는 그 기분을 뒤쫓으며 마음속을 이리저리 뛰어다녔어요. 그래야 오래도록 기억에 남을 테니까요.

다정한 순간을 하나 더 찾아보려 또다시 기억의 창고로 들어갔어요.

점심시간에 친구네 집에 찾아간 일이 떠올랐어요. 몇 주 전에 아기를 낳은 친구예요. 식료품을 한아름 사서 안기며 아기는 내가 볼 테니 샤워도 하고 눈도 좀 붙이라고 했어요. 친구는 내게 아기를 넘긴 뒤 잠깐이나마 자기 자신을 돌보러 살며시 방을 빠져나갔어요. 세상에 나온 지 얼마 안 된 아기는 금방 잠이 들어 어느새 새록거리고 있더군요. 나는 소파에 등을 기대고 아기 머리를 내 턱 아래 받혔어요. 가슴팍을 지그시 누르는 아기의 무게가 너무 포근해서 천국에 온 것 같았죠. 마음이 차분하고 충만해졌어요. 아기 머리에 코를 대고 아기 냄새를 한껏 들이마셨어요.

내 작은 다락방에 앉아 얼굴에 닿는 오후 햇살을 느끼며 그 순간을 되새겨봤어요. 적당히 묵직한 갓난아기, 나무뿌리 틈에서 꺾은 섬세한 은방울꽃 줄기, 사랑하는 사람의 손길. 이 전부를 머릿속에 담고서 가만히 앉아 음미했어요. 무언가가 무너지고 사라져서 생긴 마음의 빈자리들을 그 기억들이 채워줬어요. 덕분에 내가 온전해진 기분, 행복하고 평온한 기분이 들었죠.

좋은 꿈 꿔요.

세 가지 좋은 것으로 하루 시작하기

· · · · ·

　아침에 잠에서 깨면 잠시 그대로 누워 있어보세요. 어떤 물건에도 손을 뻗지 말고 그대로 있어요. 지난 이십사 시간을 천천히 복기하면서 자신에게 일어난 좋은 일, 혹은 자신이 목격한 좋은 일 세 가지를 찾아보세요. 아주 사소한 것일 수도 있고, 엄청난 것일 수도 있어요. 일이 잘못될 뻔하다가 무사히 흘러갔을 수도 있고요. 그 일을 목록에 올려요. 누군가 내게 친절하게, 혹은 참을성 있게 대해준 순간일 수도 있겠고요. 그것도 목록에 올려요. 내가 하는 일에서 작게나마 일보 전진했다거나, 잃어버린 줄 알았던 물건을 찾았다거나, 길에서 강아지를 보고 미소 지은 일도 괜찮아요. 다 목록에 올려요.

　그 순간에 느낀 기분을 마음속에서 왔다갔다하면서 되짚어봐요. 우리 뇌가 자석 그림판이라고 생각해봐요. 자석 그림판을 가지고 이것저것 그림을 그리고 글자도 쓰면서 놀았던 기억이 나나요? 버튼을 몇 번 굴리면 선이 더 진해졌던 것도 기억나요? 세 가지 좋은 일도 그렇게 되짚어보는 거예요.

　자, 이번에는 자석 그림판을 선반 위나 장난감 상자 안에 놔두고 잊어버렸다가 한참 뒤에 다시 들여다봤을 때 어떻게 돼 있을지 상상해봐요. 힘껏 흔들어도 깊이 새겨진 선들의 자국이 희미하게 남아 있을 거예요. 우리 마음과 뇌도 그렇답니다. 정성 들여 좋았던 일들을 되새김질하면 그 기억은 우리를 쉬이 떠나지 않아요. 그러니 좋은 기억을 깊고 풍성히 아로새겨, 삶이 우리를 세차게 뒤흔들 때도 희망과 온기를 떠올릴 수 있게 해봐요.

빵집에서

가게 안의 창가에 서서 잠시 바깥 거리를 내다봤어요.

아침햇살이 건물들 사이로 비쳐들고 있었어요. 몇몇 상점은 창에 불을 밝혔더군요. 모퉁이 식당의 네온사인은 이따금 깜빡거리며 은근한 빛을 뿜어내고 있었어요.

조금 있으면 손님들이 베이글이며 페이스트리, 슬라이스 식빵을 사러 들이닥치기 시작하리라는 걸 알고 있었어요. 나는 밀가루 묻은 손가락을 앞치마에 문질러 닦고 문에 달린 표지를 '닫힘'에서 '열림'으로 뒤집은 다음 육중한 떡갈나무 문의 잠금장치를 풀고 얼른 카운터 뒤로 돌아갔어요. 진열장마다 갓 구운 머핀과 롤빵, 식빵으로 가득했어요. 커피도 내리는 중이었고, 내 몫으로도 한 잔 따라 벌써 계산대 뒤에 숨겨놓았죠. 준비는 다 됐어요.

나는 토요일 오전 근무를 제일 좋아해요. 평일에는 손님들이 허겁지겁 아침식사와 커피를 사서 일터로 가느라 부리나케 들어왔다 부리나케 나가지만, 주말에는 우리 모두, 그러니까 제빵사도 손님도 다 같이 어깨에 힘을 빼고 있거든요. 주말에는 다들 커피를 천천히 음미하고, 신문도 좀더 천천히 읽고, 우리가 매일 즐겁게 구워 내놓는 잼 도넛과 커피케이크도 더 정성껏 맛보지요.

문 꼭대기에 달린 종이 짤랑거렸어요. 고개를 들자 길모퉁이 식당에서 일하는 종업원의 낯익은 얼굴이 보였죠. 앞치마 위에 봄철 외투를 덧입은 채, 미리 주문해서 우리가 곱게 포장해놓은 맛난 빵들을 가져가려고 손부터 내밀었어요.

"급해요?" 내가 물었어요.

"아뇨, 토요일이잖아요." 종업원은 무심히 손을 저으며 대꾸했어요. "알아서 커피를 따라 마시는 단골 두 명만 있어요."

우리는 마주보며 씩 웃었어요.

"음, 그럼 이거 한번 먹어봐요." 내가 파라핀지로 감싼 아직 따끈한 비스코티 한 조각을 건넸어요. "새로운 레시피를 시험하는 중인데 믿을 만한 의견이 필요해요."

종업원은 고마움이 담긴 미소를 보이며 비스코티를 받아들었고, 나는 간단히 곁들일 커피도 한 잔 따라줬어요. "오렌지랑 피스타치오가 들어갔는데, 커피에 적셔 먹으면 더 맛있을지 몰라요." 이렇게 덧붙이면서 머그잔을 카운터 위로 쓱 밀었죠.

"나도 적셔 먹지 않는 사람들은 영 못 미더워요." 종업원이 맞장구를 쳐줬어요.

"내가 그래서 자기한테 의견을 물어보는 거잖아요." 나는 이렇게 맞장구치면서 '무슨 뜻인지 알죠?' 하는 신호로 내 코를 톡톡 두드려 보였어요.

종업원은 먼저 비스코티를 코에 대고 향을 맡았어요. 그러더니 조각을 요리조리 뜯어보더군요. 피스타치오 덩어리와 오렌지 제스트의 비율을 눈대중해본 거예요. 가끔가다 사람들한테 샘플을 주면서 피드백을 요청하면, 두어 입 만에 허겁지겁 먹어치우고는 "맛있는데요?" 하고 가버릴 때가 있어요. 맛있다는 말은 듣기 좋지만 그다지 도움은 안 되죠. 이 친구는 시식이 뭔지 아주 잘 아는 사람이었어요. 먼저 커피에 적시지 않고 한 입 베어 물어 천천히 씹고, 그다음엔 커피에 살짝 담가 또 한 입 깨물었어요. 그러고는 나를 보면서 혀로 이를 훑으며 천천히 고개를 끄덕였어요.

"오렌지맛이 조금 더 강했으면 좋겠지만 굽기 정도는 딱 좋아요. 바삭바삭하고, 음료에 적셔 먹기 딱 좋고, 그렇지만 그냥 먹는다 해도 어떤 비스코티처럼 치아를 부러뜨릴 염려는 없는 정도? 이거 반응 좋겠는데요?"

자기가 만든 제품을 제대로 칭찬받은 제빵사라면 으레 그렇듯이, 머리카락 한 올까지 자신감이 차오른 나는 보온 커피포트를 워머에 도로 꽂아놓고 식당 종업원이 주문한 상품들을 내왔어요. 내가 건넨 봉투를 종업원이 고맙다며 받아들었고, 서로 "내일 또 봐요"라고 인사하고는 그 종업원은 자기 손님들에게 돌아갔어요.

이후 몇 시간에 걸쳐 손님이 끊임없이 들어왔어요. 몇몇은 말하지 않아도 뭘 원하는지 다 아는 단골이었고, 또 몇몇은 새로운 손님인데 입술을 깨물며 진열장을 한참 노려보다가 추천을 좀 해달라고 부탁했어요. 끓여낸 커피가 몇 주전자는 족히 됐고, 리본을 묶은 열두 개 들이 도넛 상자는 수십 개, 테이블에 나른 머핀과 스콘과 구운 베이글도 수십 접시는 됐어요. 파라핀지에 싼 짭짤하고 말랑말랑한 프레즐도 팔았고요. 모닝빵과 포카치아를 담은 상자를 카운터 너머로 뻗은 조급한 손들에게 건넸어요. 간식용 샌드위치를 만들려는 손님에게 판 슬라이스 식빵이 몇 개인지 몰라요. 손님이 신중하게 고민하다가 겨우 고른 파이, 생일을 맞은 사람의 이름을 쓴 카드를 정성스레 올린 케이크도 여럿 팔았어요. 간간이 카운터와 테이블을 장식한 빵 부스러기를 쓸어냈고, 어느새 이 빵과 저 빵은 다 팔렸다는 슬픈 소식을 전하기 시작했죠.

하루가 깊어가고 문에 달린 종의 울림도 점점 뜸해질 무렵 나는 사무실 선반에서 내가 제일 좋아하는 요리책 몇 권을 꺼낸 뒤 커피를 새로 따랐어요. 그리고 햇빛이 따사롭게 드는 카운터 한구석에 자리를 잡고 나보다 나이가 많은 그 요리책의 책장을 넘기기 시작했어요. 낱장마다 얼룩지고 구겨진데다 여백에는 깨알 같은 손글씨로 레시피를 적어놓은 책이었어요. 이 가게를 처음 개업한 제빵사가 준 선물이에요. 그분이 은퇴하면서 내가 이 가게를 사들였거든요. 목소리가 감미롭고 눈썹에는 늘 밀가루를 묻히고 다니던 분이었어요. 어느 날, 여느 때처럼 빵을 사러 들어왔다가 어떤 빵을 한 입 베어 물고는 그분께 사장님이 만든 빵은 맛을 딱 알겠다고, 사장님의 인장 같은 특유의 맛이 있다고 말했어요. 그러자 사장님이 씩 웃으며 카운터에 팔꿈치를 괴고는, 다른 누구도 엿들어선 안 되는 중대한 비밀인 양 이쪽저쪽을 살핀 후 속삭였어요. "비결은 그레이엄 밀가루*야." 그날부로 우리는 친구가 됐고, 얼마 후 나는 이 빵집에서 일하게 됐어요.

옛 사장님의 레시피 북을 읽고 있는데 뱃속에서 꼬르륵 신호를 보내는 바람에 카운터 뒤로 돌아가 선반에서 바게트 한 덩이를 꺼냈어요. 적당히 기다란 조각을 잘라낸 뒤 그 조각을 반으로 갈랐어요. 마침 꽤 좋은 올리브오일이 한 병 있었는데, 목구멍 뒤쪽에 깊은 풍미를 남기는, 과일 향이 나는 녹색 오일이었어요. 그걸 빵 조각에 주르륵 뿌렸어요. 냉장고를 뒤져 아티초크 한 덩어리와 케이퍼 병을 찾아냈고, 저장실에서는 말캉말캉한 선드라이드 토마토를 통째로 꺼내왔어요. 그걸 올리브오일을 두른 바게트 조각에 전부 척척 얹고 그 위에 블랙페퍼를 그라인더로 바드득 갈아 뿌린 뒤, 접시에 담아 해가 잘 드는 카운터 자리로 가져왔죠.

너무너무 맛있는 빵을 마지막 한입까지 행복하게 먹어치우면서, 다른 비스코티 레시피를 찾아 요리책을 넘겨봤어요. 그러다 갑자기 주머니에서 펜을 꺼내 한 줄 메모를 했죠. "오렌지맛을 더…… 마멀레이드도 추가할까?" 이다음에는 헤이즐넛과 초콜릿을 넣은 비스코티를 만들 계획이에요. 새로운 봄 메뉴도 하나 내놓고요. 딸기와 루

---

* 빻은 후 체로 거르지 않은 거친 질감의 통밀 밀가루.

바브를 넣고 뭐 하나 만들어볼까? 아침에 잠시 서 있던 창가로 커피 잔을 들고 가서 '열림' 표지를 다시 뒤집었어요. 그리고는 바깥 거리를 이쪽저쪽 둘러봤죠. 역시 토요일이 제일 좋아요.

좋은 꿈 꿔요.

봄날, 공동 텃밭에서

처음 전단지를 본 건 아직 땅이 눈에 덮여 있을 때였어요.

동네 마트에서 장 본 먹거리를 한아름 안고 나오다가 동네 소식 게시판을 쓱 훑어봤거든요. "공동 텃밭. 남은 자리 있음!" 어설프게 그린 꽃바구니와 채소 바구니로 장식한 전단지가 붙어 있더라고요. 나는 그곳에 서서, 부츠를 신고, 손모아장갑을 끼고, 두터운 외투를 목 끝까지 끌어올리고, 목도리를 단단히 두르고 모자까지 푹 눌러쓴 채로 돋아나는 초록 새순과 새파란 하늘을 상상했어요. 손모아장갑을 낀 뭉툭한 손을 뻗어 전단지에서 전화번호가 적힌 쪼가리 하나를 떼어내 주머니에 대충 쑤셔넣었죠.

며칠 후 친구와 우리집 부엌에서 커피를 마시다가 내가 그 쪽지를 꺼냈고, 우리는 당장 계획을 세웠어요. 우리가 가진 거라곤 각자 어

디선가 물려받은 원예 도구들과 하찮은 경험뿐이었지만, 둘 다 뛰어
난 원예가가 되고자 하는 깊은 열망이 있었고 그 열정이 부족한 지식
의 빈자리를 채워줄 거라 믿었어요. 우리는 각자 할일을 분배했어요.
친구는 도서관에 가서 초보 텃밭 농부가 첫해에 심기에 알맞은 종을
알려주는 책을 몇 권 빌려 오고 나는 식물 기르기 천재인 할아버지
한테 이것저것 여쭤보고 식물 연감이랑 종자 카탈로그를 빌려 오기

로 했어요. 그리고 우리 둘 다 집안을 샅샅이 뒤져 원예용 장갑과 갈퀴, 삽, 전지가위, 절단기를 찾아내기로 했지요.

얼마 안 가 우리는 페이지가 접힌 그대로 잡지에서 뜯어낸 기사들과 어느 지방에서 언제 뭐가 자라는지 알려주는 표, 그걸 실제로 자라게 하는 데 필요한 연장이 가득 든 먼지 낀 바구니, 작업용 장화, 씨앗을 담은 봉투들을 확보했어요. 돌아오는 토요일 아침나절에 텃밭에서 만나 대망의 밭농사를 시작하기로 했죠.

드디어 찾아온 토요일은 화창하고 꽤 푸근했어요. 차에서 내리니 갓 갈아엎은 흙에서 신선한 냄새가 났지요. 우리는 말뚝과 끈으로 구분해놓은, 우리에게 배정된 밭을 찾았고, 이웃들과 악수를 나눈 후 반다나로 머리카락을 뒤로 깔끔히 넘기고 일을 시작했어요.

밭은 이미 갈아놔서 보드라웠지만 흙을 더 고르게 해야 해서, 손과 괭이로 덩어리진 흙을 부서뜨렸어요. 그런 다음 도표를 다시 들여다보고 우리 구역을 천천히 돌며 계획을 세웠어요. 이쪽에는 허브를 심는 거야. 여기에는 바질과 오레가노를 심고, 여기에는 라벤더와 로즈메리, 샐비어와 백리향을 심자. 또 여기에는 강낭콩하고 깍지콩을 심고, 이쪽 줄에는 양상추, 이쪽 줄에는 토마토를 심어야겠다. 저 뒤에는 사탕옥수수를 한 줄 심고, 한 칸은 호박에 할애하고, 또 한 칸에는 브로콜리와 양배추, 오이를 기르고, 감자도 한구석에 조금 키워보자. 솔직히 감자는 자신 없었어요. 기르기 까다로운 작물이잖아요. 그렇지만 자료 조사도 충분히 했고, 흙에 묻기만 하면 되는 씨감자도 한 상자 준비해놨어요. 이제 보니 뭐든 기르는 일은 도박인 것 같아요.

비가 내리고 태양이 빛날 거라고, 씨앗과 묘목의 세포에 잠재된 자연적 성장력이 활성화돼 무럭무럭 자라날 거라고 무작정 믿고 벌이는 일이잖아요. 하지만 도박을 해볼 가치가, 그 믿음에 베팅해볼 가치가 있는 일 같았어요. 그래서 우리는 밭에 홈을 파고, 준비한 씨앗과 초목을 적당한 간격으로 심고, 조심스레 그 주위에 흙을 덮었어요.

햇볕이 머리 위에서 수직으로 내리쬘 때 우리는 진즉에 재킷을 벗은 뒤였고 얼굴은 흙투성이였어요. 일어서서 등을 쭉 펴니 허리에 손을 짚고서 우리가 심은 작물을 둘러보는 친구가 눈에 들어왔어요.

"좀 쉴까?" 내가 물었어요.

"응, 쉬자." 친구가 조심스레 밭고랑 사이를 디디며 걸어나와 수도꼭지 아래 손을 대고 흙을 씻어냈어요.

우리는 내가 점심으로 준비해 온 바구니를 피크닉 테이블로 가져가 한 상을 차렸어요. 보온병에 담아 온 얼그레이 홍차는 아직 뜨겁고, 살짝 달큼했어요. 샌드위치는 조금 뒤죽박죽이었어요. 두껍게 자른 사워도우 빵에 매콤한 머스터드소스를 펴 바르고 으깬 병아리콩과 부드러운 아보카도, 깍둑썰기한 오이와 피클, 타히니소스*와 딜, 레몬을 약간씩 섞고 소금과 후추를 잔뜩 뿌린 속을 곁들인 샌드위치였죠. 속을 얹은 빵에 어린잎 채소와 토마토 슬라이스까지 더한 다음 천으로 감싼 거예요. 여기에다 사과도 몇 알 챙겨왔고, 카더몬 조각을 뿌린 대추 막대 과자도 파라핀지에 싸서 오래된 쿠키 양철통

---

* 참깨를 베이스로 한 페이스트 소스.

에 담아 왔어요.

둘이 먹기엔 너무 많은 양이었지만, 사실 친구를 만들려고 넉넉히 싸 왔어요. 실제로 점심거리를 펼치고 몇 분 안 되어 이웃 텃밭의 가족이 우리와 합석을 하게 됐어요. 그 가족도 바구니에 챙겨 온 점심거리를 주섬주섬 꺼냈고, 우리는 먹으면서 씨앗 이야기를 나눴어요. 그 집 남자아이 둘은 햇볕을 받으며 신나게 뛰어다니더군요. 아이들은 뛰어놀다가 테이블로 돌아와 샌드위치 한 입, 과일 한 조각을 날름 받아먹고 또 달려가 술래잡기 놀이를 했어요. 이 가족은 벌써 몇 년째 텃밭을 가꾸고 있다면서, 우리에게 철따라 조언을 해주기로 약속했어요.

이웃 가족은 챙겨온 레모네이드를 나눠줬고, 우리가 가져온 대추 막대 과자를 좋아하며 받아 갔어요. 그리고 모두들 다시 밭으로 돌아갔죠. 일을 갈무리하고 도구를 주섬주섬 챙기며 밭을 둘러봤어요. 고랑은 가지런했고 두둑은 새순을 틔울 씨앗을 보호하도록 정성껏 돋워놨고, 식물들은 여름이 되면 지지대와 막대, 끈을 이용해 줄기를 지탱할 수 있도록 일정 간격을 두고 띄엄띄엄 심겨 있었죠.

"몇 달이면 주렁주렁 열매가 열리겠네." 친구가 말했어요.

"그럼 저장법을 빨리 배워야겠다." 내가 웃으면서 받아쳤어요. "또 다른 대모험이 되겠는걸."

좋은 꿈 꿔요.

으깬 병아리콩 샌드위치

· · · · ·

——— 4인분 ———

생각만 해도 침이 꼴깍 넘어갈 정도로 맛있는 으깬 병아리콩 샌드위치는 피크닉에 딱이에요. 속은 냉장고에 넣어두면 식감이 더 좋아지니, 가능하면 전날 밤 만들어두세요. 저처럼 미리미리 해두는 걸 깜빡하는 사람이라면, 푸짐한 점심거리가 필요할 때 아래의 재료를 모두 섞어 만들어보세요. 바로 만들어도 맛있거든요! 딜을 더 넣거나 레몬을 덜 넣는 식으로 각자 취향에 맞게 레시피를 조금씩 조정해도 문제없답니다. 아보카도는 아무리 많이 넣어도 뭐라 할 사람이 없지요. 더 넣고 싶으면 얼마든지 더 넣으세요. 단, 속이 조금 물컹해져 바삭한 식감은 떨어질 수 있다는 걸 염두에 두세요.

병아리콩 속 재료
물기를 빼고 헹군 병아리콩 1캔(약 440그램)
잘게 다진 딜 피클 반 컵
잘게 다진 오이 반 컵
곱게 다진 신선한 딜 1큰술, 혹은 말린 딜 1작은술
씨를 빼고 껍질을 벗겨 슬라이스 한 아보카도 반 개

갓 짠 레몬즙 2큰술

타히니소스 1큰술

소금과 후추, 기호에 따라

차려내기

사워도우 빵 또는 원하는 빵 8조각

매콤한 머스터드소스 4큰술

알팔파 같은 신선한 어린잎 채소나 브로콜리 4주먹

병아리콩 속을 만들려면, 우선 얕은 접시에 병아리콩을 담고 포크로 으깨요. 완전히 뭉개지 않도록 주의하세요. 다른 재료와 섞었을 때 식감이 살아 있도록 적당히 부스러뜨리고 몇 알은 그대로 남겨둬요. 여기에 피클과 오이와 딜을 넣고, 으깬 병아리콩과 골고루 섞이도록 저어요.

다른 작은 그릇에 아보카도를 넣고 부드러워질 때까지 포크로 으깨요. 으깬 아보카도에 레몬즙과 타히니소스를 넣고 잘 섞어요. 아보카도 속을 병아리콩 속과 합친 다음 잘 섞어요. 각자 입맛에 맞게 소금과 후추로 간을 해요. 이렇게 완성된 병아리콩 속을 밀폐 용기에 담아 냉장고에 최장 나흘까지 보관해요.

샌드위치를 만들려면 먼저 빵을 구워요. 큰 도마 혹은 깨끗하고 평평한 자리에 슬라이스 빵을 나란히 늘어놓아요. 그중 네 조각에 머스터드소스를 발라요. 머스터드를 바른 조각에 병아리콩 속을 반 컵씩

얹고 그 위에 어린잎 채소를 한 줌 얹어요. 남은 빵 조각으로 덮어요.

샌드위치를 한 조각씩 깨끗한 천으로 감싸요. 만들고 몇 시간 지난 뒤 먹어도 좋지만, 만들자마자 먹는 게 제일 맛있답니다. 자, 이제 이 샌드위치를 바구니에 차곡차곡 넣은 다음 제일 좋아하는 곳으로 가져가 피크닉을 해요. 이 샌드위치만 있으면 즉석에서 친구를 사귈 수 있어요.

오두막집 개시하기

○

모두가 동의하지는 않겠지만, 나는 마음속으로 '통나무집'은 숲속에 있고 '오두막집'은 해변에 있는 거라고 구분하고 있어요.

통나무집 하면 숲속 그늘진 공터에, 구부러진 가지를 하늘로 뻗친 울창한 키다리 소나무 아니면 백 살은 족히 된 떡갈나무 근처에 있을 것 같잖아요. 벽에는 어두운색 나무판자를 댔을 테고 난로에서는 두툼한 양말을 신은 발을 녹여줄 장작불이 타오르겠죠. 안개 낀 가을날 아침이나 첫눈 온 날에 따끈한 찻잔을 손에 쥐고 시선은 서서히 흐려지는 풍경에 둔 채 넋 놓고 있기 제일 좋은 장소예요.

오두막집은 강가나 드넓은 호수 근처에 있어요. 노란색이나 흰색 페인트로 칠한 벽은 색이 허옇게 바랬고, 이웃한 수양버들의 새순은 초봄이 찾아오면 제일 먼저 파릇해지기 시작해요. 포근한 계절 초입에, 한낮에 아이스티 한 잔 들고 끊임없이 흐르는 물을 물끄러미 바라보며 멍하니 있기에 최적인 장소예요.

그럴 생각으로 우리는 오두막으로 가고 있었어요. 청소하거나 산책할 때 입기 좋은 옷 며칠분과 비축 식량을 가득 담은 종이봉투를 싣고, 개 두 마리를 태우고, 마지막으로 잔뜩 신이 난 우리가 올라타자 차 한 대가 꽉 찼어요. 몇 년째 다니는 길이라 운전은 수월했어요. 늦여름마다 차가운 음료와 달콤한 옥수수를 사 먹던 가게를 지나, 신호등이 하나뿐이고 제멋대로 자란 담쟁이와 등나무가 뒤덮은 오래된 버스 터미널이 있는 작은 마을을 지나쳤어요. 주州 도로로 접어든 뒤에는 갖가지 동물과 기차 모양으로 관목을 다듬어놓은 주택을 끼고 돌아, 공기의 냄새가 살짝 바뀔 때까지 조금 더 달렸어요. 그러다 어느 순간, 오두막의 포치와 낯익은 나무들이 보일까 싶어 우리는 눈을 가늘게 뜨고 자동차 좌석 앞으로 몸을 쭉 뺐죠.

지난 세기 초에 지어진 아주 오래된 오두막이에요. 하얀 비막이널을 댔고 전면은 통창으로 되어 있지요. 그 앞에 차를 대는데 개들이 우리 무릎 위에서 종종거렸어요. 개들도 어디에 왔는지 알고 우리만큼 신났던 거죠. 차 문을 열자 먼저 풀쩍 뛰어내려서는 풀잎이란 풀잎은 모조리 살펴볼 기세로 아주 결연하게 킁킁대고 다니기 시작했어요. 말하자면 방명록을 들춰보면서 지난가을에 우리가 이곳을 닫아놓은 이후로 정확히 누가 다녀갔는지 확인하는 거였죠. 녀석들이 냄새를 실컷 맡게 내버려두고, 우리는 우리대로 창문 방충망이 느슨해진 데는 없나 확인하면서 집 곳곳을 살폈어요. 그러다 폭풍우가

닫쳤을 때 지붕에 떨어진 나뭇가지 몇 개와 덤불에서 고개를 내민 라일락 봉오리들을 발견했지요.

우리가 포치로 올라가자 개들이 이제는 꼬리 대신 온몸을 흔들면서 잽싸게 따라오더니 문 아래 틈새에 코를 바짝 디밀었어요. 나는 열쇠 꾸러미에서 빨간색 매니큐어로 작게 하트를 그려놓은 오두막 열쇠를 골라 열쇠 구멍에 넣었어요. 문을 밀어서 열어젖히자마자 개들이 총알처럼 뛰어들어가 방방이 뛰어다녔고, 우리도 돌아다니며 커튼을 열어젖히고 블라인드를 말아올리고 창문을 활짝 열었어요. 간혀 있던 꿉꿉한 공기 아래로, 이곳 특유의 냄새가 감지됐어요. 햇빛에 덥혀진 나이 많은 나무의 냄새, 오래된 책들과 그 책들이 몇 년이고 머물러온 책장의 냄새, 거기에 맑은 강물과 토요일 아침 느지막이 해 먹은 수백 번의 아침식사 냄새도 섞여 있었어요. 세상에 이보다 더 향기로운 냄새가 또 있을까요.

차에 실어 온 짐을 다 옮기고 실컷 냄새 맡고 다니느라 기운을 뺀 개들이 따뜻한 햇살이 내리쬐는 포치 한구석에 자리를 잡은 후에야 우리는 소매를 걷어붙이고 우리만의 조그만 오두막을 차근차근 정리하기 시작했어요. 먼저 침대에 깨끗한 시트를 씌우고, 바닥을 쓸었지요. 그다음엔 부엌 찬장과 냉장고를 채웠고요. 욕실에는 깨끗한 수건을 걸어놓고, 먼지 앉은 표면이란 표면은 죄다 말끔히 닦아냈어요. 그리고 두꺼비집이랑 온수기는, 미간을 찌푸리고 노려보다가 스위치를 죄다 건드려보고야 마침내 조작법을 알아냈지요.

"내년에 참고하게 메모해놔야겠어." 나는 이렇게 중얼거렸어요.

"흠. 그러게."

하지만 메모하지 않으리란 걸 우리 둘 다 알고 있었죠. 그것도 매년 되풀이하는 의식의 일부거든요.

그다음엔 뒤뜰에 빨랫줄을 걸어 맸어요. 곧 그 줄이 비치 타월과 수영복으로 가득할 모습을 상상하며 기뻐했지요. 이웃들에게 손 흔들면서 "안녕하세요" "잘 지내셨어요?" 하고 인사도 건넸어요. 아직 할일이 남아 있었지만 그날 해야 할 일들은 다 했기에, 우리는 부엌에 나란히 서서 어깨를 맞대고 샌드위치를 몇 조각 만들어서는 물가로 가지고 나갔어요. 선창의 제일 끄트머리까지 걸어가 다리를 늘어뜨리고 앉았죠. 아직 차디찬 강물이 발가락 겨우 몇 센티미터 아래에 흐르고 있었어요. 오래도록 아껴둔 순간이었고, 서로 말하지 않아도 잘 알았지요.

다들 이런가요? 여러분도 강과 바다가 마치 고향처럼 자신을 부르나요? 강이나 바다로부터 너무 오래 떨어져 있으면 초조해지고 신경이 곤두서나요? 물가에 돌아오면 비로소 기운이 회복되는 것 같나요? 어쩌면 내가 이곳에서 자라서 그런지도 몰라요. 어릴 적 수없이 포치의 그네에서 잠들었고, 걸음마를 뗀 이래 매년 이 선창에서 물로 풍덩 뛰어들며 자랐기에 그런지도 몰라요. 아니면 물은 모두를 똑같이 부르는 걸까요? 만일 사막에서 자라서 만날 메마른 모래언덕을 걷고 가끔가다 한 번씩 나오는 야자수 그늘에서 쉬며 유유자적 살아왔다면, 건조한 열기가 나를 부르는 것처럼 느껴졌을까요?

내 옆에서 짝꿍이 팔을 들어 손가락으로 강물 저멀리 일자로 길게 펼쳐진 강철 물체를 가리켰어요.

"배다!"

"배다!" 내가 똑같이 외쳤어요.

여름이 끝나기 전에 수백 척은 더 볼 테지만, 그렇다고 덜 신나는 건 아니거든요. 몇 종류는 배 편람에서 낱장이 닳도록 들여다봐서 눈에 아주 익숙했어요. 선체가 몇 미터나 되며 주로 뭘 운송하는지는 물론이고 화물칸이 꽉 찼는지 비었는지까지 척 보면 알 수 있었죠. 그런데 이 배는 선체가 미끈하고 페인트도 갓 칠한, 완전 새 배였어요. 어서 한밤중에 저 배의 고동소리를 듣고 싶었어요. 불 밝힌 선수와 선미가 밤의 새카만 물을 헤치고 나아가는 것도 보고 싶었고요. 세상에 오두막에서 맛보는 잠만한 건 없고, 오두막에서 맞이하는 아침만한 것도 없답니다.

등뒤에서 다박다박 개들 발소리가 들리더니 녀석들이 슬그머니 다가와 우리 옆에 앉았어요. 북슬북슬한 머리통 하나가 내 허벅지에 턱 얹혔고, 나는 푸슬푸슬한 녀석의 한쪽 귀에 손을 얹고서 눈 사이를 살살 쓰다듬어줬어요. 우리는 모두 말없이 앉아 천천히 나아가는 배와 뱃머리에 밀리는 물보라와 머리 위 물새들을 하염없이 번갈아 바라봤어요. 통나무집도 물론 나름의 즐거움이 있음을 의심치 않지만, 여기는 오두막이고, 여름을 보내기에는 오두막이 단연코 최고랍니다.

좋은 꿈 꿔요.

물가에서 명상하기

. . . . .

그냥 물가에 서 있는 것으로 시작하면 돼요. 발을 어깨너비로 벌리고 몸의 무게중심이 발의 아치에서 약간 앞에 실리는 걸 의식해보세요. 양손은 편안하게 옆으로 늘어뜨리고, 눈을 살며시 감아요. 코로 천천히 숨을 들이마셨다가 한숨을 쉬듯 입으로 내뱉어요.

주변에서 어떤 소리가 들리는지 집중해보세요. 물이 흐르는 소리가 날 수도 있고, 새나 곤충, 아니면 사람이 근처에 있을 수도 있겠네요. 들려오는 소리를 평가하려 하지 말고 오직 소리 자체에만 귀를 기울여요. 호기심을 가지고 들어보세요. 음량과 리듬을, 나아가 어느 쪽 귀에 소리가 들려오는지도 의식해보세요.

천천히 눈을 뜬 뒤 시야에 들어오는 풍경 가운데 어느 하나에 초점을 맞추세요. 나무일 수도 있고 구름이나 저멀리 물에 떠 있는 배일 수도 있겠네요. 이번에도 보이는 것에 대해 어떤 판단도 내리지 말고 그저 형태와 색깔, 질감만 파악해보세요. 그런 다음 시선을 수면으로 돌려 잔물결이 어떻게 일고 물이 어떻게 흐르는지 주의를 기울여보세요.

양발에 분산해 실은 체중을 의식하면서 잠시만 더 가만히 서서 주변의 소리를 듣고 풍경을 관찰하세요. 명상이란 그저 차분히 주의를 기울이는 것이니까요. 지금까지 한 게 바로 명상이에요. 다시 한번 코로 깊이 숨을 들이마시고 입으로 내쉬어요. 잘했어요.

라일락 도둑

밖에 나왔을 때 스쳐가는 바람마다 라일락 향기가 묻어나는 나날은 봄 중에도 며칠 되지 않아요.

워낙 화사하고 달콤한 향기라 우리는 그저 발길을 멈추고 천천히 깊은숨을 들이마시면서 일 년 치의 라일락 향기를 폐 가득히 최대한 저장하는 수밖에 없어요.

라일락이라.

어렸을 때 그 보드라운 꽃잎에 얼굴을 묻고는, 거기에 맺힌 이슬이 내 뺨을 적시는데도 아랑곳하지 않고 어떻게 이런 향기에 이런 모양이 세상에 있을 수 있는지, 어떻게 이렇게 풍성하게 자라나고 또 이렇게…… 우리 곁에 존재할 수 있는지 몹시 궁금해했던 기억이 나요. 자연적으로 생겨난 존재라기에는 너무 비현실적으로 아름답고 너무나도 보기 좋게 조율되어 있잖아요. 하지만 그런 라일락에도 아쉬운 점은 있을 수밖에요. 일 년에 단 한 번 피고, 일단 피면 그리 오래 가지 않는다는 것이죠. 게다가 나뭇가지에 달려 있는 채로 감상하는 게 제일 좋아요. 꺾어서 실내에 들여놓으면 이내 시들고 바싹 말라 달콤한 향기도 희미해져버리니까요.

그걸 아는데도 어쩔 수가 없었어요. 봄이 오면 나는 늘 라일락에 최대한 오래 둘러싸여 지내려고 기를 써요. 그 말은 곧 내가 직접 그런 환경을 조성해야 하며 어쩌면 아주 살짝 무단침입을 해야 할지도 모른다는 뜻이에요. 말하자면, 나는 라일락 도둑이랍니다. 하지만 결코 되는 대로 털지는 않아요. 그렇게 막무가내로 저지르지 않고, 남의 눈에 포착되는 일도 드물죠. 내 솜씨는 절묘하니까요. 언제 어디서 착수할지 미리 계획하고, 누가 알아채기 전에 멀리 도망쳐버리거든요. 동네를 산책하다가 무심히 손을 뻗어 길가의 울타리 널조각 사이로 삐져나온 꽃송이를 슬며시 꺾어서는, 누군가가 그걸 보고 기분이 좋아지도록 남의 집 우편함 깃발에 가볍게 꽂아놓는 경우도 있어요. 하지만 우리집 가까운 곳에서 대대적인 작업을 벌이는 건 바보짓이라는 것쯤은 잘 알죠.

오늘의 거사를 위해 차에 도구 일체(소쿠리, 원예용 장갑, 노끈, 소형 전지가위)를 싣고, 눈에 띄지 않는 복장을 하고서 시골로 차를 몰았어요. 여러 차례 오가던 어느 비포장도로 옆에 버려진 지 한참 된 낡은 농가가 하나 있거든요. 몇 년 전 그곳을 사전 답사 하면서 집이 빈 것이 확실하며 마당에 라일락이 여러 그루 자라는 것도 확인했어요.

나는 그럴듯한 알리바이를 만들기 위해, 그 집에서 어느 정도 떨어진 도로 끝에 차를 댔어요. 여차하면 갑자기 차에 문제가 생기는 바람에 달아오른 엔진도 식힐 겸 또 장미 향기도 맡을 겸 쉬러 갔다고 둘러대면 되니까요. 아무렴, 역시 세기의 도둑은 달라도 한참 다르지, 하고 속으로 자화자찬하고 쿡쿡 웃으며 뒷좌석에서 준비물을 꺼내 그 낡은 농가를 향해 길게 펼쳐진 흙길을 걸어갔어요.

가다가 잠깐 멈춰 서서 얼굴에 햇살을 받으며 이 집에 누가 살았을까, 상상력을 펼치며 이야기를 지어봤어요. 텃밭 고랑 사이를 뛰노는 아이들과 그애들과 경주하듯 덩달아 뛰는 반려견 몇 마리, 독립기념일에 하늘을 장식하는 폭죽 불꽃, 갓 담근 피클을 담은 병들을 면포 위에 쪼르륵 늘어놓은 부엌 풍경, 지금 내 앞에 우뚝 선 이 나무를 백 년 전 어느 특별한 날을 기념하려고 심는 광경 따위를 떠올렸죠. 이 집에는 건물 전체를 빙 두른 형태의 포치가 있었고, 비록 계단은 몇 군데 이가 빠지고 페인트도 벗어지고 색이 바랬지만 한때 무척이나 사랑받은 집이란 걸 한눈에 알 수 있었어요.

코만 믿고 따라갔더니 한 무리 라일락이 그득했어요. 얼른 장갑을 끼고 전지가위를 폈죠. 꽃송이들이 너무나 탐스럽고 묵직해서 줄기가 이를 떠받치느라 낑낑대는 것 같았어요. 발치에 소쿠리를 내려놓고 그 무게를 덜어주기 시작했어요. 작은 꽃송이 하나하나를 눈으로 쓰다듬고 향기를 한껏 들이마시며 작업을 했고, 꿀벌을 만날 때마다 이 꽃에서 저 꽃으로 옮겨가기를 참을성 있게 기다렸어요. 그렇게, 소쿠리가 넘칠락 말락 할 때까지 채웠는데도 나무들은 작업을 시작했을 때처럼 꽃이 풍성했어요. 나는 왔던 길을 그대로 되밟아 돌아왔고, 은밀하게 길 이쪽저쪽을 살피며 훔친 물건을 차 뒷좌석에 싣고 잽싸게 현장을 빠져나왔어요.

한탕했더니 어찌나 목이 마르던지, 집 근처 작은 카페에서 파는 콜드브루 커피가 그렇게 마시고 싶더라고요. 라일락 소쿠리를 들고 카페로 가서는 야외 작은 테이블에 앉았어요. 먼저 코코넛밀크를 곁들인 아이스커피를 주문하고 소쿠리를 옆자리에 내려놓았어요. 줄기를 주섬주섬 정리하면서 몇 송이씩 나눠 다발을 만들고 노끈으로 묶었죠. 몇 개는 내가 갖고, 몇 개는 친구들 집 현관 계단에 놓아둘 작정이었어요.

"그 라일락 훔친 거요?" 등뒤에서 목소리가 들렸어요.

고개를 돌리자 회색 머리카락에 눈이 반짝이는 노인이 커피잔 너머로 나를 빤히 쳐다보고 있었어요.

"무슨 라일락이요?" 내가 천연덕스럽게 물었어요.

노인은 내게 윙크하더니 알아들었다는 뜻으로, 검지로 자기 콧망울을 톡톡 두드렸어요.

"끼리끼리 알아보는 법이지."

나는 호탕하게 웃음을 터뜨렸고, 노인에게 꽃다발 하나를 건넸어요. 그분은 꽃에 얼굴을 묻고 향기를 한껏 들이마시더니 만족스럽게 숨을 내쉬었어요.

우리는 각자 좋아하는 꽃 서리 장소에 대해 잠시 수다를 떨었어요. 그분은 고속도로 옆 모처를 말했고, 나는 도서관 뒤에 자란 나무가

실하다고 귀띔해드렸죠. 그분이 감사 인사로 꽃다발을 들어 보였고,
나는 집에 가는 길에 남은 노획물을 친구들, 그리고 모르는 사람들과
나누려고 소쿠리를 단단히 챙겨들었어요.

좋은 꿈 꿔요.

현관 계단에서 커피 한 잔,
또는 오늘 하루를 더 기분좋게 만드는 법

동이 트고 있었어요.

한 겹의 고적운 너머로 펼쳐진 새파란 밝은 하늘을 올려다봤어요. 그 왜, 살랑바람 부는 날 호수에 이는 잔물결 같은 구름 있잖아요. 현관 앞 계단에 앉은 내 바로 옆에는 모락모락 김이 오르는 커피잔이 놓여 있었고, 고소한 커피 향이 파릇한 잔디와 무성히 자라난 정원 식물의 냄새와 섞여들었어요. 지난 몇 주간 따뜻한 날이 이어졌지만 아침부터 푸근한 건 실로 오랜만이었어요. 어쩐지 잠에서 깰 때부터 그런 날이 될 것 같았지요. 창의 작은 틈으로 스며든 냄새를 맡았을 수도 있고, 아니면 오늘따라 새들이 따스한 공기를 즐기며 평소와 달리 노래했는지도 모르죠. 여하간 눈을 뜨기 전부터 오늘은 환하고 기분좋은 아침을 맞으리라는 걸 알았어요. 그리고 정말로 그랬죠. 나는 아무 계획 없이 앉아 천천히 커피를 마시며 빛깔이 변하는 하늘을 지켜봤어요. 맞은편 집에서 눈과 귀 주위만 짙은 갈색이고 나머지는 엷은 황갈색 털옷을 입은 샴고양이가 창가 소파 등받이 위를 어슬렁대는 것도 구경했어요. 녀석은 자리를 잡고 앉았고, 나는 골목길의 나이 많은 나무들 사이로 파닥이며 오가는 새를 구경하는 그 녀석을 구경했어요.

커피를 두 잔째 마실 때 그게 눈에 들어왔어요. 현관 계단 맨 위에 올려놨던 빈 화분 아래 깔려 있는 얼룩 묻은 종이쪽지가요. 나는 한쪽 눈썹을 치키며 곰곰이 되짚어봤어요. 내가 저기에 뭘 놔뒀던가? 어쩜 편지 한 통을 떨어뜨렸거나 장보기 목록이 주머니에서 빠졌는지도 모르지. 화분을 조금 밀었더니 펜으로 쓴 쪽지가 나왔는데 피식 웃음이 흘러나오지 뭐예요. "당신네 포치를 장식할 꽃이에요"라고 쓰여 있었거든요. 쪽지 밑에는 씨앗 봉투 세 개가 있었어요. 전부 꽃씨였지만 각기 다른 종류, 다른 색깔의 꽃이었어요. 나는 깔깔 웃으며 봉투를 집어들었고, 선물을 놓고 간 사람이 여태 거기 남아서 나를 지켜보고 있기라도 한 것처럼 골목을 두리번거렸어요.

문득 '몰래 선물하기의 달인'이었던 옛친구가 떠올랐어요. 한번은 내가 갖고 싶어서 눈독을 들이던 조그만 장신구를 그 친구가 우리집 찬장 깊숙이 자리한 빈 유리병에 숨겨놓은 적도 있어요. 그걸 발견하는 데 몇 주가 걸렸죠. 어느 날 밤늦게 잠옷에 슬리퍼 차림으로 밤참거리를 찾으러 부엌에 왔다가 그걸 발견하고 마법이 깃든 선물을 받은 기분이었어요. 그건 단순한 장신구가 아니었어요. 친구는 나에게 뜻밖의 행복을 선물한 거였어요.

나는 가만히 씨앗을 내려다보다가 종이봉투를 흔들어봤고, 기분 좋은 달그락 소리를 들으며 그때 그 기분을 느꼈어요. 오늘은 내가 다른 사람들을 놀래주면 어떨까?

우선 커피잔과 씨앗을 챙겨 집안으로 들어가면서 계획을 세웠어요. 마침 바로 전날 양귀비 씨앗과 레몬을 잔뜩 넣고 머핀을 한 판 구워놓은 참이었지요. 그중 몇 개를 오래된 양철 쿠키 통에 넣고 리본을 둘러 묶었어요. 골목 저편에 사는 이웃을 얼마 전 도서관에서 마주쳤거든요. 논문 심사를 앞두고 마지막 학기를 보내느라 책상에 책을 높이 쌓아두고 노트도 잔뜩 늘어놓고 앉아 있더라고요. 나는 양철통에 쪽지를 끼워넣었어요. 간식 먹으면서 공부하세요, 라고 써놓았지요.

얼마 후 그 양철통을 그 집 포치에 슬그머니 내려놓고 얼른 도망쳐 큰길로 나왔어요. 상점들과 카페가 있는 길모퉁이로 향했죠. 가다가 식료품점 앞 미터기에 대놓은 어느 차량의 주차 시간이 다 된 게 보여서, 주머니에서 동전 몇 개를 꺼내 미터기에 넣어줬어요. 다음엔 데이지와 수선화를 섞은 작은 꽃다발 하나를 사서 서점으로 갔어요. 서점 안쪽에 역사소설로 가득한 높다란 책꽂이가 있는데, 어느 한 열 끄트머리의 빈틈에 꽃다발을 꽂아놓고 쪽지도 놓아두었죠. 당신을 위한 거예요.

공원을 걸으면서 쓰레기를 주웠고, 오리 사료 판매대 위에 25센트짜리 주화 한 개를 올려놓았어요. 주스 팩 몇 개를 들고서 쪼끄만 아기 둘을 돌보느라 쩔쩔매는 아빠가 보이기에, 가서 한 아이의 신발 끈을 묶어주고 다른 아이에게는 크래커 상자를 뜯어줬어요. 지나가다가 문을 잡아주고, 떨어뜨린 연필을 주워주고, 어느 가게 앞에 얌전히 앉아 있는 강아지의 사진을 찍어 한동안 연락이 뜸했던 친구에게 보냈어요. 배달원에게는 길을 가르쳐줬고요. 잘못 굴러온 공을 학교 운동장에 도로 던져주기도 했답니다. 그러다가 나중에는 그냥 미소를 지으며 속도를 늦췄어요. 서두르기는 전염성이 있는 것 같으니 어느 정도 차분하고 편안하게 움직이면 주변 사람들도 덩달아 마음이 편해지겠지 싶어서요.

집에 돌아오는 길에 맞은편 집 우편함 앞에서 걸음을 멈추고 캣닙이 든 장난감 쥐 한 봉지를 넣어줬어요. 그 집 샴고양이가 소파 등받이 자기 자리에서 나를 물끄러미 쳐다보더군요. 녀석은 몸 핥기를 멈추고 내게 꼬리를 한번 팔락거렸어요.

다시 집안에 들어와서는 부엌 테이블에 신문지를 펼쳐놓고 씨앗심을 준비를 했어요. 아까 미술 용품점에 들러 밝은색 페인트 몇 개와 소형 붓을 사 왔거든요. 화분에서 흙먼지를 떨어낸 뒤 겉면에 페인트로 그림과 도형을 그려 화사하게 꾸몄어요. 그런 다음 혼합 상토를 푹 떠서 화분에 채워넣고 각 봉투에서 씨앗을 몇 개씩 꺼내 심었어요. 꽃이 피면 어떤 모양일까 상상하면서요. 테라코타 화분에 무지개 세 개가 조그맣게 피겠네, 했죠. 수도꼭지를 틀어 화분에 살살 물을 준 뒤 다시 현관 앞 계단에 있는 화분 받침에 받쳐놨어요. 선물한 사람이 지나가다 읽을 수 있도록, 붓으로 메시지를 써놓은 면을 길 방향으로 돌려놨지요.

"고마워요, 친구"라고 썼거든요.

좋은 꿈 꿔요.

열 가지 작은 친절 아이디어

. . . . .

1. 이용이 만족스러웠던 가게에 후한 리뷰를 남겨주세요.

2. 쓰레기 수거차가 다녀간 후 흐트러진 이웃집 쓰레기통을 바로 세워주세요.

3. 한동안 만나지 못한 친구에게 따뜻한 안부 문자를 보내보세요.

4. 하루 저녁만이라도 자기 시간이 필요한 친구를 위해 몇 시간 아기를 봐주세요.

5. 친절하게 고객 응대를 해준 직원이 있으면, 매니저를 찾아가 직원을 칭찬해주세요.

6. 사람들의 이름을 기억해두고, 다가가 인사하세요.

7. 책상 서랍이나 가방에 여분의 우산을 넣어뒀다가 비가 오면 주변 사람들에게 빌려주세요.

8. 다른 사람들과 대화할 때는 핸드폰을 보지 마세요.

9. 미처 사용하지 못한 마트 쿠폰을 해당 상품 옆에 놓아두세요.

10. 자신을 잘 돌보세요. 자기 돌봄은 가장 높은 단계의 자선이랍니다.

여름밤에 만나는
반딧불이

아이들은 태어날 때부터 마법을 믿는답니다.

나는 자라서도 그 믿음을 잃지 않았어요. 어른들은 마법이 진짜가 아니라고, 이야기 속에나 존재하는 거라고 나를 설득하려 했지만 내 눈에는 온 세상에 마법이 존재한다는 증거가 차고 넘쳐서 어른들이 애써 스스로를 납득시키려는 것처럼 보였어요. 공중전화 거스름돈 칸에 손가락을 넣었는데 25센트짜리 주화가 들어 있는 게 무엇 때문이겠어요? 책을 아무데나 펼쳤는데 마침 보고 싶었던 페이지가 펼쳐지고 제일 좋아하는 단어나 그림에 눈이 가는 게 마법이 아니면 뭐겠어요? 돌멩이를 주웠는데 마침 내 손바닥에 쏙 들어오는 크기인데다 엄지로 살며시 감쌌더니 모양이 맞춘 듯 딱 들어맞는 현상을 어떻게 설명하겠어요? 그리고 마법이 진짜 있는 게 아니라면, 반딧불이는 어떻게 설명할 건데요?

나는 여름밤마다 우리집 뒤쪽 마루의 계단에 앉아서, 아니면 내 방 창문 앞에 서서, 하염없이 반딧불이를 기다리곤 했어요. 그러다 드디어 반딧불이들이 나타나면 나를 위해 와줬다고 믿었어요. 우리가 대화를 할 수 있을까? 그들은 천천히 깜빡이는 반딧불이의 신호로, 나는 조용한 경이로움이라는 나의 언어로 소통할 수 있을까? 그런 생각을 하며 이슬 맺힌 잔디로 걸어나가 그들을 관찰하며 기다렸어요. 반딧불이를 유리병에 가두려 한 적은 한 번도 없어요. 어린 나이에도 나는 아무도 갇히는 걸 좋아하지 않는다는 걸 알았거든요. 대신, 한 녀석이라도 잠시 손바닥에 앉았다 가지 않을까 희망하며 손을 뻗고 있었죠. 그러다가 진짜로 한 마리가 내려앉으면, 그 녀석이 내 손에 잠시 머물면서 나를 향해 깜빡거리면, 속으로 이렇게 생각했죠. 이게 어떻게 마법이 아닐 수 있어?

그 믿음을 간직하고 있나봐요. 다 큰 지금도요. 여전히 어딜 가든 증거를 발견하거든요. 인도를 걷다가 버스에 탄 모르는 사람과 눈이 마주쳤는데 서로 최대한 오래 시선을 붙들고 있을 때, 그걸 뭐라고 설명할까요? 살갗이 아리도록 추운 날 제일 좋아하는 카페에 들어갔는데 계속 먹고 싶었던 디저트가 마침 딱 한 조각 남아 있는 현상은요? 내 혈액 속의 철분이 지구가 태어나기도 전 어느 별의 뱃속에서 생겨났다는 사실을 안 순간은요? 후텁지근한 여름날 연못에 풍덩 뛰어들어 물에 완전히 몸이 잠긴 채 물 밖에 두고 온 삶을 싹 잊은 적이 있나요? 아직도 마법이 이야기 속에나 존재하는 거라고 말할 건가요?

오늘밤은 반딧불이가 나무 사이에 바글거릴 법한 밤이었어요. 그
래서 나가서 찾아보기로 했죠. 맨발에 샌들을 꿰어 신고 조용히 등
뒤로 문을 닫았어요. 어디를 살펴보면 좋을까? 앞마당? 헛간 뒤에
한데 모여 있는 나무들? 아니다. 공원이 좋겠다. 오늘밤에는 공원에 있
을 거야. 이런 생각이 퍼뜩 들었어요. 한낮의 열기를 머금어 공기가
아직 텁텁한데도 진입로를 성큼성큼 걸어가 도로로 나갔어요. 몇몇
집은 불이 켜져 있고 독서용 램프의 은은한 불빛 아래 누군가의 정
수리와 책의 모서리가 보이기도 했어요. 식구들이 다 자러 가서 고요
하고 캄캄한 집들도 있었고요. 햇볕을 받으며 낮을 보내면 밤에는 꿀
잠을 자는 법이지요. 또 어떤 집들에는 강아지들이 따끈해진 포치의
마루에 누워 있거나, 사람 한두 명이 나와 그네를 타며 밤공기를 즐
기고 있었어요. 이웃들이 나지막이 건네는 "좋은 밤이에요" 하는 인
사에 나도 손을 들어 화답했어요.

공원에 접어든 후로는 산책로를 따라 천천히 돌면서 얼굴 털이 희
끗희끗 센 개와 다정하게 벤치에 함께 앉아 있는 할머니에게 미소를
지어 보이고, 분수대에 기댄 채 서로 몸을 꼭 붙이고 있는 커플은 못
본 체해주면서, 내 목적지인 연못가로 갔어요. 물위로 짧은 선창이
이어져 있는데, 그 선창 끄트머리에 있는 벤치로 타박타박 걸어갔죠.
개구리 울음과 밤의 산들바람, 곤충들의 윙윙대는 소리로 공기가 터
질 것 같았어요.

연못 맞은편에 반딧불이들이 보였어요. 옥잠화 줄기들 주변을 환
히 밝히고 커다란 단풍나무 줄기들 앞에서 깜빡거리고 있었죠. 나는

벌떡 일어나 선창 끝 난간으로 가 나무 난간에 팔꿈치를 괴었어요. 반딧불이들은 은은하게 빛났어요. 등불처럼 깜빡거리기도 했지요. 빛을 묘사하는 단어가 얼마나 많은지 생각해본 적 있나요? 번득이다, 깜빡이다, 은은히 빛나다, 광이 나다, 번들거리다, 반들반들하다. 하지만 내 생각에 최고로 멋진 단어는 '어스름하다'인 것 같아요. 이제 사위는 어스름한 정도를 한참 지났어요. 완전히 캄캄해졌죠. 나는 한 손에 턱을 괴고 계속 반딧불이를 구경했어요. 나일강 줄기에 반딧불이들이 일제히 같은 박자로 깜빡거리는 1.6킬로미터 남짓한 구간이 있다는 이야기를 들은 적이 있어요. 상상이 가나요? 일순간 환했다가 다음 순간 캄캄해지는 그 놀라운 광경이요. 분명 하나의 언어처럼 다가올 거예요. 그런 걸 창발創發이라고 한대요. 혼돈에서 질서가 발생하는 것 말이에요. 어쩌면 마법을 다른 말로 그렇게 부르는지도 모르죠.

한참을 그렇게 서 있다가 이윽고 선창의 나무 덱을 되짚어 나와 다시 분수대를 지나고 굽이진 산책길과 벤치를 지나 우리 동네 골목으로 접어들었어요. 어느 집 마당에 장작불을 피우고 그 주위에 둥글게 의자를 놓고 친구들끼리 모여 앉아 웃으며 이야기를 주고받고 있더군요. 다른 날 같으면 나도 끼었겠지만 오늘밤은 혼자인 게 좋았어요. 웃음 띤 얼굴로 이웃들 목소리를 들으며 조용한 우리집으로 돌아오는 것으로 충분했어요.

등뒤로 마당 대문을 닫고 현관 앞 포치에 잠시 앉아 있었어요. 밤하늘은 청명하고 별이 가득했고 화성이 발하는 은은한 빛마저 보였어요. 자정에서 한 시간이 지나면 화성이 지고 얼마 후면 목성과 토성이 뜰 거예요. 그러다가 동트기 직전 금성이 빛날 테고 뒤이어 수성이 희미하게 빛나겠죠. 나 없이도 자기들끼리 잘만 지고 뜰 거예요. 내 이불의 보드라운 감촉과 잔잔하게 들어오는 밤바람에 서늘해졌을, 달콤한 냄새가 밴 베개를 떠올리며 몸을 일으켜 안으로 들어갔어요. 현관문을 잠그고 천천히, 깊이 숨을 들이쉬었어요. 이제 잠자리에 들어 꿈을 꿀 차례였어요. 그럼 마법은 계속되겠죠.

좋은 꿈 꿔요.

우리만 아는 곳

십대 시절 나는 여름날 저녁에 피어나는 로맨스에 매료됐어요.

우리집 현관 앞 계단을 폴짝폴짝 뛰어내려가면서 오늘밤 무슨 일이든 일어날 수 있어, 라고 생각했던 기억이 나요. 대개 아무 일 없이 하루가 저물곤 했지만요. 주로 친구들이랑 시내 작은 식당에서 커피를 마시고, 영화를 보고, 공원 옆 주차장에 세워둔 누군가의 차 스테레오로 음악을 감상하면서 또 하루 저녁을 보내곤 했어요. 하지만 여름밤에는 분명 뭔가 더 마법 같은 일이 일어날 것 같다는 느낌은 떨쳐버리지 못했어요. 훈훈한 밤공기가 범인이에요. 사람을 좀더 용감하게 만들거든요. 겨울은 우리를 집안으로 밀어넣고 이불을 둘둘 말고 푹 쉬게 하죠. 하지만 여름은 우리를 바깥으로 떠밀어요. "나가서 누구라도 만나. 친구를 사귀고, 새로운 걸 발견해봐." 이렇게 말하면서요.

어른이 됐는데도 그 느낌은 가시지 않았어요. 사실 오늘밤엔 집에 있으려고 했어요. 부엌에 서서 저녁식사(올리브오일과 올여름 첫 방울 토마토 몇 알, 그리고 창가 화단에서 한 주먹 따온 허브를 넣은 파스타였어요)를 마치고 접시를 뽀득뽀득 씻다가 문득 저녁 하늘을 올려다봤어요. 음악을 들으면서 아까 하던 스케치나 더 할까 했지요. 하던 걸 계속하는 것도 꽤 괜찮을 것 같았어요. 그런데 바람이 방향을 바꾸어 내 얼굴을 쓰다듬지 뭐예요. 부엌이 여름밤의 공기 냄새로 가득찼고, 그 순간 열다섯 살 때처럼 속삭임이 들렸어요. "밖으로 나와…… 나와봐…… 뭘 발견할지 궁금하지 않니?"

잠시 후 나는 자전거로 미끄러지듯 동네를 달리고 있었어요. 낮이 워낙 후끈했던지라 살갗을 스치는 공기가 딱 알맞게 시원했어요. 어디로 가는지도 모르면서 힘차게 페달을 밟았죠. 몸을 일으켜서 페달을 열심히 밟으며 오르막을 힘차게 올라갔다가 맞은편 내리막에서는 취한 듯 신이 나서 내리달렸지요. 옛 빅토리아시대 양식의 주택들이 늘어선 구역을 끼고 돌 때는 속도를 늦추고 연철 대문들 틈을 엿봤어요. 어떤 집들은 참제비고깔을 일정한 간격으로 줄줄이 심은, 잘 정돈된 영국식 정원을 숨겨놓고 있었어요. 제멋대로 자란 야생초들이 방치된 마당을 서서히 잠식해가는 집들도 있었고요. 버려진 집들이 제일 마음에 들었어요. 비밀과 이야기가 가득할 것 같았거든요.

그대로 시내로 나가 복작복작한 길거리 카페가 늘어선 길을 지나갔어요. 안에서는 사람들이 먹고 마시고 이야기를 나누고 있었죠. 신호에 걸려 멈춰 섰을 때, 함께 식사하는 커플을 슬쩍 엿봤어요. 두 사람의 첫 데이트인 것 같았어요. 상대방에게 흘끔흘끔 시선을 던졌다가 이내 웃음을 터뜨리고 미소를 보내는 모습에서 어색함이 읽혔거든요. 흠, 아니면 두번째 데이트일 수도 있겠다, 생각했죠. 다시 열심히 페달을 밟아 공원으로 가서, 밤이라 문을 닫은 신문 가판대 옆에 자전거를 세워놨어요. 음료 카트를 끄는 남자에게서 레몬 셔벗을 사서 산책로 길가에 잠깐 앉아 맛있게 먹어치웠어요.

다정한 기억 한 조각이 아른거렸어요. 이 공원과 관계된 기억이었어요. 혀에 닿은 레몬 셔벗이 기억을 소환한 걸지도 모르겠네요. 우리가 그날 밤 이걸 먹었던가? 잠시 눈을 감고 기억을 더듬어봤어요. 때는 한여름이었어요. 매미가 요란하게 울었거든요. 우리는 저기 분수대 옆 거치대에 자전거를 세워놨었죠.

기억을 좀더 파고들어보기로 하고, 일어나서 빈 컵을 재활용 수거함에 던져넣었어요. 뭔가가 나를 끌어당기는 기분에 공원 뒤쪽으로 난 오솔길로 들어갔죠. 다소 좁은 길은 진입부엔 자갈이 깔려 있었고 점차 나뭇조각이 깔린 길로 바뀌더니 이내 빽빽한 모래가 신발 밑창에 닿았어요.

우리는 여기 온 적이 있어요. 정처 없이 돌아다니며 걷다가 우연히 이곳을 발견했지요. 길 끝에 드넓은 초지가 펼쳐지고 그 한쪽에는 높다란 회양목이 촘촘히 늘어선 곳이었어요. 오늘밤 그곳을 다시 찾은 거예요. 나는 고개를 돌려 그 나무들을 둘러봤어요. 초록 가지들이 두텁게 얽혀 만든 벽 때문에 마치 공원이 여기서 끝인 것 같지만…… 아니에요. 또다른 공간이 숨어 있답니다. 황혼의 빛을 받아

위장한, 딱 내 어깨너비만한 틈으로 빠져나가 계단을 내려가면, 그렇지. 찾았다.

그날 밤 나무들 틈을 비집고 나간 우리는 이곳, 침상원沈床園*을 발견했어요. 우리 둘 다 눈을 휘둥그레 뜨고 쳐다봤고, 나는 들떠서 당황한 웃음을 터뜨렸죠. 아직 아무도 발견한 적 없는 곳에 우리가 처음 발을 디딘 줄 알았어요. 어릴 때는 다들 그러지 않나요? 매일 처음으로 겪는 일들이 다 자기가 발견하고 발명한 건 줄 알죠. 아무도 이런 사랑을 안 해봤을 것 같고, 이런 아픔은 겪어보지 못했을 것 같잖아요. 성장하고 자기 자신을 찾아가면서 겪는 수백만 가지의 일들

* sunken garden. 주변보다 지대가 낮은 곳에 꾸며놓은 정원.

이 꼭 나만 경험하는 것 같잖아요.

나무들을 따라 길게 펼쳐진, 희미한 초록빛을 띤 석조 연못을 들여다봤어요. 한쪽 구석에 놓인 이끼 덮인 작은 벤치와 담쟁이가 집어삼킨, 군데군데 부서진 여인 조각상도 살펴봤고요. 그러다 떠오른 어떤 기억에 심장이 조금 빨리 뛰기 시작했어요. 우리도 아까 카페에서 본, 쭈뼛거리고 약간은 소심한 그 연인들 같았어요. 하지만 우리는 여름밤의 유혹을 물리치지 못했답니다. 그 기운이 수줍음을 이긴 거죠. 내가 먼저 다가갔던가? 몸을 기울였던가? 아니면……? 흐음.

집으로 돌아오는 길에 나는 마치 혀에 감도는 달콤한 뒷맛 같은 기억의 선물을 가슴에 품고 페달을 밟았어요. 오늘밤 나오길 정말 잘했구나 싶었어요. 여름밤에는 어떤 일이든 일어날 수 있어요. 길을 더듬어 가다가 그동안 까맣게 잊고 있던 곳, 우리만 알던 곳에 닿을 수도 있고요.

좋은 꿈 꿔요.

야외 공연

 한여름 주중의 어느 맑은 날이었어요.

 퇴근해 돌아와 앞마당에서 한동안 어슬렁대다가, 참나리를 꺾어 꽃병에 한가득 담아서 현관 옆 테이블에 올려놓은 다음 거기서 뽑은 한 송이를 긴 화병에 따로 꽂아 침대 옆 협탁에 뒀어요. 옛날에 애인이 늘 이렇게 해줬어요. 거실 테이블 꽃병에 꽃을 한아름 꽂아두고 침대 옆에는 딱 한 송이만 놓아두는 거요. 그걸 볼 때마다 마음이 살살 녹고 기분이 좋아져서, 이후 혼자서도 그렇게 하고 있답니다. 혼자 살아도 마음을 녹이고 기분을 풀어주는 일은 굉장히 중요하니까요.

 아이스티를 한 잔 따라 부엌 창가로 가져가 바깥의 차들을 구경했어요. 거리의 차들을 멍하니 바라보다가 잠시 상상의 세계로 빠져들었죠. 한 대는 직진하고 또 한 대는 좌회전하는 걸 보면서 다들 이 좋은 여름날 오후에 어디로 가는 걸까 궁금했거든요. 자기 자신에게서 벗어날 때 겪게 되는 섬광 같은 깨달음이 찾아왔어요. 우리는 모두 자기 이야기의 주인공이고, 타인 이야기에 조연이나 엑스트라가 되곤 하지만 결국 우리가 아는 것은 자기 자신의 이야기뿐이란 것을요.

아이스티 잔을 내려놓는데 냉장고 측면에 자석으로 붙여둔 달력에 시선이 갔어요. 몇 주 전에 오늘 날짜에다 **공원에서 야외 공연! 저녁 여섯시,** 라고 적어놨더라고요. 손목시계를 보니 여섯시까지 십오 분이 남아 있지 뭐예요. 걸어서 시내로 나가 무대 근처 벤치에 자리를 잡으면 딱 맞을 시간이었죠.

어깨에 가방을 메고 운동화 끈을 질끈 묶은 뒤 잰걸음으로 공원으로 향했어요. 빨리 걸으면서 여름 공기를 맞으니 참 좋았어요. 걸어가면서 다른 집 앞마당들을 슬쩍 들여다봤어요. 집집마다 다양한 꽃과 지피식물, 파릇파릇한 초록색 다년초로 잘 꾸며놓았더군요. 공원 근처 어느 모퉁이에 자리한 오래된 집은 전면 진입로 양쪽에 커다란 돌 화분을 놓았는데, 나는 그 앞에 잠깐 서서 기다랗고 가는 줄기끝에 펼쳐진 코끼리 귀 모양의 알로카시아 잎을 감상했어요. 줄기가몇 미터는 거뜬히 되겠더라고요. 밝은색 잎맥이 장식한 화살 모양의연한 이파리는 비현실적으로 커 보였어요. 9월에는 얼마나 더 자라있을지 기대됐죠.

거기서 연못 옆을 지나 조개껍데기 모양의 침상원을 끼고 빙 돌았어요. 그러자 바닥에 고정된 벤치들, 그리고 덩굴식물이 감긴 얇은 나무판자로 이루어진 캐노피가 그늘을 드리우고 있는 무대가 나왔죠.

이미 4인조 재즈 악단의 연주가 한창이었어요. 콘트라베이스와 드럼, 피아노, 호른으로 이루어진 악단이었어요. 주위의 벤치에는 가족이나 커플, 아니면 나처럼 작정하고 음악을 감상하러 온 사람, 혹은 기분좋은 우연으로 퇴근길에 우연히 음악소리를 듣고 발길을 돌린 사람들이 모여 있었어요. 나는 돌 벤치의 시원한 등받이에 몸을 기대고 눈을 감고 음악에 귀기울였어요. 어릴 때부터 줄곧 들었던 옛날 재즈 음반 덕에 귀에 무척 익숙한 멜로디가 몇 곡절 이어지더니 어느 순간 생소한 패턴과 리듬으로 변주됐고, 다시 원래의 멜로디로 돌아왔다가 또 옆길로 새기를 반복했어요. 무대를 올려다본 나는 피아노 연주자와 호른 연주자에게 시선을 고정했어요. 두 사람은 시종일관 시선을 맞추다가 간간이 "좋아, 좋은 생각이야, 방금 그거 더 해봐"라고 말하듯 고개를 끄덕였어요. 그러다가 중간에 연주자 한 명이 느닷없이 씩 웃거나 하하 웃음을 터뜨리면, 나는 다른 연주자가 음악으로 농담을 던졌다는 걸 알았죠. 그들은 내가 해석할 수 없고 어떤 농담인지 알아들을 수도 없는 생소한 언어로 대화하고 있었지만 그래도 상관없었어요. 내 귀에 들리는 언어는 여전히 아름다웠거든요.

몇 줄 앞에 앉은 남자아이가 눈에 들어왔어요. 그 아이는 베이스 연주자가 자신감 넘치고 강인한 손가락으로 콘트라베이스의 목을 위아래로 쓰다듬는 걸 열심히 관찰하고 있었어요. 호른이 이끄는 멜로디가 공중에서 나선형 리본처럼 날아올랐고, 베이스 연주자가 엔드핀을 축으로 악기를 빙글 돌리더니 잽싸게 바로 붙잡아서 다음 박자를 뚱땅 연주했어요. 앞줄의 아이는 신나서 손뼉을 치고 음악에 맞춰

다리를 흔들었죠.

나도 비슷한 감정을 느꼈던 순간을 떠올려봤어요. 몇 년 전, 다른 공연에서였어요. 공간이 널찍한 오래된 극장이었는데, 좌석은 끼익 끼익 소리가 나는 나무의자였고, 광활한 천장을 가득 채운 좌우대칭의 벽화들과 그 테두리를 감싼 몰딩은 나이가 족히 백 년은 돼 보였어요. 내가 그 공연을 얼마나 기다려왔는지 잘 아는 친구가 어찌어찌 손을 써준 덕분에 맨 앞줄 정중앙 좌석에 앉을 수 있었어요. 무대로 걸어나온 연주자가 첼로를 잡고 앉았을 때, 손을 뻗으면 꼭 닿을 것처럼 가까웠어요. 그의 연주에 푹 빠지리라는 건, 또 오래된 극장이 만들어내는 소리의 울림에 매료될 거라는 건 진즉에 예상하고 있었죠. 하지만 뺨을 타고 흐르는 눈물과 몸에서 숨이 훅 빠져나가는 느낌, 내 가슴을 관통하는 음을 따라잡을 수 없는 느낌은 전혀 예상치 못한 것이었어요. 나는 행여나 마법이 깨질까봐 연주 내내 숨을 꿀꺽 삼키고 가슴을 손으로 누른 채 미동도 없이 앉아 있었어요. 그런 경험은 태어나서 처음이었어요. 그 연주자는 단순히 내가 모르는 언어로 이야기하는 수준이 아니었어요. 전혀 다른 행성에서 와 우주 반대편 행성의 언어를 우리에게 선보이는 느낌이었어요.

모든 연주자가 그런 음악을 만들어낼 수 있는 건 아니에요. 아니, 그럴 수 있는 사람은 한 세대에 불과 몇 명이 되지 않죠. 하지만 그렇다고 오늘 야외에서 열린 이 가벼운 콘서트가 주는 즐거움이나, 어디선가 들려와 잡생각을 지워주고 우리가 지금 이곳에 온전히 존재하도록 만들어주는 멜로디의 힘이 줄어드는 건 아니죠. 우리 동네에는 클라리넷 연주자가 사는데, 산책을 갈 때면 그 집 이층 창에서 흘러나오는 연주를 듣곤 해요. 가끔 음이 나가거나 뚝뚝 끊기기도 하지만 서두르지 않는 그 끈기 있는 연주는 매번 나를 즐겁게 해줘요. 어렸을 적 학교 밴드부에서 활동했던 시절도 떠올랐죠. 가끔 나는 학교 다닐 때 제8번 플루트를 맡았었다고 농담해요. 플루트 연주자는 5번까지밖에 없었답니다. 고백하자면, 실력이 금세 늘지 않아서 포기해버렸어요. 어린 마음에 최고가 될 수 없다면 관두는 게 낫다고 생각한 거죠. 젊음의 어리석음이란. 세월이 흘러 그 시간만큼의 지혜를 얻은 게 고맙네요. 꼭 최고가 될 필요는 없으며, 그저 연주 자체에서 즐거움과 의미, 배움을 잔뜩 얻을 수 있다는 걸 이제라도 알게 되어 다행이에요.

음악에 맞춰 다리를 흔들고 손뼉을 치는 저 아이는 부디 학교 밴드부에서 활동할 나이가 됐을 때 저보다 조금 더 현명하길 바라요. 그렇지만 우리 모두 깨달음에 이르는 여정은 혼자서 밟아나가야겠죠. 모두에게는 각자 자신만의 이야기가 있는 법이니까요.

좋은 꿈 꿔요.

여름밤

오늘 우리는 하루종일 수영을 했어요.

햇빛에 하얗게 바랜 나무 선창을 젖은 발로 철퍽철퍽 힘차게 달려나가면서 팔다리를 마구 휘두르거나 공처럼 몸을 똘똘 말아 물에 내던졌어요. 서프보드나 카약 위에서 빈둥거리기도 했지요. 튜브를 끼고 둥둥 떠다니면서 손가락으로 수면을 쓸기도 했고요. 우리는 이야기를 나눴어요. 라디오에서 흘러나오는 노래를 크게 따라 부르고, 농담을 던지고, 서로를 배꼽 잡게 만들었죠. 그러다가 물가로 올라와 라운지체어에 누워 밀짚모자를 얼굴에 푹 눌러쓰고 몸을 쭉 편 채 뜨거운 여름 태양 아래 잠들었어요. 잠에서 깨서는 아이스박스를 뒤져 차가운 음료를 꺼내 마시고 감자칩을 살사소스에 찍어 먹은 다음, 물가에 놓인 잡지와 페이퍼백 소설에 물방울을 튀겨가며 다시 호수에 첨벙 뛰어들었어요.

늦은 오후 해가 뉘엿뉘엿 기울 때쯤 우리는 수영복 위에 반바지와 탱크톱을 걸치고, 성대한 여름날의 만찬을 준비하러 집안으로 어슬렁어슬렁 들어갔지요. 텃밭에 심은 채소가 무성하게 자란데다 마침 이번주 농산물 시장에도 차마 그냥 지나치지 못할 정도로 탐스러운 상품이 푸짐했던 터라, 오늘 우리집에는 여름 채소와 신선한 과일이 넘쳐났어요. 우선 옥수수 열댓 개를 친구들에게 건넸고, 친구들은 뒷마당으로 가 파릇한 껍질을 벗긴 다음 갈색 종이봉투에 담았어요. 우리는 바비큐 그릴에 불을 피우고, 두껍게 썰어 양념한 가지와 호박, 작은 햇감자를 얹었어요. 소스에 재운 포토벨로 버섯은 그릴에서 치이익 소리를 냈어요.

이탈리아인인 우리 할머니가 말씀하시길, 이렇게 제철인 채소는 그냥 질 좋은 올리브오일과 마늘, 천일염 약간과 한두 종류의 허브만 가미해서 내놓으면 된다고 했어요. 마침 오늘 아침에 텃밭에서 깍지콩을 한 바구니 따둔 터라, 그걸 가지고 할머니 레시피대로 인살라타 디 파졸리니*를 만들었어요. 갓 따온 민트를 잔뜩 넣고 새콤한 식초도 차르륵 뿌려서요. 그릴에 올린 채소를 하나둘 접시로 옮길 때쯤, 나는 우유가 들어간 두툼한 식빵 두 덩이를 두껍게 썰어 그릴에 얹고 바삭하게 구웠어요. 곁들여 먹을 후숙 아보카도도 산더미처럼 많아서 조심스레 반으로 갈라 씨를 뺐어요. 칼로 아보카도를 갈라 비틀

---

* '깍지콩 샐러드'라는 뜻의 이탈리아어.

때, 속을 보지 않아도 멍든 곳 없이 연둣빛으로 부드럽게 잘 익었다는 걸 알 때가 있죠? 그 느낌을 몇 번이고 즐기며 쟁반에 토스트를 깔고 으깬 아보카도를 듬뿍 얹었어요. 몇 개는 매콤한 소스를 끼얹고, 몇 개는 담백하게 소금과 후추만 적당히 뿌렸지요.

다들 뒷마당 테이블에 둘러앉았고, 나는 토스트 쟁반과 새콤 바삭한 깍지콩 그릇을 나눠줬어요. 여기에다 그릴에 구운 채소와 갓 버무린 샐러드, 뜨거운 옥수수, 그리고 직접 만든 후무스와 살사소스, 허브향 물씬 나는 페스토도 곁들였고요. 우리는 왁자지껄 떠들며 접시에 손을 뻗고, 서로 접시를 건네고, 남의 접시에서 음식을 집어먹었어요. 컵이 비면 물을 따라주고, 아이스박스에서 쉴새없이 맥주를 꺼내고, 로제 와인과 프레스코 와인병을 따면서 신나게 먹고 또 먹었어요. 해가 나무들의 정수리 뒤쪽으로 넘어가기 시작할 무렵에는 접시를 옆에 밀어놓고 여름벌레를 쫓을 시트로넬라 향 초를 켠 뒤 그대로 둘러앉아 계속 수다를 떨었어요. 어느 순간 누군가가 신선한 베리를 가득 담은 그릇과 오븐에서 갓 꺼낸 뜨거운 코블러 파이를 내왔어요. "안 돼!" 우리는 절규했어요. "더는 안 돼. 못 먹겠어." 그러면서도 어떻게든 뱃속에 자리를 만들었죠.

우리는 접시를 집안으로 들여갔고, 마음씨 너그러운 친구 한 명이 설거지를 시작했어요. 다른 한 명은 옆에서 마른행주로 접시를 닦았고요. 우리는 라디오를 크게 틀어놓고 노래를 따라 부르며 널린 물건을 주섬주섬 정리하고 부엌 조리대를 닦았어요. 나는 조용히 내 방으로 가 집에서 입는 낡고 헐렁한 바지와 보드랍고 포근한 후드 티셔츠로 갈아입었어요. 피부가 햇볕에 데워져서 따끈한 동시에 서늘하게 식은 느낌이었고, 그런 피부에 닿는 세탁한 옷의 감촉이 참 좋더군요. 세수를 하고, 립밤을 바르고, 샌들을 찾아 신고 도로 밖으로 나갔죠.

나가보니 누군가가 모닥불을 피우고 그 주위로 둥그렇게 의자들을 갖다놨더라고요. 우리는 의자에 발을 올리고 앉아 이제 막 모습을 드러내기 시작한 별들을 올려다봤어요. 반딧불이들이 나무 사이에서 깜빡거렸고 산들바람이 물냄새를 실어와 코를 간질였어요. 여름밤에 그런 느낌이 들 때가 있죠. 무심코 하늘을 올려다봤는데 문득 우주가 얼마나 오래됐고 얼마나 광활한지, 나는 얼마나 작고 단순한 존재인지 느껴지는 순간이요. 내가 이렇게나 미미한 존재니 걱정과 원망일랑 제쳐두고 당장 내 앞에 있는 즐거움을 만끽하는 게 상책이라는 걸 떠올리니 위안이 됐어요. 나는 친구들의 얼굴을 하나씩 들여다봤어요. 다들 눈동자 속에 불빛이 반짝였고, 우리는 다 같이 웃고 떠들며 추억을 만들고 있었어요. 나는 그 순간 거기에 있는 게 만족스러웠고 친구들과 함께 있는 것이 무척 고마웠어요.

고개를 젖혀 오래된 애디론댁 의자 등받이에 머리를 기대고서 여름밤 공기를 깊이 들이마셨어요. 오늘밤은 아주 깊고 평화롭게 잠들 것을 알았죠.

좋은 꿈 꿔요.

네 가지 아보카도 토스트 레시피

• • • •

———— 빵 2장 분량 ————

아보카도 토스트의 좋은 점은 간단하게 만들든 온갖 재료를 화려하게 올리든 똑같이 맛있다는 거예요. 후딱 만들어 아침식사로 먹어도 만족스럽고, 점심이나 저녁 만찬에 주인공으로 내놔도 손색이 없죠. 기본적으로 좋은 빵을 써야 한다는 걸 명심하세요. 으깬 아보카도 속을 올려도 흐물거리지 않을 적당히 단단한 빵을 사용하세요. 저는 사워도우 빵이나, 거친 호밀 또는 고운 호밀 베이스에 씨앗류가 들어간 식빵을 선호한답니다.

재료 준비
질 좋은 빵 2장, 두껍게 썰어놓기
잘 익은 아보카도 1개, 껍질을 벗기고 씨를 빼서 썰어놓기

간단 기본 토스트
소금과 후추, 취향에 따라 적당량

멕시코식 매콤 훈제 토스트

치포틀레 핫소스(타바스코를 추천합니다!), 취향에 따라 적당량

타힌소스 ¼ 작은술, 혹은 취향에 따라 적당량

김치 참깨 토스트

김치 ½컵

볶은 참깨 2큰술

샐러드를 얹은 토스트

루콜라 성기게 담아 1컵

엑스트라버진 올리브오일 1큰술

신선한 레몬즙 1작은술

빵을 굽습니다.

빵 위에 아보카도 반 개를 올려놓고 포크로 살짝 으깨요.

간단 기본 토스트: 아보카도 위에 소금과 후추를 기호에 맞게 적당량, 고르게 뿌려요.

멕시코식 매콤 훈제 토스트: 아보카도 위에 적당량의 핫소스와 타힌소스를 고르게 뿌려요. 타힌은 칠리페퍼와 소금, 라임을 혼합한 매콤한 양념인데요, 톡 쏘는 맛이 나기 때문에 먼저 손가락에 조금 묻혀 맛본

후 적당히 뿌리는 게 좋아요.

김치 참깨 토스트: 김치 ¼컵을 토스트 두 장의 아보카도 위에 각각 얹어 고르게 펴고 그 위에 참깨를 뿌려요. 집에 생참깨만 있다면, 아무 것도 두르지 않은 팬에 넣고 팬을 꾸준히 흔들어가며 낮은 불에 약 일 분간 볶아줘요. 고소한 냄새가 나기 시작하면서 참깨가 연한 갈색으로 변하면 불을 끄고 바로 사용하면 돼요. 갓 볶은 깨는 풍미가 무척 고소 해서 간단한 초록 채소 샐러드에도, 밥이나 국수에도, 그리고 당연히 아보카도 토스트에도 아주 잘 어울린답니다.

샐러드를 얹은 토스트: 중간 크기의 그릇에 루콜라를 담아요. 여기 에 올리브오일과 레몬즙을 뿌립니다. 루콜라에 즙이 골고루 묻을 때까 지 섞어줘요. 빵 두 장 위에 루콜라를 고루 펴 얹되, 먼저 얹은 아보카 도 위에 무너지지 않게 잘 쌓아주면 돼요.

발에 익은 길로
들어서며

나는 언제나 한 번도 가본 적 없는 장소를 찾기 위해 잘 닦인 길을 벗어나는 사람이었어요.

뭔가 놀라운 것을 마주치길 바라서 그러는지도 모르죠. 한데 모여 있는 나무들 위로 비죽 솟은, 숨어 있던 고성의 잔해라든가, 상상도 못했던 장소에서 폭포 같은 걸 발견하기를 바라나봐요. 보통은 늘 보던 것과 비슷한 숲, 만날 본 들판, 버려진 농지의 스러져가는 가옥들을 발견할 뿐이지만 그런 것들도 충분히 마법 같아요. 때로 높이 솟은 나무의 가지에 간신히 걸쳐 있는 오래된 트리하우스를 발견하기도 해요. 누가 저 나무줄기의 판자 계단을 딛고 올라갔을까, 누가 저 위의 조그만 집에서 역할 놀이를 했을까, 그들은 지금 어디서 무얼 하고 있을까 상상하면 재미있어요. 그들도 그 옛날 나무를 타고 오를 때 손가락에 닿던 감촉을 때때로 떠올릴까 궁금해져요.

오늘은 탐험하기 딱 좋은 날이었어요. 하늘은 새파랗고 열린 차창으로 들어오는 여름 바람은 훈훈했거든요. 나는 응달진 교차로에 차를 세우고 바퀴 자국이 깊게 팬 흙길 이쪽저쪽을 살폈어요. 한번 더 왼쪽을 흘끔 보고는 타이어로 자갈을 튀기며 그리로 핸들을 꺾었지요. 길은 다소 거칠고 경사진데다 다람쥐들이 시도 때도 없이 튀어나오는 바람에 되도록 천천히 차를 몰면서 아예 중간중간 멈추고 들판이나 숲을 더 자세히 봤어요. 또 한번 방향을 틀었을 때는 곧바로 차를 세워야 했어요. 칠면조 한 무리가 총총걸음으로 바닥을 쪼고 날개를 푸드덕거리며 느긋하게 길을 건널 때까지 기다려줬죠.

조금은 길을 잃은 기분이었지만 그 기분을 즐기면서 계속 차를 몰았어요. 딱히 갈 데가 없으니 어디에 있든 거기가 내가 있어야 할 곳이었죠. 경사가 점차 완만해지면서 마침내 드넓고 평평한 들판이 나왔고, 저멀리 곡물 저장탑이 몇 채 보이더니 조금 더 가서는 경운기와 타작기가 밭을 오가는, 분주한 농장들이 나왔어요.

옥수수와 밀이 가득 펼쳐진 들판 너머 밝은 보랏빛 안개로 뒤덮인 땅이 보였어요. 나는 얼굴을 창 쪽으로 기울이고 한창 자라는 라벤더의 향긋한 냄새를 한가득 들이마셨어요. 저만치 전방에 그 보라색 밭으로 이어진 길이 나 있었고, 길의 초입에는 밭을 개방했으니 누구든 들어와도 좋다고 알리는 표지판이 세워져 있었어요.

한 장소에 라벤더가 이렇게 많이 자란 건 본 적이 없었어요. 일정한 간격으로 가지런히 심긴 라벤더가 도로 양쪽의 벌판을 가득 덮고 있었으니까요. 작은 집 한 채와 주차장을 포위하고 그 너머로도 내 시야가 닿는 데까지 끝없이 펼쳐져 있지 뭐예요. 나는 그 한 뼘 주차장에 차를 댄 다음 꽃향기가 차 안에도 배기를 바라며 차창을 열어놓고 잠깐 걸었어요. 라벤더 사이를 걷다가 이따금 걸음을 멈추고 잔가지 무성한 줄기를 손으로 눌러보고, 어쩐지 로즈메리를 닮은 짧은 초록색 이파리도 만져봤어요. 환한 보랏빛 꽃봉오리들 덕분에 내 피부에도 약간 박하 냄새 같은 맑은 향이 뱄어요. 우리집 욕실에 있는 비누 냄새와 비슷하지만 그것보다 천 배는 더 진하고 정신이 번쩍 드는 향이었어요. 내가 만약 몇 세기 전에 살다 간 민간요법 치료사였다면 이 식물을 우연히 발견하자마자 그 즉시 약초인 걸 알아봤을 거예요.

라벤더 밭을 빙 둘러 난 자갈길을 따라 걷다가 작은 건물 몇 개와 훤하게 트인 공간이 나오기에 걸어가보기로 했어요. 건물 중 하나는 오래된 창고를 개조한 소박한 상점이었는데, 벽을 가득 메운 선반들 위에 수제 비누나 작은 보라색 알갱이가 가득 담긴 주머니들이 진열돼 있었어요. 진한 방향유가 담긴 병들도 있었는데, 카운터 뒤의 남자가 자기들이 직접 증류한 거라고 자랑스레 설명하더군요. 리넨이나 빨랫감에 뿌리면 좋은 라벤더수水를 담은 유리병들, 초록색과 보라색 라벤더 잎 조각이 점점이 박혀 있는 초도 함께 진열되어 있었고요. 나는 깜찍하리만치 작은 오일 병과 몇 가지 상품을 골라 계산했고, 내가 낸 돈은 카운터 아래 낡은 양철 상자로 들어갔어요.

카운터의 직원은 자갈길 저편을 가리키며 나더러 안쪽으로 더 들어가보라고 했어요. 나는 고맙다고 인사한 후 그의 제안을 따랐죠. 얼마 안 가 또다른 창고가 나왔는데, 이번에는 벽이란 벽을 다 라벤더 드라이플라워로 장식해놓은 곳이었어요. 다발들이 서로 겹친 채, 꽃자루가 아래로 향하고 줄기는 위로 가게 걸려 있었어요. 꽃다발이 족히 수백 다발은 됐는데, 후끈한 내부 공기가 꽃향기로 진동했어요. 나는 그 공기가 나를 감싸도록 가만히 서 있었어요. 숨을 들이마시자 마음이 차분히 가라앉고 몸이 이완됐어요. 이렇게 좋은 냄새가 나는 스파는 처음이었어요. 아무리 현대 기술로 사치를 부려도 자연이 풍성하게 만들어내는 것을 똑같이 복제할 수는 없나봐요.

드라이플라워 창고 밖에는 웬 길쭉한 구리 증류기가 있고 그 옆에서 머리가 희끗희끗하고 몸집이 자그마한 여성이 코일 관을 보일러에 부착하고 있었어요. 그분은 나를 보더니 미소 지으며 들판 가득한 라벤더를 어떻게 저 가게에서 파는 오일로 만드는지 아느냐고 물으셨어요. 나는 모르니까 가르쳐주면 좋겠다고 했죠. 그분은 두꺼운 작업용 장갑을 벗더니 바구니에서 신선한 라벤더 꽃자루를 한 움큼 꺼냈어요. 바로 그날 아침에 꺾은 건데, 줄기를 거의 남기지 않고 봉오리에 바짝 가깝게 자른다고 했어요. 최고 품질의 오일을 만들려면 그렇게 해야 한대요. 주전자에 라벤더를 가득 채우고 천천히 끓여 오일을 추출하는 증류 과정을 자세히 설명하시면서 증류 장치 구석구석을 구경시켜줬고, 우리는 나란히 쪼그려앉아 증기에서 오일이 분리되어 유리병에 모이는 걸 함께 지켜봤어요. 그분은 똑같은 해설을 수백 번 내지 수천 번은 반복한 듯했지만 여전히 추출 과정의 비밀을 설명할 때마다 흥분과 자부심을 느끼는 것 같았어요. 설명이 끝난 후에는 길 저편에 신나는 것이 더 기다리고 있다는 듯 그쪽으로 살짝 고갯짓 하셨어요.

오늘 탐험을 나설 때는 만날 보던 들판과 숲이나 또 보겠거니 생각 했지만, 그러면서도 마음 한구석에서는 예상 밖의 무언가를 우연히 발견하길 바라는 마음이 있었어요. 뜻밖의 일을 마주하는 게 얼마나 기쁜 일인지, 익숙한 길을 벗어나는 게 얼마나 좋은 일인지 다시금 깨 달았지요.

좋은 꿈 꿔요.

봉투에 담긴 편지

○

　2학년 때인지 3학년 때인지 기억이 확실치 않은데, 수업시간에 펜
팔에 대한 이야기가 나오는 책을 읽었어요. 포르투갈 소녀와 일본 소
년이 주인공이었죠.

　두 아이는 각자 자신의 가족과 반려동물, 다니는 학교에 대한 이야
기를 편지로 주고받았어요. 삽화도 실려 있었고요. 지구 반대편에 사
는 친구가 보낸 새로운 이야기를 어서 읽고 싶어서 우편함 앞에서 애
타게 편지를 기다리는 두 아이의 그림이었죠. 덕분에 우리 반에는 편
지 쓰기 열풍이 불었고, 담임 선생님은 펜팔을 하고 싶어하는 폴란드
어느 학교의 아이들 이름과 주소를 우리에게 알려줬어요. 나는 안나
라는 여자아이를 뽑았어요. 그날부터 충실하게 안나에게 편지를 쓰
기 시작했지요. 그때 내가 뭐라고 썼는지, 안나가 내게 뭐라고 써 보

냈는지 지금은 거의 기억나지 않지만 우편함에서 안나의 편지를 발견할 때마다, 그리고 그 초록색 편지 봉투와 이국적으로 느껴지는 안나의 필체를 볼 때마다 느꼈던 흥분은 생생히 기억해요. 안나 특유의 필체로 쓴 숫자 4 모양도 기억나고, j와 f를 펜으로 더 굵게 썼던 것도 기억나요.

학년이 올라가고 점점 더 버거워지는 과제들을 소화하느라 어느새 안나와는 연락이 끊겼지만, 친구들한테 편지를 써 보내는 습관은 남았어요. 편지지 낱장 사이에 말린 꽃을 끼워넣거나 봉투 겉면 여백에 새와 나무 따위를 그려서 보내기도 하고, 가끔 아무렇게나 농담을 휘갈긴 엽서를 보내기도 했어요. 그런가 하면 편지 분량이 너무 많아서 우표를 추가로 사서 붙이고 봉투 입을 테이프로 여며야 할 때도 있었고요. 그만큼 친구들에게 많이 받기도 했어요. 리본이나 노끈으로 묶은 그 편지들은 침대 밑에 있는 길쭉하고 납작한 상자에 보관해뒀답니다. 지금도 가끔씩 비 오는 날 한 뭉치씩 꺼내 십 년 전 우리가 무슨 이야기를 그렇게 주고받았나 읽어보곤 해요.

오늘 아침 침대 아래 그 편지들을 생각하던 찰나, 현관문 우편함이 달칵 열리는 소리가 들렸어요. 그때 나는 아침으로 먹을 두꺼운 식빵 토스트에 땅콩버터를 바르고 있었거든요. 한 움큼 되는 편지 봉투와 우편물 봉투를 주워서 부엌 식탁으로 가져가다가, 귀퉁이에 손으로 하트를 그려넣은 연파란색 봉투를 보고는 일본 소년과 포르투갈 소녀가 느꼈을 흥분이 고스란히 느껴졌어요. 작은 정사각형 봉투에는 내 이름이 정갈한 필체로 쓰여 있고 꽃무늬 스티커로 봉해져 있었어요. 나는 그 봉투를 자몽주스 잔에 기대놓고 우선 앉아서 토스트를 마저 먹었어요. 원래 편지 열기 전 뜸을 들이면서 기대감을 고조시키는 걸 좋아하거든요. 게다가 곱디고운 파란색 편지 봉투에 땅콩버터를 묻히기도 싫었고요. 나는 느긋하게 토스트와 주스를 먹어치우고 딱 알맞게 익은 바나나도 한 개 먹은 다음 접시를 싱크대에 갖다놓고 손을 깨끗이 씻은 후 비로소 그 편지를 집 뒤편 포치의 해 잘 드는 자리로 가져갔어요. 편지 읽는 간간이 채소가 쑥쑥 자라는 텃밭도 내다보려고요.

어릴 적부터 친하게 지낸 친구가 보낸 편지였어요. 같은 골목에 살았지만 지금은 멀리 떨어져 사는 친구예요. 평소에 자주 못 보는 사이는 그간 있었던 일을 전하려고 장문의 편지를 쓰곤 하죠. 직장생활은 어떻고, 연애는 어떻게 돼가고, 가족은 어떻게 지내는지 미주알고주알 전하는 편지요. 물론 그런 편지도 유용하고 반갑긴 하지만, 이 친구와 나는 조금 색다른 편지를 주고받아요. 주로 사소하지만 흥미로운 일들, 편지 쓸 당시 호기심을 자아낸 것들을 쭉 나열한 편지요.

이번 편지에는 친구가 지난달 읽은 책 목록이 적혀 있었어요. 제목 옆에는 친구의 평가를 반영한, 손으로 그린 별점까지 있었죠. 그리고 옆집 이웃이 만들어줬다는 카레의 레시피 카드와 유독 인상적이었던 대사를 뒷면에 적어놓은 연극 티켓 쪼가리, 친구 아들이 여름 캠프를 다녀와서 끄적인 감상문. 그리고 내가 고등학교 때 즐겨 씹었던 상표의 껌도 하나 들어 있었어요. 나는 포치에서 바로 껌을 까서 씹으면서 친구가 보내온 보물을 하나하나 들여다보기 시작했어요. 친구의

독서 목록에 내가 읽은 책과 겹치는 게 두어 권 있기에, 나라면 그 책들에 몇 점을 줬을까 생각해봤어요. 카레 레시피에 나온 재료가 집에 다 있는 걸 깨닫고 오늘 저녁 메뉴가 정해졌다며 좋아했고요. 우리가 여름 캠프에 갔을 적 일화가 몇 개 떠올라서 답장에 써 보내야겠다고 생각했어요.

안으로 들어와 문구 용품 상자를 뒤적였어요. 크기와 모양이 제각각인 편지지들과 머나먼 여행지에서 혹은 동네 가까운 문구점에서 사둔 엽서들이 있었고, 오래된 사진 뭉치도 들어 있었어요. 한동안 사진을 모았거든요. 다락에 있는 옛날 앨범에서 뽑아 온 것도 있고, 차고 세일이나 벼룩시장 등에서 눈에 띄는 대로 사 온 것도 있었어요. 가끔씩 옛날 사진, 그것도 아주아주 오래된 사진을 들여다보면서 혹시 이게 이 사람이 남긴 마지막 모습일까 궁금해했지요. 그들도 어디 선가 사랑과 상실을 겪으면서, 좋아하는 노래도 듣고 누군가와는 척을 지기도 하면서 충만한 삶을 살았을 텐데. 이렇게 잠깐씩 사진을 들여다보는 행위가 그들에게 다시금 생을 불어넣어주는 느낌이 들었어요. 나는 사진 뭉치를 뒤적이다가 1960년대에 찍은 듯한, 한 소년이 촌스러운 무늬의 소파에 할머니와 나란히 앉아있는 폴라로이드 사진 한 장과 그보다 더 오래전, 1930년대쯤에 찍은 듯한, 어느 집 전면 포치의 비막이널 앞에 원피스를 입고 나란히 서 있는 두 소녀의 사진을 골랐어요. 폴라로이드사진 하단의 흰 여백에는 "대추야자는 아몬드 버터나 민트 잎으로 채워…… 두 가지를 다 넣지는 말고"라고 써넣었어요. 두 소녀 사진의 뒷면에는 친구 아들에게 한마디 썼고요. "너희 엄마한테 캠프 장기자랑에서 뭘 했냐고 물어보렴. 엄마가 요즘도 탭댄스를 추려나?" 그때의 기억이 떠올라 내 얼굴에 웃음이 번졌고, 친구네 꼬마 녀석도 이걸 읽고 깔깔 웃을지 자못 궁금해졌어요. 여기에 더해 지역 신문에서 오려낸, 이웃집 마당에서 오랫동안 꽃을 훔쳐온 여자에 대한 경찰 사건 기록부 기사도 끼워넣으면서 "용의자는 아직 체포되지 않았습니다"라는 문장에 의미심장하게 밑줄을 쳤고요. 마지막으로, 이번주에 다녀온 도서관 특강에 대해 몇 마디 적어넣었어요. 사과나무 접목에 대한 강연이었지요. '접순'은 접목하는 가지를 뜻한다고, 내가 배운 걸 친구에게 전해줬어요. 또 '대목'은 그 가지가 새로 자라게 되는 집이라고 설명해줬고요.

전부 다 모아 봉투에 넣고 붉은 밀랍으로 봉한 뒤 별 모양 스탬프로 밀랍을 눌러줬어요. 편지 한 통 받고, 편지 한 통 쓰고. 초등학교 3학년 때 읽은 펜팔 이야기를 친구가 기억할까 궁금해하면서, 봉투 겉면에 이렇게 썼죠. "일본에서 포르투갈로."

좋은 꿈 꿔요.

여름 축제

그때는 어려서 낮에만 갈 수 있었어요.

탈것이란 탈것은 죄다 타고, 게임도 한 번씩 다 해보고, 샛노란 머스터드소스를 뿌린 프레츨과 입술을 파랗게 물들이는 솜사탕도 꼭 사 먹었죠. 더위도 아랑곳하지 않고 서로의 이름을 불러 다음에 갈 장소를 외치면서 이 부스에서 저 부스로 뛰어다녔어요. 때가 되면 어른들이 우리를 불러모았는데 흙먼지를 뒤집어쓰고 진이 다 빠져 집으로 돌아가면서도 그날 보고 겪은 일을 이야기하느라 쉼없이 조잘거렸어요.

이제 어른이 된 우리는 오후 느지막이, 해가 나무 너머로 뉘엿뉘엿 기울 때쯤 가는 걸 선호해요. 가장 후텁지근한 때가 지나고 저녁의 솔솔바람이 한여름 공기 사이로 불어오기 시작할 때쯤 말이에요.

오늘 우리는 손을 잡고 집을 나선 뒤 저멀리서 들려오는 축제 소리를 향해 걸어갔어요. 돌아보면 축제가 열리는 장소는 언제나 광활했고, 길은 미아가 되기 십상이었고 아무리 구경을 하며 돌아다녀도 미처 가보지 못한 곳이 남아 있었어요. 그런데 지금 보니 축제장은 그냥 도심 공원의 푸른 잔디밭과 자갈 깔린 주차장, 그리고 강변을 따라 늘어선 공예품 부스로 이루어진 공간이더군요.

축제장 가장자리에는 동네 과수원에서 딴, 제철 핵과가 가득한 나무상자가 높이 쌓여 있었어요. 복숭아와 자두, 천도복숭아, 조그마한 연주황빛 살구 따위가 달콤한 냄새를 풍기며 그득그득 쌓여 있었지요. 이 무렵이면 과일이 넘쳐나고 과수원은 또 한없이 후해서, 아무거나 좋아 보이는 과일이 있으면 그냥 집어 가도 문제가 없어요. 내가 제일 좋아하는 건 자두지만, 딱 알맞게 익지 않으면 너무 시큼하고 딱딱하니 조심해서 골라야 해요.

우리는 과수원이 내놓은 과일들을 훑어봤고 나는 작지만 말랑말랑하고 잘 익은 냄새가 나는 자두 두 개를 골랐어요. 껍질은 살얼음이 낀 것처럼 허옇게 막이 덮여 있고 그 밑으로 짙은 보라색이 비쳤어요. 나중에, 아마도 냉장고에 잠깐 넣어뒀다가 꺼내 먹을 요량으로 그 자두 두 개를 주머니에 쏙 넣었어요. 그 순간 윌리엄 카를로스 윌리엄스가 아이스박스 속 자두에 대해 쓴 짧지만 사랑스러운 시가 떠올랐지요.

우리는 다시 손깍지를 끼고 축제 한복판으로 들어갔어요. 어린아이들이 이리저리 뛰며 서로를 쫓아다녔고, 친구들끼리 무리지어 길

중간을 어슬렁거리는가 하면 길 끝 부스에서 상품으로 얻은 곰 인형을 겨드랑이에 끼고 다니는 아이들도 보였어요. 사람 구경만큼 재밌는 게 또 없는지, 한 노부부가 지팡이를 옆에 기대놓고 벤치에 앉아 구경을 하고 있었어요. 가운데 놓인 커다란 팝콘 봉투에 동시에 손을 찔러넣는 바람에 두 분이 손등을 부딪쳤죠. 또다른 쪽에는 무서운 십대 청소년(이 또래 아이들을 묘사할 땐 꼭 '반항적인 십대' 혹은 '불량한 십대' 같은 수식어를 쓰더라고요) 한 무리가 몇 달간 이어진 방학 덕분인지 흥이 올라 와자지껄 떠들며 회전 관람차 앞에 진을 치고 있었어요. 다른 한쪽에는 너무 닮아서 자매일 수밖에 없겠다 싶은 여자 넷이 서 있었죠. 넷 다 짙은 색 머리칼에 똑같이 밝은색 립스틱을 칠하고서 수다를 떨고 있었는데, 가끔씩 아이 하나가 달려와서 동전 몇 개만 달라고 조르거나 벗어버린 스웨터를 맡기고 가곤 했어요. 복 받은 아이들이네, 속으로 이렇게 생각했지요. 이모에게 신발끈을 묶어달라고, 자기 엄마를 대하듯 편하게 부탁할 수 있는 아이들이라니. 그게 얼마나 다정한 일인지는 다 큰 후에야 알겠죠.

회전 관람차는 우리도 십대 때 질리도록 타봤어요. 이제 곰 인형은 필요 없을 나이고 아직 벤치에 앉아 팝콘 먹을 나이는 안 됐기에, 이 모두를 지나 그림과 공예품을 파는 강가의 부스로 갔어요. 우리는 느릿느릿 걸으며 반들반들 광을 낸 자연석을 박은 은반지, 어딘지 모를 풍경을 담은 수채화, 비누와 연고(모기 물린 데 좋다는 연고를 하나 샀어요), 무슨 이야기든 써넣어도 좋을 수작업으로 엮은 조그만 노트, 줄줄이 진열해놓은 자기 그릇을 구경했어요.

나는 찻잔과 머그잔만 보면 사족을 못 써요. 집에 아무리 많아도 하나 더 갖고 싶죠. 이번에 구경을 하는데 짝꿍이 내 손을 잡은 자기 손에 살며시 힘을 줬어요. 마음에 드는 걸 하나 골라보라는 뜻이었죠. 나는 푸르스름한 빛깔이 도는 녹색 유약을 바른 납작한 잔을 골랐어요. 손잡이 윗부분에 엄지를 얹을 넉넉한 자리까지 있더라고요. 값을 지불한 뒤 어제 자 신문지에 둘둘 말린 잔이 내일 아침 티타임을 위해 내 가방에 쏙 들어가는 걸 지켜봤어요. 자두 먹을 때 같이 써야지, 그런 계획까지 세워두었죠.

해가 저물고 주변의 키 큰 가로등이 하나둘 켜지기 시작했어요. 이쯤에서 집에 돌아가도 괜찮고 아마 곧 그러겠지만, 가기 전에 강을 따라 조금 더 걸어도 좋을 것 같았어요. 어쨌거나 일 년 중 이런 여름밤은 며칠뿐이고 최대한 즐겨야 하니까요. 우리, 조금 더 걷자.

좋은 꿈 꿔요.

숲속에서 별 보기

숲속의 고요함은 도시나 주택가의 고요함과는 어딘가 다른 구석이 있어요.

실제로 숲은 고요하지 않거든요. 나뭇가지 위에서는 새들이 지저귀고 잎사귀들이 바스락거리는 소리가 내려와요. 숲의 바닥에서는 다람쥐들이 경주하고 사슴들이 당당히 걸음을 내딛고 곤충들이 찌르륵거리고 윙윙대는 소리가 올라오지요. 그래요. 숲속에서 만나는 고요함은 숲이 품고 있는 고요함이 아니에요. 숲에 갔을 때 우리 안에서 생겨나는 고요함이죠. 그게 숲에 온 이유예요. 세상만사와, 심지어 우리가 사랑하는 것들과 며칠간 떨어져 뼛속 깊이 고요함을 새기는 거지요. 때로는 사랑하는 것들과도 떨어져 있을 필요가 있답니다.

우리는 높이 솟은 소나무들 아래 공터에 자리를 잡았어요. 솔잎들이 폭신하게 깔려서 텐트를 치기 딱 좋았죠. 나무들 사이사이에 트인 공간이 있어서, 산책을 하거나 바지런히 하루를 살아가는 숲 짐승들을 관찰하기 좋았어요. 그 너머에는 언덕보다 높지만 산이라고는 할 수 없는 봉우리가 아득히 보였고요. 우리는 모닥불 피울 자리를 파고 침낭을 펼치고 먹을 것을 대충 정돈한 다음, 일몰을 감상하기 제일 좋은 자리에 캠핑용 의자를 폈어요. 그후 발길이 닿는 대로 돌아다니다가 물길이 제법 세찬 시내를 발견했지요. 나는 거기에 손가락을 담그고 흐르는 물을 쓸어봤어요. 그다음 잘 다져진 오솔길을 따라 걷다가 호수에 이르렀고, 가는 길에 주운 만질만질하고 납작한 돌멩이들을 가지고 물수제비를 떴어요. 어떤 건 성공하고 어떤 건 그냥 물에 퐁당 빠졌어요.

밤에는 반딧불이를 관찰했어요. 마치 움직이는 별자리 같더군요. 낮에 구름을 보고 특정한 모양을 상상하듯, 반딧불이떼에게서 내가 보고 싶은 모양을 발견했어요. 그러는 동안 고요가 내 몸 깊숙이 들어앉았죠. 나는 천천히 중심을 되찾아가고 있었어요. 직장에서 정신없이 일하고 집안을 돌보고 잡일을 해치우다보면, 내가 잘 닦아놓은 길인데도 그 위에서 휘청대다가 넘어질 때가 있거든요. 좀처럼 집중하지 못하고, 그러다보니 뭘 자꾸만 잊어버리거나 일을 반쯤 하다 만 채로 내버려두기도 해요. 그런데 여기서 새들의 아침 노래를 듣거나 호숫가에 발을 담근 채 발목 주위를 헤엄치는 송사리들을 가만히 보고 있으면 모든 감각이 내 의지대로 머물러 있다는 걸 알게 돼요. 단번에 그렇게 된 건 아니에요. 어느새 그렇게 되었을 뿐.

내일은 짐을 싸서 돌아갈 거예요. 그때쯤이면 돌아갈 준비가 되어 있겠죠. 하지만 오늘밤엔 고요 속으로 조금만 더 파고들어 나 자신과 시간을 보내고 싶었어요. 우리 둘 다 같은 마음이었어요. 둘이 함께 있는 것도 좋지만, 혼자 있는 것도 그 못지않게 좋거든요. 그래서 나는 등산화를 신고, 별을 감상하기 좋은 장소를 찾아 오솔길을 걷기 시작했어요.

구름 한 점 없는 밤이라 캠프장 가장자리를 따라 서 있는 나무들을 지나친 뒤에도 수월하게 길을 찾을 수 있었어요. 지난 며칠간 서너 번 다녀온 지점이 있어요. 등성이의 약간 높은 곳에 몸을 쭉 펴고 눕기 딱 좋은 크기의 너럭바위가 있거든요. 여태까지는 호수를 한눈에 내려다보고 호수 건너편 나무들 우듬지도 구경하려고 갔었는데, 오늘밤에는 올려다보기만 할 작정이었어요. 거기까지 가는 데 몇 분이 걸렸고, 걷는 내내 울퉁불퉁한 오솔길 바닥이 신발 밑창을 통해 고스란히 느껴졌어요. 발을 올바로 딛는 감각, 등산화를 내디딜 적당한 자리를 찾아내는 감각이 조금 더 예민해진 것 같았어요. 우리 모두 자주 깜빡하는 교훈이지요. 숲속 하이킹이든 외국어 배우기든 아니면 일이 잘 안 풀릴 때 인내심 발휘하는 법이든, 우리가 습관적으로 하는 모든 행동들은 점점 나아지기 마련이라는 것이요. 엄마는 늘 이렇게 말씀하셨어요. "오늘 따뜻한 말 한마디를 해보렴. 내일은 그 말이 더 수월하게 나올걸."

낡은 격자무늬 담요를 챙겨 왔는데, 바위 위 내 자리에 도착하자마자 그걸 너럭바위 위에 물결치듯 깔리도록 찰랑 펼쳐놓았어요. 그 담요 위에 몸을 쭉 펴고 누워 두 손을 베개삼아 머리를 받친 다음 한쪽 발목을 다른 발목에 포개었죠. 올바른 별 바라기 자세랍니다. 별이 어찌나 밝은지 숨이 멎을 것 같았어요. 눈 깜빡이는 것도 아까울 정도였어요. 수많은 가로등과 간판, 건물의 조명들과 공존하느라 별들은 그저 배경의 점에 불과한 밤하늘에 몹시 익숙한데, 여기서는 별이 곧 하늘인 것 같았어요. 형언하지 못할 만큼 찬란했고, 가늠하지 못할 만큼 멀리 있는데도 손에 닿을 듯 가깝게 느껴졌어요.

이 숲의 이 바위에 누워 있는 나를 생각하다가 이윽고 관점을 확장해봤어요. 줌아웃을 해 더 큰 공간으로 의식을 데려가봤죠. 주변 도시들을, 그다음엔 국경들을, 또 끝없이 펼쳐진 대양들을 내려다본다고 상상해봤어요. 내가 아주 작은 불빛, 다른 수백억 개의 불빛과 함께 빛나는 한 점의 불빛이라고, 다 같이 우리의 이 작고 창백한 푸른 점을 빛내고 있다고 상상해봤어요. 이어서 내가 있는 행성을 둘러싸고 우주에 떠 있는, 초등학교 때 하나하나 이름을 배운 다른 행성들을 떠올리며 더 줌아웃을 했어요. 토성의 고리, 해왕성의 흑점, 쉰세 개의 위성이 공전하는 목성. 거기서 더 바깥으로 뻗어나가 우리가 망원경으로 볼 수 있는, 아니면 수학 공식으로 가늠할 수 있는 지점 너머의 공간으로 이동해봤어요. 인간이 만든 조형물이 전혀 없는, 그저 무한한 공간만 펼쳐져 있을 법한 곳으로요. 그러다 어느 순간 나는 천천히 다시 돌아오기 시작했어요.

나는 우주를 가로지르고 행성들과 태양을 지나 우리 행성으로 돌아왔어요. 대륙의 형태가 보일 정도로 가까이, 내 주변의 지형과 호수와 산맥이 보일 때까지 조금 더 줌인 했어요. 그리고 한번 더 당겨 내가 누운 이 바위, 그 위의 내 몸으로 돌아왔지요. 콧구멍으로 들고 나는 숨과 심장의 느긋한 박동이 느껴졌어요. 묵직한 팔다리와 옷의 감촉도 느껴졌어요.

이렇게 다녀오는 사이 나도 모르게 나의 관점이 재정렬되었어요. 고요를 찾아 여기에 왔고 고요를 발견했지만, 거기서 그치지 않고 내가 누구이며 내게 무엇이 소중한지 기억해내면서 나의 의식이 몸과 마음 안에서 다시 중심을 잡은 거예요. 이제 돌아갈 준비가 됐어요.

좋은 꿈 꿔요.

숲속에서 만나는 고요함은
숲이 품고 있는 고요함이 아니에요.
숲에 갔을 때 우리 안에서 생겨나는
고요함이죠.

개도 혀를 빼무는
무더위

우리는 늘 그렇듯 코를 맞댄 채 잠에서 깼어요.

그렇게 서로를 향해 눈만 끔벅거리면서 잠시 누워 있었어요. 새벽 꿈의 끝자락을 서서히 놓아주고 나뭇가지에 앉은 새들의 노랫소리를 들으면서요. 이윽고 녀석이 꼬리를 흔들기 시작했어요. 침대가 흔들릴 정도로 신나고 기운차게요. 별수 없이 웃음이 터져나왔어요. 우리 집 개는 매일 이렇게 행복하게 잠에서 깬답니다.

그날은 녀석이 행복해할 이유가 충분했어요. 내가 하루종일 집에 있으면서 우리가 좋아하는 것들을 실컷 할 작정이었거든요. 녀석이 침대에서 풀쩍 뛰어내렸고, 나도 따라 내려가면서 아직 잠이 묻은 눈을 비비고 아침 공기를 깊이 들이마셨어요.

우리는 나란히 밖으로 나갔고, 녀석이 잔디에 코를 박고 킁킁대다가 아침 볼일을 보는 동안 나는 가만히 서서 떡갈나무 가지를 쳐다 봤어요. 다람쥐들이 나뭇가지를 따라 정해진 길을 오가며 볼에 빵빵하게 채운 아침밥을 나르고 있었어요. 개똥지빠귀들과 몸집 커다란 큰어치 한 마리는 나뭇잎 사이를 푸드득 날아들었고요. 아침마다 으레 보는 광경이죠. 나는 텃밭 가에서 허리를 숙이고 토마토 주변에서 잡초 몇 줄기를 무심히 뽑아냈어요. 촉촉이 이슬 맺힌 풀이 발에 닿는 감촉이 차가웠고 식물들은 물기를 머금어 반짝였어요. 밭에서 따끔거리는 넓적한 잎사귀 하나를 들어올리니 그 밑에서 모양이 완벽한 오이가 나타나서, 그 오이를 비틀어 덩굴에서 떼어냈어요.

거기 서서 여름날의 훈훈한 아침 공기를 폐 한가득 들이마셨어요. 자라나는 초록 잎들과 탐스러운 까만 흙의 냄새가 진하게 밴 공기였죠. 어떤 냄새를 맡는 순간 과거로 돌아간 적이 있나요? 그 순간 나는 일 초 만에 다섯 살인가 여섯 살 때 갔던 캠핑 여행의 기억이 되살아났어요. 그날 우리는 작은 산장에 묵으면서 해가 질 무렵 야외에서 식사를 준비했어요. 아빠는 첫날밤에 들려준 이야기에 매일 살을 붙여가며 우리를 즐겁게 해줬어요. 도적떼와 공주와 묻혀 있는 보물이 등장하는 아빠의 이야기는 숨이 막힐 만큼 반전에 반전을 거듭했어요.

자라면서 길렀던 착한 개들도 떠올랐어요. 그 녀석들 덕분에 타인에게 다정하게 대하는 법과 함께 노는 법, 그리고 다른 누군가를 아껴주면서 얻는 귀중한 것들에 대해 배웠어요.

내 허벅지를 톡톡 두드려 개를 부르자 녀석은 총총 다가와 이슬 맺힌 풀을 헤집느라 축축해진 코를 들이밀고 내가 뽑은 채소 냄새를 킁킁 맡았어요. "이제 아침 먹을까?" 내가 묻자 녀석은 쌩하니 문으로 달려갔죠. 우리의 아침 일과예요. 앞마당 텃밭에 나갔다가 들어오면 녀석이 잽싸게 부엌으로 달려가 앉고, 빨리 간식을 달라고 꼬리로 수납장을 탁탁 치면서 기다려요.

처음 녀석을 데려왔을 때, 그러니까 우리가 서로를 조금씩 알아갈 무렵 나는 간식을 손에 얹어서 주곤 했어요. 그럼 녀석은 얌전히 그걸 물어다 식탁 밑으로 가져가 깨작깨작 먹었지요. 그런데 몇 주가 지나자 마음이 좀 편해졌는지 녀석이 경계를 풀고 본모습을 조금씩 드러내면서, 입으로 간식을 물어 공중에 던져서 받아먹는 게 아니겠어요? 나한테 가르쳐주려고 한 것 같아요. 간식 먹기가, 나아가 세상 모든 것이 재밌는 놀이가 될 수 있다는 걸요. 녀석이 나를 아주 잘 훈련시켰죠.

그날 아침에도 녀석을 따라 부엌으로 간 나는 정말로 간식을 먹고 싶으냐고 물어본 뒤(여기서 녀석이 또 한번 꼬리를 탁탁 내리치고 눈을 동그랗게 떠 보였죠) 조리대의 간식 통에서 개 비스킷을 한 조각 꺼냈어요. 그리고 현란하게 이 손 저 손으로 옮겨 쥐자 녀석이 신나서 뱅글뱅글 돌았고, 마침내 내가 비스킷을 휙 던진 순간 녀석은 번개처럼 덥석 받아먹었어요.

"좋았어." 나는 녀석의 머리를 쓰다듬어주고 커피포트를 향해 돌아섰어요. "이제 하루를 시작해볼까."

우선 내 커피를 내리고 녀석의 밥그릇에 사료를 채워준 후, 견과류가 들어간 식빵 두 장을 토스터에 넣었어요. 그런 다음 오이를 썰어놓고, 식빵이 토스터에서 퐁 튀어오르자 꺼내서 후무스를 두껍게 발랐어요. 그 위에 오이를 깔고 소금과 후추를 적당히 뿌린 뒤 창틀에 있는 유리병에서 어린잎을 한 줌 꺼내 얹었어요. 벌써 밥을 와작와작 열심히 먹고 있는 강아지 녀석과 같이 식사하려고. 제일 가까운 의자에 앉았어요. 내가 먹다 말고 천연덕스럽게 "그래서 말인데, 우리 오늘…… 강아지 운동장 갈까?" 하고 묻자, 녀석은 입안 가득 사료를 문 채 자기가 제대로 들은 게 맞나 의심하는 표정으로 나를 올려다봤어요. "강아지 운동장 갈까?" 하고 다시 한번 말하자 녀석은 펄쩍 뛰어올라 춤을 추었고 나한테 바싹 붙어서는 등을 긁고 쓰다듬어달라고 야단법석이었어요. 개들은 행복할 때 본능적으로 그 행복을 나누려 해요. 내가 볼 때 이건 세상이 따뜻하다는 증거예요.

어디 갈 건지 똑똑히 들었겠다. 녀석은 신이 나서 주체를 못했어요. 녀석한테 배운 또하나의 교훈이에요. 원하는 게 뭔지 알았으면 당장 쟁취하라. 우리는 얼른 옷을 챙겨 입었어요. 나는 민소매 원피스에 샌들을 신었고, 녀석은 하네스와 스카프를 맸죠. 스카프에는 사람들이 녀석의 해맑은 미소를 보고도 알아채지 못할 경우를 대비해 '쓰다듬어주면 좋아해요'라고 인쇄되어 있어요. 내 손에 든 열쇠를 짤랑거리면서 우리는 차를 세워놓은 곳까지 경주했어요. 녀석이 귀에 스치는 바람을 느끼고 동네의 온갖 좋은 냄새를 다 맡을 수 있을 만큼만 차창을 내린 채 우리는 달렸어요. 얼마 안 가 우리는 공원 옆 자갈 바닥 주차장으로 들어섰고, 옆을 슬쩍 돌아보니 녀석은 누가 와 있나 울타리 철망 너머를 들여다보려고 나무 사이를 바라보며 고개를 열심히 주억거리고 있었어요. 오랜 친구들이 와 있나? 새 친구들도 있을까?

공원으로 들어가 목줄을 풀어주자 녀석은 이리저리 천방지축 뛰어다니면서 다른 개들 냄새를 맡고, 왈왈 짖고, 머리를 바닥에 납작하게 붙이며 자기랑 놀자고 졸랐어요. 강아지 운동장에 오래도록 들락거린, 얼굴 털이 하얗게 센 어여쁜 녀석들은 느긋하게 앉아 강아지들끼리 잡기 놀이를 하는 걸 구경하더군요. 껑충껑충 뛰면서 친구들을 이리저리 몰아대는 기운 넘치는 아이들도 있고, 무리에 섞여 놀다가도 엄마 아빠 발치로 쪼르르 달려가는 느긋한 복슬강아지들도 있었어요. 나는 그늘진 벤치에 앉아 개들을 구경했죠. 우리집 반려견이 당당하고 편하게, 걱정 하나 없이 뛰노는 모습을 보니 몹시 뿌듯했어요.

녀석은 나랑 같이 살기로 했을 때 벌써 몇 살 된 성견이었는데, 보호소에서 데려오던 날 차 안에서 내내 불안한 표정을 지었어요. 너의 고된 날은 어제로 끝났고 오늘부터 너는 안전하며 네 삶은 놀이와 낮잠과 산책과 네가 좋아하는 것들로만 채워질 거라고 말해줬어요. 하지만 그런 건 말로 해봤자 소용없지요. 직접 보여줘야죠. 그래서 그날부터 나는 직접 보여줬고, 녀석은 정말로 그렇게 살 수 있다는 걸 믿게 됐어요.

슬슬 놀이의 단물이 빠지면서 개들은 기분좋게 나른해졌고, 견주들이 하나둘 반려견에게 목줄을 짤깍 채우기 시작했어요. 우리집 예쁜이도 나에게 달려왔고, 나는 챙겨온 물그릇에 물을 따라줬어요. 갈증이 가실 때까지 실컷 물을 들이켜게 해준 다음 우리는 다시 차에 올라탔죠. 최고의 하루로 만들어주고 싶어서, 이번엔 녀석이 제일 좋아하는 반려동물 용품점에 들러 새 장난감을 사주기로 했어요. 그 다음엔 긴 산책을 하고, 그늘진 뒷마당 포치에서 한바탕 낮잠을 잘 거고요. 저녁을 먹은 뒤에는 녀석이 지칠 때까지 공을 던져줄 거예요. 목욕은 내일로 미룰래요. 그렇게 실컷 놀다가 마침내 우리는 잠자리에 들 테죠. 녀석은 세 번 뱅뱅 돌고 털썩 누워 강아지들 특유의 한숨을 폭 내쉴 테고, 우리는 곧 잠이 들 거예요.

좋은 꿈 꿔요.

개들은 행복할 때

본능적으로 그 행복을 나누려 해요.

내가 볼 때 이건

세상이 따뜻하다는 증거예요.

자비 명상

· · · · ·

이렇게 생각해보세요. 당신 안에는 따뜻함과 자비심이 있지만(우리 모두에게 있어요) 지하실의 아무 상자에나 담아둔 바람에 급할 때 바로 꺼내지 못한다고요. 자비 명상은 ('메타Metta 명상'이라고도 하는데) 말하자면 그것을 꺼내 먼지를 툭툭 털어 앞주머니에 넣어둘 수 있도록 도와주는 역할을 해요. 그러면 따뜻함과 자비심을 필요로 하는 사람을 만났을 때 금방 꺼내줄 수 있고, 나누어줘도 주머니엔 충분히 남아 있지요. 그뿐 아니라 이 명상법은 힘든 날 마음에 연고처럼 바를 수도 있답니다. 짓눌린 영혼을 어루만져주고, 세상을 더 너그럽게 보게 해주거든요.

먼저 편한 자세를 취해보세요. 다른 어떤 명상법보다도 자비 명상은 편한 자세가 중요하답니다. 마음을 따뜻하게 하는 데 집중할 수 있도록, 최대한 편안한 자세를 취하세요. 푹신한 의자에 앉거나 편한 바닥에 누워도 좋아요. 더 편안히 누울 수 있도록 무릎 밑에 뭘 받쳐도 좋고요.

코로 천천히 숨을 들이마시고 입으로 천천히 내뱉어요. 그런 다음 자연스럽게 호흡하면서 잠시 동안 들숨 날숨에만 신경을 집중하세요.

이제 자비가 어떤 느낌인지 몸으로 의식할 차례예요. 사랑 자체에, 그리고 사랑할 때 동반되는 육체적 감각이 있거든요. 다들 바라보기만 해도 혹은 떠올리기만 해도 설명할 필요 없는 충만함을, 그 사람이 잘 지내고 행복하기를 바라는 순수한 욕망을 불러일으키는 사람이 한 명은 있을 거예요. (사람이 아니라 반려견이어도 괜찮아요.) 그 사람이 잘 지내기를 잠시 빌어봐요. 온 마음을 다해 그 사람의 건강과 행복을 비는 마음을 보내보세요.

머릿속으로 "그 사람이 행복하기를. 진정한 평화와 조화를 느끼기를. 그 사람이 안전하다고 느끼기를. 고통에서 벗어나기를"이라고 되뇌어봐요.

바로 거기, 누군가를 사랑하는 그 느낌에 조금만 더 머물러보세요. 여러분은 지금 마음속 자비의 우물을 활짝 열고 있는 거예요. 그 우물은 한번 열리면 언제든 바가지를 내려 필요한 만큼 퍼올릴 수 있어요. 자비가 넘쳐나도록 할 수 있어요. 너무 오랫동안 닫혀 있어서 뚜껑이 조금 녹슬었다면, 뭐…… 인내심을 발휘하면 돼요. 시간을 들여 연습을 하면 다 되거든요.

그 빛이 꺼지지 않게 조심하면서, 또다른 한 사람을 향해 마음을 뻗어봐요. 내 삶의 주변부에 있는 사람, 한동안 행복을 빌어주지 못한 사람이요. 열린 마음으로 그 사람의 안녕을 바라며, 그 사람이 잘되기를 열심히 빌어줘요.

머릿속으로 이렇게 말해봐요. "그 사람이 행복하기를. 진정한 평화와 조화를 느끼기를. 안전하다고 느끼기를. 고통에서 벗어나기를."

그 사람이 기분좋고 안전하고 행복하게 지내는 상상을 잠시 붙들고 있어봐요. 머릿속에 그려볼 여력이 된다면, 그 사람이 진정 평안할 때 어떤 표정일지 상상해봐요. 걱정 주름이 다 펴지고, 눈동자가 또렷하고 초롱초롱해진 모습을요.

그 빛이 꺼지지 않게 유지하면서, 한 사람에게만 더 마음을 보내봐요. 이번에는 잘되길 빌어주기 힘든 사람을 골라요. 어쩌면 여러분은 지난날 그 사람에게 정확히 반대의 마음을 품었을지도 몰라요. 그렇지만, 보세요. 우리가 누군가를 향해 모진 마음을 품을 때 그 독은 누구보다 먼저 우리의 마음과 정신을 열 배 천 배로 강하게 물들인답니다. 마찬가지로 우리가 누군가를 향한 자비와 용서하는 마음을 길어올릴 때 누구보다 먼저 그 약효를 몇 배 강하게 누리는 건 바로 우리 자신이에요. 그러니 그 깨끗한 자비를, 여러분의 반려견이나 어여쁜 딸이나 연인을 볼 때마다 몽글몽글 솟아나는 그 마음을 길어올려 바로 그 사람에게 떠주세요.

그 사람에게 아무런 변화가 일어나지 않는다 해도, 그 사람이 끝내 모르거나 상관조차 안 한다 해도 개의치 말고 속으로 이렇게 말해봐요. "그 사람이 행복하기를. 진정한 평화와 조화를 느끼기를. 그 사람이 안전하다고 느끼기를. 고통에서 벗어나기를."

그 빛을 꺼트리지 말아요. 자신의 몸안에서 약효가 퍼지도록 잠시 가만히 있어봐요. 계속해서 우물에서 자비를 퍼올려 자기 몸과 삶 구석구석으로 졸졸 흘려보내세요. 이제 충분히 퍼져서 다음 단계로 넘어갈 준비가 됐다고 느끼면, 다시 한번 코로 숨을 깊이 들이쉬고 입으로 크게 내쉬어요.

잘했어요.

천둥 번개 치는 날,
부엌에서

O

초저녁에 오래된 레코드판들을 뒤적이고 있을 때였어요.

흠. 빌리 홀리데이? 엘라 피츠제럴드? 아, 쳇 베이커로 하자. 딱 좋아. 슬리브를 기울여 스르륵 빼낸 레코드판을 빛에 비춰보고 먼지를 훅 불어낸 다음 턴테이블에 얹었어요. 바늘을 들어 레코드판 홈에 살며시 내려놓고 의자에 깊숙이 기대앉아 발을 올렸죠. 노래를 듣는데 어느새 나도 모르게 따라서 흥얼거리고 있더라고요. 한쪽 팔을 접어 머리를 베고 창밖을 내다보니 뒤뜰에 심은 나무들의 잎사귀 아랫면이 은색으로 차르륵 반짝였어요.

바람이 거세지고 있었어요. 아침부터 회색으로 잔뜩 찌푸린 날이었지만 한동안은 그냥 습하고 후끈한 정도였거든요. 그러더니 지난한 시간가량 기온이 계속 떨어졌어요. 일어나서 맨발로 뒷문으로 나가 테라스의 아직 뜨끈한 돌바닥을 디뎌봤어요. 공기를 맛보려고 숨도 크게 들이쉬었죠. 비가 올 모양이었어요.

폭풍우가 몰고 오는 특유의 기운이 있잖아요. 처음에는 기온이 선선해져 그런가 싶지만, 이내 고양감에 휩싸이죠. 무슨 일이 벌어질 것 같은 기운에 기분이 붕 뜨고 머릿속이 쨍하니 긴장하는 느낌이요. 나는 점점 어두워지는 하늘을 바라보며 발가락으로 돌바닥을 쥐고 조금 더 서 있었어요. 이럴 때 뭘 하면 좋을지 알았죠.

집으로 들어와 방마다 돌아다니면서 창을 약간씩 열어놓고 초에 불을 붙였어요. 음악의 볼륨을 키우고 후끈한 열기 때문에 며칠간 멀리했던 부엌으로 들어갔어요. 우리집 싱크대 위로는 커다란 창이 나 있는데, 창틀에 허브 화분을 줄줄이 늘어놓았거든요. 집이 오래된 만큼 창도 낡아서, 바람에 창문이 쾅 닫히지 않게 작은 나무토막을 괴어놓았죠. 나의 그 소박한 허브 정원 위로 가벼운 바람이 쓸고 지나가자 바질과 오레가노 향이 물씬 피어올랐어요.

마침 지난밤 코르크를 따놓은 레드 와인이 있어서, 찬장으로 팔을 뻗어 잼 병을 꺼냈어요. 어떤 땐 멋지게 차려 먹고 싶어서 목이 가느다란 고급 와인 잔을 꺼내지만, 보통 집에 혼자 있으면서 부엌에서 어슬렁거릴 땐 오래되고 짤따란 잼 병에 따라 마셔도 충분하다는 느낌이 들거든요. 서랍에서 나무 도마를 꺼내고, 부엌칼도 가지런히 늘어놓고, 넓적하고 커다란 프라이팬을 레인지에 올렸어요. 오래전 이탈리아에 있을 때 배운 레시피로 알 포모도로 스파게티를 만들려고요. 몇 가지 재료만으로 단시간에 뚝딱 만들 수 있는 아주 단순한 요리이

지만, 진한 풍미를 맛보는 순간 즉각 이탈리아 남부의 어느 절벽 밑 해안에 자리한 우리집 식탁에서 펼쳐졌던 오후의 향연으로 이동하게 되지요. 그때 나는 교환학생이었는데, 비록 이탈리아인의 피는 한 방울도 섞이지 않았지만 일 년 남짓 그곳의 거리를 걷고 언어를 배우고 현지인들과 사랑에 빠진 후 반은 이탈리아인이 된 것 같았어요. 홈스테이를 했던 이탈리아 가족은 나를 일원으로 받아주고 사랑해줬어요. 내 어색한 악센트에 깔깔 웃고 지나치게 독립적인 미국식 태도에는 눈치를 줬지만, 나는 어느새 가족이 되어 있었어요. 몇 년이 지난 지금도 여전히 가족처럼 연락하며 지낸답니다.

이탈리아에 살 때는 오후 두시쯤 점심을 먹었는데, 수업 끝나고 터덜터덜 돌아오면서 오늘은 하숙집 엄마, '마마'가 어떤 파스타를 만들고 있을지 궁금해했죠. 아파트 사층까지 계단을 후다닥 뛰어올라가 우리집 열쇠 구멍에 열쇠를 찔러넣고는 문을 한 뼘만 열어보곤 했어요. 그 틈에 코를 내밀고 냄새를 한껏 들이마시는 거예요.

이제 다 커서 내 집에 살고 있는 나는, 갑자기 떠오른 추억에 슬며시 미소를 지으며 파스타 재료를 주섬주섬 준비했어요. 프라이팬 바닥에 고급 올리브오일을 두르고 저장실에서 껍질이 노란 양파 한 알을 꺼냈어요. 약간 모자랄수록 더 좋다는 건 마마에게 확실히 배웠어요. 양파 한 알이 있다고 한 알을 다 넣어야 한다는 뜻은 아니에요. 말을 잘 듣는 딸답게 나는 삼분의 일만 잘라 가늘게 채를 썰었어요. 그런 다음 팬에 넣고 불을 약하게 켰어요. 골고루 익혀서 살짝 갈색을 띨 때까지만 놔둘 참이었어요. 다시 저장실로 가 껍질 벗긴 토마토 통조림 한 캔을 꺼내왔어요. 우리집에서 겨우 몇 킬로미터 떨어진 곳에서 재배하고 포장해 출하하는 상품이에요. 마마는 토마토를 그 집에 있던 구식 분쇄기에 천천히 돌려 철망에 토마토 껍질을 거르곤 했어요. 그렇게 한층 부드러워진 소스를 부어 면 위에 사르륵 덮었지요. 나는 대신 토마토 통조림을 그릇에 부어 손가락으로 덩어리를 으깼어요. 마마한테는 말한 적이 없지요. 누구나 자기만의 비법이 있는 법이니까요. 그 토마토를 프라이팬에 쏟고, 손바닥에 소금을 조금 쏟아 분량을 가늠한 뒤 솔솔 뿌려 저었어요. 불은 '중간' 단계에서 가장 약하게 맞춰놓고, 창가 화분에서 바질 잎을 비틀어 따서 소스에 이파리째 던져 넣었어요. 어느새 비가 주룩주룩 내리고 있었어요. 비가 들이치나 확인하려고 창틀에 손바닥을 대봤어요. 다행히 들이치지는 않더군요. 비에 한차례 열기를 식힌 풀과 나무의 향이 취할 듯 황홀했어요.

이번에는 스파게티 면을 삶으려고 냄비 물을 올리면서 잼 병에 따라놓은 와인을 홀짝거렸어요. 어느새 노래가 끝나서, 방으로 가 레코드판을 뒤집었어요. 바늘을 판에 올리는 순간 컴컴해진 하늘을 번개가 쩍 갈랐어요. 나는 잠시 발뒤꿈치에 체중을 싣고 레코드플레이어 옆에 쪼그려앉아 점점 커지는 천둥소리를 들었어요. 파스타와 와인을 즐기기에 이보다 더 완벽한 날이 있을까요.

물이 끓기 시작해서 스파게티 면을 부채꼴로 쫙 펼쳐 넣었어요. 면은 천천히 물속으로 가라앉았죠. 어떤 사람은 냄비 옆에 서서 몇 분에 한 번씩 면을 끊어보고 또 어떤 사람은 벽에 스파게티 면을 던지는 엉뚱한 방법으로 테스트를 하지만, 알덴테로 제대로 삶은 파스타를 먹고 싶다면 방법은 간단해요. 좋은 이탈리아산 파스타 면을 사서 포장지의 설명에서 삶으라는 시간만큼만 삶으면 돼요. 파스타는 이탈리아인들이 제일 잘 알아요.

음악을 감상하며 폭풍우를 구경하기에 제일 좋은 자리에 식기를 세팅해놓고 잼 병을 다시 채웠어요. 파스타 삶은 물은 따라 버리고 면은 프라이팬에 쏟아 소스를 골고루 버무렸어요. 그런 다음 입에 침이 고이는 걸 참아가면서 파스타를 접시에 정성껏 담았죠. 테이블에 앉은 다음, 와인 잔을 들어 쳇 베이커와 마마에게, 번개에, 맨발을 데워주는 테라스 돌바닥에, 또 신선한 바질에 건배를 올렸어요. 그리고 드디어 접시에 코를 박고, 얼굴을 덮치는 진하고 달콤한 김을 들이마셨죠.

부온 아페티토*, 좋은 꿈 꿔요.

---

* '맛있게 드세요'라는 뜻의 이탈리아어.

스파게티 알 포모도로

. . . . .

───── 선호하는 소스의 농도에 따라 2인에서 4인 분량 ─────

나의 멋진 이탈리아 하숙집 마마,

마리아 로사리아 카르펜티에리가 전수해준 레시피

카르펜티에리의 문을 두드린 그날부터 나는 그들의 가족처럼 사랑을 받았어요. 그래서인지 나 자신에게 아니면 다른 누군가에게 영양과 사랑을 듬뿍 주고 싶을 때마다 이 단순하면서도 군침이 도는 레시피를 꺼내곤 해요. 재료를 준비할 때는 재료의 품질이 모든 걸 좌우한다는 사실을 기억하세요. 최고의 토마토와 파스타 면을 준비하세요. 가능하면 이탈리아산으로요.

껍질 벗긴 산마르자노 토마토 1캔(800그램)

질 좋은 올리브오일 5큰술,

　완성된 파스타에 뿌릴 여유분을 남길 것

잘게 채를 썬 흰 양파 또는 노란 양파 ⅓개

소금

신선한 바질 잎 3장

질 좋은 스파게티 면 250 내지 500그램

우선 음악을 틀어놓고, 차분히 편하게 일할 수 있도록 조리대를 싹 정리해요. 일하면서 간간이 마실 수 있게 와인을 한 잔 준비하면 더 좋고요. 요리의 맛을 더욱 풍부하게 느낄 수 있거든요. 그게 아니더라도 여러분은 와인 한잔 즐길 자격이 충분해요.

토마토 캔을 따고 소스를 포함한 내용물을 중간 크기의 그릇에 부어요. 손으로 토마토를 으깨되 식감을 살리기 위해 덩어리를 남겨두어요.

뚜껑이 있는 대형 소스팬에 올리브오일을 두르고 약한 불에 올려요. 거기에 양파를 넣어요. 뚜껑을 연 채 약 오 분간 이따금 나무주걱으로 저어가며 양파가 반투명해지다가 군데군데 갈색을 띨 때까지 익혀요.

양파를 볶은 팬에 토마토를 넣어요. 소금을 넉넉히 한 꼬집 뿌리고 바질도 넣어요. 내용물을 저어서 잘 섞어줘요. 뚜껑을 덮고 약한 불에 이십오 분 조려요. 소스가 되직한 걸 선호한다면 뚜껑을 열어 수분을 더 날리면 돼요. 단, 소스가 좀 튈 수 있으니 주의하세요.

소스가 끓는 동안 커다란 냄비에 물을 채운 뒤 바닷물맛이 날 정도로 소금을 넣고 끓여요. 봉투 겉면의 지시 사항대로 파스타를 익혀요. 몇 명에게 대접하느냐, 혹은 얼마나 되직한 소스를 원하느냐에 따라 면을 250에서 500그램 가량 삶아요. 250그램이면 2인분은 충분히 나와요. 500그램이면 4인분이 나오고요.

접시와 포크를 세팅해요. 와인 잔을 채우고, 콧노래도 불러보세요.

파스타가 익으면 조심조심 물을 따라 버리고 각 접시에 적당량 덜어요. 소스 간을 보고 기호에 따라 소금을 더해요. 간이 적당해졌으면 각 접시에 각자 원하는 양의 소스를 국자로 덜어요. 그 위에 올리브오일을 살짝 뿌려 마무리해요. 이제 앉아서 먹으면 돼요. 부온 아페티토.

화창한 날,
미술관에서

비 오는 날에만 미술관에 가는 사람들이 있어요.

쌀쌀하고 우중충한 날을 기다렸다가 미술관에 가서 온통 회색빛인 그날 오후를 밝히는 거죠. 나는 밝고 화창한 날, 여름의 열기와 북적대는 소음에서 벗어나고 싶어지는 순간을 기다렸다가 가는 걸 좋아한답니다.

살을 에는 겨울이었다면 바라 마지않을 더위였겠지만 그날은 무더운 여름 날씨가 지긋지긋해진 참이었죠. 열기와 끈적임 때문에 짜증이 났는데 미술관의 서늘함과 고요함, 탁 트인 전시실과 널찍한 복도를 떠올리니 그 즉시 기분이 나아졌어요. 좋아, 오늘은 나와의 데이트를 즐겨야지. 여차하면 오후를 통째로 시원하고 조용한 미술관에서 보낼 거야.

미술관 본관의 계단을 올라가다가 걸음을 멈추고 주위를 둘러봤어요. 한 블록을 다 차지할 정도로 큰 건축물인데, 새하얀 사암 기둥이 높다랗고 곧게 뻗어 있고 분수대는 물줄기를 뿜으며 대리석 물받이 안에 무지개를 만들어내고 있었죠. 높게 자란 나무와 조각상이 사방을 장식하고 있었고요. 계단은 높고 널찍해서 편리했는데, 거기서 팔꿈치를 짚고 뒤로 기대앉은 채 분수대에서 흘러나오는 음악을 느긋하게 감상할 수도 있었죠. 분주한 도시 한복판에서 나만의 평화로운 비눗방울 안에 들어앉아 오가는 사람들을 구경하는 거죠. 건물 상단부에 내건 화려한 색깔의 현수막들이 새로운 전시를 보러 오라고 나를 유혹했어요. 그래서 얼른 가방을 뒤져 회원증을 꺼내 들고 입구로 올라갔지요.

미술관 이용은 무료지만, 작년에 굳이 회비를 내고 회원 가입을 했어요. 새 전시 일정을 미리 알려준다든가 영화제 표를 할인해주는 등 혜택이 있기도 했지만, 그보다는 이런 장소를 지지한다는 뜻으로 한 표를 행사하는, 소소하지만 확실한 방법이라 생각했거든요. 거기에 계속 존재하면서, 아무도 안 보고 있어도 해오던 일을 앞으로도 계속 해달라는 지지의 표명인 거죠. 몇 달간 방문하지 못해도 지갑에 들어 있는 회원증을 볼 때마다 마치 내가 예술과 감상 문화에 한몫하는 듯하고, 인간의 창작 활동이라는 광대한 대양에 발가락 하나쯤 담그고 있는 듯해서 참 뿌듯하더군요.

미술관 내부로 들어서면서 바닥에 짜넣은 초록색과 흰색의 반들반들한 대리석재 무늬를 내려다봤어요. 이어서, 무늬를 음각해 넣은 몰딩과 얼굴 조각상으로 가장자리를 장식한 놀랍도록 높다란 천장도 올려다봤죠. 슬슬 돌아다니기 시작한 관람객들도 둘러봤어요. 어떤 사람들은 나처럼 양손을 뒷짐지고 있었고(어릴 적 미술관을 견학할 때 작품에 손대지 말라고 배운 게 생각나서 그런가봐요), 또 어떤 이들은 서너 명씩 무리지어 천천히 이 방에서 저 방으로 옮겨다니고 있었어요.

오래전에 한 친구가 미술작품을 관람하는 제일 좋은 방법을 가르쳐줬어요. 그 친구가 말하길, 미술관에 얼마든지 친구와 동행해도 좋지만 일단 안에 들어가면 일절 대화를 나누지 말래요. 아예 같이 다니지도 말래요. 나중에 커피 한잔하러 카페에서 만날 시간을 정해놓고, 대화는 그때 가서 실컷 하래요. 작품을 감상할 때는 동행인에게 던질 재치 있는 한마디를 떠올릴 고민을 하지 않아도 되도록, 반드시 자신의 페이스로 감상하랬어요.

나는 그 규칙이 마음에 들었어요. 너무나 마음에 든 나머지 그후로는 이런 곳에 거의 항상 혼자 온답니다. 원하는 만큼 천천히 이동하고 하염없이 앉아 작품이든 허공이든 응시하다가, 집에 가고 싶을 때 자리를 뜨는 게 얼마나 자유롭게 느껴지던지. 나는 등에 멘 가방을 추켜올린 다음 내가 제일 좋아하는 전시실로 발을 돌렸어요. 그리고 천천히 이 방 저 방을 돌며 관람하기 시작했죠.

이 미술관에서 가장 연대가 오래된 소장품인 고대 예술품들을 전시해놓은 홀을 끝에서 끝까지 걸었어요. 나무를 깎아 만든 조각품과 오랜 세월 비바람을 맞아 만질만질해진 석조 작품들을 구경했어요. 옛 대가들의 작품을 전시한 방들도 거닐었죠. 광활한 내륙 풍경과 바다 경치, 정물, 역사 속 극적인 순간을 하나의 프레임에 담아낸 근사한 작품들이 있었어요. 운좋게 잘 보존되어 색이 아직도 생생히 살아 있는, 현대의 거장이라 할 수 있는 지난 세기 화가의 벽화로 사방의 벽이 뒤덮인 중정도 거닐었고요. 마지막으로 초상화 전시실에 이르렀죠. 다른 방들보다 어두웠는데, 조명의 각도 때문에 그림에 가까이 다가가면 마치 초상화의 주인공과 둘이서 친밀한 대화를 나누는 느낌이 들었어요.

무릎에 강아지를 앉힌 여왕, 깃털 꽂은 모자를 쓰고 목에 메달을 몇 개나 건 황제 등 수백 년 전의 인물화도 있었어요. 몇 걸음 더 가니 지친 얼굴로 자수틀을 손에 들고 작업대에 앉아 있는 소녀의 그림이 걸려 있었어요. 현대적인 그림, 사진처럼 사실적인 그림, 몽환적인 그림들도 있었죠. 어두운색의 반들반들한 피부에 확신에 찬 눈으로 쏘아보는 소녀, 주름 자글자글하고 윤곽이 일부러 번지게 뭉개놓은, 머리 주위로 잿빛어린 녹색 후광이 빛나는 남자의 그림도 봤어요. 나는 초상화 모델들의 손을 관찰하는 걸 좋아해요. 화가가 자기 모습을 그림에 담는 동안 저들은 어떤 생각을 했을까 상상해보는 거죠. 전시실 안을 돌며 그림 속 인물들을, 또 천천히 거닐며 작품을 감상하는 관람객들을 보면서 나는 모두가 다 같은 인간이라는 것, 각자 자기만의 역사와 기억, 좋아하는 것이 있는 한 인간이라는 것을 스스로에게 새삼 상기시켰어요.

느긋한 걸음으로 중앙홀로 나갔어요. 신발이 대리석 바닥에 닿을 때마다 작게 뽀드득 소리를 냈지요. 이번에는 새 전시가 한창인 구역으로 향했어요. 전시실을 하나씩 차례로 돌며 감상한 후 중정이 내려다보이는 이층 벤치에 앉아 잠시 쉬고, 미술관 내 아트숍에 가서 책을 들춰볼 작정이었어요. 그리고 마지막 순서로 카페에 가서 나 자신에게 샌드위치와 커피를 대접할 거예요. 나는 다시 뒷짐을 지고 다음 홀로 발길을 옮겼어요.

좋은 꿈 꿔요.

여름철 수확

선선한 오전에 움직여보려고, 오늘 우리는 일찌감치 이곳에 나왔어요.

태양이 막 나무들 정수리 위로 빼꼼 나오기 시작했고 아직 풀밭에는 이슬이 흥건히 맺혀 있었죠. 우리도 이제는 베테랑이에요. 잡초 뽑는 법, 물 주는 법은 기본이고 무엇보다 언제 수확해야 할지 파악했거든요. 배우는 과정에서 몇 차례의 실패도 있었어요. 저놈의 감자는 예상대로 참 까다로웠지만 결국 우리는 햇감자를 소박하게나마 한 소쿠리 수확하는 데 성공했고 일부는 가을까지 착실히 실해지라고 땅속에 그대로 뒀어요. 조심스러운 마음에 브로콜리는 따지 못했어요. 딸 때가 된 건지 도통 알 수가 있어야지요. 그런데 어느 날 가보니 탐스럽던 초록색 브로콜리가 더 탐스러운 노란 꽃으로 활짝 피어 있지 뭐예요. 할 수 없죠. 다 배우는 과정이니까요.

　오늘 우리는 수확하러 왔어요. 앞으로도 실컷 거둬들이겠지만, 텃밭에 심은 채소들이 걷잡을 수 없이 쑥쑥 자라는 바람에 심어놓은 것들을 거둬들일 타이밍을 잘 짜야 했거든요. 오늘은 토마토를 수북하게 담아 가려고 커다란 소쿠리를 몇 개나 가져왔어요. 그리고 양배추와 오이, 호박도 따 가려고 낡은 담요를 깐 빨래 바구니도 하나 챙겨 왔고요. 깍지콩과 줄기콩은 거의 다 따먹었지만 수프용 깍지콩 한 줄은 겨울에 바싹 마르도록 남겨뒀지요. 이파리가 거의 다 마르고 갈색이 될 때까지 안 따고 내버려둘 거예요. 나는 그 옆을 지나가면서, 감자알이 적당히 커졌을 때쯤 쟤네들도 준비가 됐겠군, 하고 속으로 생각했어요. 이런 식으로 시간을 가늠하는 걸 좋아해요. 화요일이나 수요일 같은 요일이나, 한시 반이나 여섯시 같은 시간 대신 감자 캐기 적당한 때, 콩깍지 따서 벗기기 좋은 때를 기준으로 생각하는 것 말이에요.

　우리는 토마토부터 시작했어요. 토마토를 조심스럽게 딸 때마다 넝쿨의 풋내가 손에 묻어났어요. 길쭉한 로마 토마토로는 소스를 만들 거고, 찌그러진 커다란 에어룸 토마토는 설렁설렁 썰어 샐러드에 던져넣을 거예요. 큼지막한 비프스테이크 토마토는 오늘 바로 병조림을 만들 거고요. 셀 수도 없이 많이 딴 조그만 체리 토마토와 그레이프 토마토는 씹는 순간 입안에 시큼한 맛이 톡 퍼졌어요. 우리는 그린 토마토 튀김 샌드위치에 넣을 살짝 설익은 토마토 몇 개랑, 묵직해서 땅에 떨어져 터진 토마토도 몇 개 주워 담았어요. 토마토에 멍이 좀 들었으면 어때요.

그렇게 가득 채운 바구니들을 나무 밑동 옆에 갖다놓았어요. 날이 점점 뜨거워지기에 잠시 쉬면서 시원한 음료를 한잔하려고 앉았는데, 우리 밭 바로 옆 칸을 가꾸는 가족이 도착했어요. 그 집 아들 둘이 쪼르르 달려와 인사하더라고요. 제법 친해졌거든요. 꼬맹이들은 서로 말을 끊어가며 우르르 할말을 쏟아냈어요. 여름 캠프에 다녀왔고, 다음 학기에 메고 다닐 책가방을 새로 샀고, 옆집에 수영장이 있는데(아셨어요? 아니, 몰랐어.) 이따 가서 수영할 거고, 엄마가 막대 아이스크림을 가져왔는데 먹겠느냐고 물어서 나는 괜찮다고 했죠. 내 친구는 다시 일하러 밭으로 돌아가고 나는 커다란 단풍나무 아래 피크닉 테이블에 앉아서 조금 더 쉬고 있는데, 형제 중 동생이 막대 아이스크림을 들고 종종 다가오더니 꼬물거리며 내 무릎에 기어올랐어요. 아이는 다리를 앞뒤로 흔들기 시작하더니 흡족한 표정으로 먼 곳을 바라보면서 내 흙먼지 묻은 옷에 아이스크림을 뚝뚝 흘려가며 맛나게 먹었어요. 나는 아이 정수리에 턱을 살며시 올리고 콧노래를 흥얼거렸지요. 아이는 다 먹고 새빨갛게 물든 아이스크림 막대를 내게 건네더니 형이랑 밭에서 놀려고 후다닥 뛰어가버렸어요.

"그럼 다시 일해볼까." 나도 중얼거리며 호박밭에 있는 친구에게로 갔지요. 애호박이 너무 많이 열려서 어째야 할지 모르겠더라고요. 워낙 많아서 그동안 열심히 구워 먹고, 볶아 먹고, 머핀이랑 빵에도 섞어서 먹어치우고 있었거든요. 강판에 간 다음 올리브오일이랑 마늘을 넣고 볶아서 파스타도 만들어 먹었고요. 이제 그만 달라고 할 때까지 이웃들한테도 나눠줬죠. 옛날에 삼촌이 줄곧 했던 농담이 생각났어요. 이맘때 주차장에 차를 대놓고 문을 안 잠그면 볼일 다 보고 돌아왔을 때 차 안이 애호박으로 가득차 있다고요. 풍작을 맞은 게 우리만은 아닌 듯했지만, 다행히 작물을 얼마든 기꺼이 기부받는 푸드뱅크를 발견했어요. 고맙게도 텃밭 입구에 기부함까지 놔뒀더라고요.

우리는 땀흘려 일군 열매를 차에 가득 실은 다음, 아직 땅이 눈으로 덮여 있을 적에 세운 목표를 달성한 것에 해맑게 기뻐하며 악수를 했어요. 우리가 해냈어. 우리는 이제 농부야.

이제 우리는 지쳐 나가떨어질 때까지 토마토 병조림을 만들 작정으로 집으로 향했어요. 그간 병조림 방법에 대해 열심히 읽어뒀고 벌써 부엌 조리대에 깨끗이 소독한 병들을, 또 가스레인지에는 조림기를 올려두었거든요. 앞으로 할일이 많았지만 일단 배부터 채우는 게 순서였죠. 먼저 얇게 저민 오이에 천연 소금을 살짝 뿌려 접시에 담아냈어요. 그리고, 전날 햇감자를 몇 개 삶아 뭉텅뭉텅 잘라서 올리브오일과 신선한 로즈메리와 소금을 뿌려뒀거든요. 아침에 나가기 전에 그걸 조리대에 꺼내놓고 위에 깨끗한 면포를 씌워놓았죠. 딱 상온일 때 먹을 수 있게요. 면포를 들추자 향긋한 로즈메리 향이 훅 끼쳤어요. 나는 돌아서서 빨간색, 주황색의 조그마한 그레이프 토마토를 한 대접 물에 씻고 반으로 석석 갈랐어요. 거기에 올리브오일을 주르륵 뿌리고 바질 잎을 찢어서 넣었어요. 소금도 솔솔 뿌리고, 껍질 벗겨 반으로 가른 마늘도 몇 개 넣었어요. 마늘은 먹는 게 아니라 풍미를 살리려고 넣은 거예요. 그 그릇을 친구한테 건네고, 서랍 깊숙한 곳에서 토마토 샐러드 젓는 스푼을 꺼냈어요. 오래전 할머니가 쓰시던 걸 물려받은 건데, 손잡이 부분은 길고 숟가락 부분은 넉넉히 크고 깊은 모양이에요. 친구에게 그걸로 오 분 동안 쉬지 않고 섞으라고 했죠. 친구는 한쪽 눈썹을 치켜세웠지만 말없이 섞기 시작했어요. 이런 일은 서두르면 안 돼요. 어떤 건 조리하거나 섞거나 익히거나 키우는 데 시간이 걸리는 법이고, 그럴 땐 꾹 참고 그냥 하는 수밖에 없어요. 나는 오븐의 그릴을 켠 뒤 빵을 두껍게 여섯 조각 썰었어요. 그걸 시트를 깐 팬에 얹고 올리브오일을 양껏 뿌린 다음 그릴에 밀어넣었죠.

친구는 계속 섞고, 나는 노릇노릇 구워지는 빵을 지켜봤어요. 브루스케타는 충분히 구워야 해요. 그래야 즙 흐르는 토마토 샐러드를 얹어도 바삭함을 유지하거든요. 빵이 황금색 도는 갈색으로 변하고 가장자리가 살짝 탈 때까지 기다렸다가 그릴에서 꺼냈어요.

친구가 충실히 임무를 수행하는 동안 나는 접시에 빵을 올리고 아이스티 두 잔을 따랐어요. "다 됐다." 내가 말하자 친구가 샐러드 그릇을 가져와 우리의 만찬 메뉴에 추가했어요. 토마토에서 흘러나온 즙이 올리브오일과 섞여서 토마토 덩어리가 더 반들거리고 향이 풍성해졌어요. 우리는 그걸 따뜻한 토스트 위에 듬뿍 올리고는, 마늘 조각을 골라내가며 와작와작 맛나게 먹어치웠어요. 자기가 손수 기른 식재료로 만든 음식을 먹으면서만 느낄 수 있는 만족감을 음미하면서요. 감자와 오이까지 먹어치운 친구가 만족스러운 한숨을 내쉬었고 나는 친구 잔에 아이스티를 더 채워주고 유리병에 남아 있던 마지막 쿠키를 반으로 툭 잘라 나눠줬어요.

우리는 부엌을 한번 둘러봤어요. 토마토가 가득 담긴 바구니들, 줄줄이 늘어선 유리병들, 아직 해치워야 할 일들이 산더미였지만 우리는 개의치 않았어요. 음악을 틀어놓고 접시를 대강 정리한 다음 시작하면 되니까요. 수다를 떨면서, 아니면 편안한 정적 속에 과일 씨앗을 빼내고 칼로 썰겠죠. 살짝 데친 토마토를 흔들어 껍질을 벗긴 뒤 눅진히 졸이고 병은 끓는 물로 소독할 거예요. 마지막으로 토마토 담은 병들을 조림기에 넣고, 다 조려지면 수건에 병을 거꾸로 놓고 식힐 거예요. 그걸 친구와 반으로 나눠 각자 자기 집 식품 저장실 선반에 올려놨다가 겨울에 꺼내 일부는 수프를 끓이고 일부는 소스로 만들 거예요. 우리는 농부일 뿐만 아니라 이제 조림 전문가네요.

좋은 꿈 꿔요.

간단한 로즈메리 감자

· · · · ·

─── 약 1리터 분량 ───

이 메뉴를 만들어 대접할 때마다 사람들은 재료가 몇 가지 안 들어 간다는 사실을 통 믿지 않아요. 내가 레시피를 읊으면 그들은 고개를 저으면서 "어떻게 그것밖에 안 넣었는데 이렇게 맛있을 수 있어!"라고 하죠. 하지만 질 좋은 재료를 쓰면 대단한 것을 넣지 않아도 맛있는 요리를 만들 수 있답니다. 오히려 재료를 있는 그대로 살릴수록 풍미가 더 강해지는 법이지요.

껍질을 벗기고 한입 크기로 썬 유콘 골드 감자 약 1킬로그램

품질 좋은 올리브오일 ¼컵

소금

신선한 로즈메리 2줄기

커다란 냄비에 감자를 넣고 오 분에서 육 분간 삶아요. 으깬 감자를 만들 때처럼 다 뭉개지 말고 어느 정도 형태를 남기는 게 딱 좋아요. 칼로 찔렀을 때 너무 푹 들어가지 않을 정도면 돼요. 다 됐으면 물을 따라 버려요.

감자를 큰 대접에 옮겨 담고 올리브오일을 뿌려요. 간을 맞춰 소금도 뿌리고요.

로즈메리 줄기에서 잎을 떼어내고 줄기는 버려요. 잎을 큼직하게 착착 썰어요. 똑같은 크기로 썰 필요는 없고 잘게 다질 필요도 없어요. 잎의 기름만 배어나오면 돼요. 로즈메리를 감자에 넣고 잘 섞어줘요.

이 요리는 상온에서 먹을 때 가장 맛있어요. 야채 버거와 샐러드에 곁들여 내놓으세요. 밀폐용기에 담아 냉장고에 보관하면 나흘은 갈 거예요.

다시 학교로

지난 몇 주간 매일같이 이제나저제나 우편함을 들여다보며 기다려 왔어요.

마침내 그 우편물이 다른 봉투들과 동네 창고 세일 전단지, 그리고 멀리 사는 친구가 보낸 엽서를 감싼 채 도착했을 때, 다른 것들은 다 겨드랑이에 끼고 그것만 따로 손에 들어 봉투 겉면을 손으로 쓸어봤어요. 두꺼운 카탈로그도 아니고 고작 이십여 장짜리 책자에 불과했지만 새로운 미래에 대한 약속을 담고 있었죠. 어쨌든 죄다 가지고 들어와서 커피 한 잔을 새로 따라놓고 부엌 식탁에 앉아 천천히 그 책자에 담긴 가능성들을 한 장씩 넘겨봤어요. 대학을 졸업한 지 한참 됐지만, 만약 그때 이후 세월이 흐르면서 내 안에 만개한 호기심과 집중력을 고스란히 유지한 채 그 시절로 돌아간다면 대학 생활을 몇 배 더 즐길 수 있지 않을까 아쉬워한 적이 한두 번이 아니에요. 수업도 단순히 시간표 칸을 채우는 데 집중하는 게 아니라 내용에 초점을 두고 훨씬 더 신중히 고를 테고, 지금 흥미를 느끼는 과목을 선택해 공부할 텐데 말이죠.

몇 년 전 조카들을 데리고 새 학기 맞이 쇼핑을 다녀온 적이 있어요. 새 옷과 운동화는 이미 아빠랑 샀다고 해서 나는 가장 재미있는 쇼핑 마지막 단계에 투입됐어요. 우리는 매장에 있는 책가방과 공책, 필통, 형광펜 세트를 샅샅이 살펴봤어요. 내가 그 아이들 나이 때 이런 것을 고르는 게 얼마나 중요한 일이었는지 새록새록 기억이 났지요. 매년 새 학기에 쓸 가방이나 바인더 따위가 그 학기에 내가 어떤 사람이 될 것인지 말해주는 징표처럼 느껴졌어요. 여기에 뾰족하게 깎은 연필과 아무것도 적혀 있지 않은 무지 공책이 주는 흥분까지 더하면, 아무리 여름이 끝나는 게 아쉽더라도 어서 새 학기가 시작되기를 고대하게 됐지요. 조카들 중 큰애가 꼭 나를 닮아서 이걸로 할까요? 아님 이거? 하고 조언을 구해가며 천천히, 아주 신중하게 고르더군요. 반면에 철없고 속 편한 동생은 아무거나 카트에 마구 담는 바람에 내가 그중 절반을 도로 꺼내야 했어요. 그렇게 그애를 쫓아다니다가 때 이른 핼러윈 분장 코너에 이르렀는데, 글쎄 조카 녀석이 거기서 섬뜩한 마스크와 사탕 한 봉지를 들고 멀뚱히 서 있지 뭐예요.

조카들을 데리고 집으로 돌아와 거실 테이블에 앉아서 사탕을 먹고 연필을 깎으면서 함께 새 학기 첫날을 준비했어요. 이미 교과서를 다 받아놨던데, 아버지가 우리 어릴 적에 테이블에 앉아 교과서를 정성껏 종이로 포장해줬던 기억이 났어요. 식료품점에서 주는 갈색 종이봉투를 사용했는데, 봉투 밑면을 뜯고 이음새를 가른 다음 물려받은 낡고 낡은 교재의 가장자리를 그걸로 말끔하게 싸주셨어요. 아빠가 한 권씩 포장해 내 앞에다 쌓아놓으면 나는 새 형광펜과 색연필을 꺼내 표지에 과목명과 내 이름을 적고, 무지개와 로켓 우주선도 빠짐없이 그려넣곤 했어요. 아무래도 조카 둘과 보낸 그날 하루가 학교로 돌아가고픈 욕구에 불을 지폈나봐요.

그래서 새로운 전통을 세웠어요. 매년 나뭇잎이 옷을 갈아입기 시작할 즈음 뭔가 새로운 걸 배우기로요. 그런 연유로 오늘 이렇게 작은 지역 대학 카탈로그와 커피 한 잔 그리고 여백에 메모할 연필 한 자루를 앞에 놓고 앉아 있게 된 거예요. 작년에는 한 학기 동안 사진 수업을 들으면서 구도라든가 소실점 같은 기초를 배웠고, 스튜디오 암실에서 내가 찍은 사진을 인화해보기까지 했어요. 또 어느 해에는 계보학 수업을 들으면서 끝없이 뻗어나가는 우리 가문 족보를 몇 달에 걸쳐 작성해보기도 했고요. 다양한 문서, 출생증명서와 사망증명서, 결혼증명서 등을 훑어보면서 그 재미에 푹 빠졌고, 내 증조모의 서명을 들여다보면서 우리가 R를 똑같은 모양으로 굴려 쓴다는 걸 알게 됐어요. 또 어느 해 날이 맑은 가을에는 여러 식물을 구별하는 법을 배워서 쇠기풀과 괭이밥, 개비름을 찾아 사방팔방을 뒤지고 다녔답니다.

오늘도 카탈로그를 넘기면서 이번엔 뭘 배울까 고민했어요. 우선 지역사 수업을 소개하는 페이지의 귀퉁이를 접어놨어요. 학사 일정에 따르면 도서관이며 이 지역의 역사 가옥 등을 현장 답사한다고 하니, 꽤 구미가 당기더군요. 우주과학의 기초를 가르쳐주는 수업 옆에는 별표 표시를 했어요. 백색왜성, 초신성, 중성자별, 블랙홀에 대해 배워보는 것도 재밌겠다 싶어서요. 아니면 영어사 수업을 들을까 진지하게 고민하고 있는데, 또하나 구미 당기는 수업이 눈에 띄었어요. '미술품 복원: 단계별 학습.'

나는 커피잔을 들고 복도로 나가 그곳에 걸려 있는, 대대로 물려 내려오는 그림을 들여다봤어요. 한 여인이 한쪽 손에 책을 펼쳐 든 채 테이블 앞에 앉아 있고 뒤쪽 창으로는 초록색 풍경이 내다보이는 그림이에요. 인물의 배경에 있는 나무 널 벽의 옹이와 결, 인물이 입은 치마의 천이 접힌 부위의 부드러운 질감, 인물 머리 위 선반에 놓인 유리병과 꽃병 등의 세세한 디테일이 살아 있는 작품이에요. 우리는 그림 속 여인이 누구인지, 누가 그렸는지, 혹 알아낼 수 있다면 그림 속 주인공이 어디 출신인지 꽤 오랫동안 궁금해했거든요. 하지만 그런 정보들은 대략 백오십 년 동안 그림에 쌓인 겹겹의 먼지에 완전히 묻히고 말았어요.

나는 지역 문화센터의 넓고 탁 트인 아트 스튜디오에서 몇 달을 보내는 상상을 해봤어요. 내 이젤에는 캔버스 속 여인이 비스듬히 기대고 있겠죠. 나는 각종 붓과 도구, 용제와 물이 담긴 통들을 늘어놓고 앉아 있을 테고요. 선생님은 한 학기 내내 나를 지도해줄 거예요. 캔버스를 용액으로 청소하다가 한쪽 귀퉁이에 어쩌면 누군가의 서명일지 모를, 진하게 번진 자국을 발견할지도 몰라요. 프레임 뒷면을 살살 떼어내다가 라벨이라든가 누렇게 바랜 종이 딱지를 발견하고는 단서를 추적해 어느 자료실 혹은 도서관 장부를 뒤져보게 될지도 모르죠. 나는 테이블로 슬렁슬렁 돌아가 연필을 집어들고 '미술품 복원: 단계별 학습'에 동그라미를 쳤어요. 어쩌면 미스터리 하나를 풀게 될지도 모르겠네, 속으로 생각했죠.

좋은 꿈 꿔요.

집에서
한 블록 떨어진 그곳

간밤에 비가 줄기차게 내려 길 여기저기에 웅덩이가 생겼어요.

하늘도 먹색으로 무겁게 내려앉았죠. 그래도 9월의 오후는 가을 냄새가 나는 산들바람 덕분에 선선했어요. 우리집에서 한 블록 떨어진 청과물 가게의 차양 밑에서 걸음을 멈춘 나는 우비의 깃을 뺨에 닿도록 조금 더 세웠어요. 배 냄새가 하도 향긋해서, 다음 모퉁이에 있는 커피숍 창에서 눈길을 돌렸어요. 커피숍 안에서 커피를 홀짝이며 신문을 읽거나 친구들과 담소하는 사람들을 잠깐 구경하고 있었거든요. 배는 알이 작고 푸르스름했고, 조금 무른 상태였어요. 한두 군데 멍도 들었는데, 지금 먹으면 딱 좋겠더라고요. 가게 주인에게 두 알만 달라고 했고, 아몬드도 조금 샀어요. 주인은 갈색 종이봉투의 주둥이를 조금 벌리고 아몬드 한 줌을 넣어줬어요. 그 간식거리를 우

비 주머니에 쑤셔넣은 뒤 코트에 달린 후드를 머리에 푹 뒤집어쓰고 길을 건넜어요. 이제 조금만 가면 집이었어요.

브라운스톤 주택들이 어깨를 나란히 하고 늘어서 있었어요. 건물 전면의 모습만 살짝 다를 뿐, 거의 똑같이 생긴 건물들이었죠. 어떤 집들은 안마당이 딸려 있고, 정원과 대문이 딸린 집들도 있고, 갈라진 아스팔트 바닥 틈으로 오래된 나무가 쑥쑥 자라 있는 집도 있었어요. 하나같이 폭이 넓은 계단이 딸려 있었지만, 오늘은 날씨가 궂어 아무도 나와서 앉아 있지 않았어요.

우리집은 식물이 다소 무성히 자란 정원을 높다란 연철 대문과 울타리가 가리고 있답니다. 그 대문 앞에 서서 길 이쪽저쪽을 둘러봤어요. 몇 사람이 고개를 푹 숙이거나 우산으로 얼굴을 완전히 가리고서 빗속에 걸음을 재촉하고 있었어요. 나는 주머니에 손을 찔러넣어 열쇠꾸러미를 꺼냈어요. 손을 더듬어 묵직하고 기다란, 오래된 연철 열쇠를 골라냈죠. 걷는 와중에도 언제나 내 손은 빛 한 점 안 드는 주머니 속에서 이 열쇠를 단번에 찾아내요. 묵직한 게 꽤나 든든하고, 기다란 요철과 넝쿨 모양으로 장식한 열쇠 머리를 보면 꼭 동화 속 신비로운 문이 열릴 것만 같아요. 하지만 실제로는 그러지 않는답니다. 그냥 우리집 대문을 열지요.

안으로 들어가자 등뒤에서 대문이 철컥 잠기는 소리가 났어요. 나는 서둘러 정원을 가로질러 현관으로 뛰어올라갔어요. 비는 맞을 만큼 맞았거든요. 꾸러미에서 또다른 열쇠를 골라 안도의 숨을 내쉬며 집안으로 들어왔지요. 그날의 볼일을 다 마치고 집에 돌아와 등뒤로 문을 닫는 느낌을 늘 좋아해요. 오늘 저녁 더는 집에서 나갈 일이 없다는 것을 알 때의 그 기분이요. 문을 향해 다시 돌아섰는데 니스를 칠한 문짝의 가장자리에 세로로 주르륵 달린 잠금장치들을 보니 살며시 미소가 났어요. 문이 워낙 튼튼해서 이렇게 많이 달 필요는 없었지만, 그래도 나는 그것들을 하나씩 잠그는 걸 좋아해요. 먼저 데드볼트를 찰칵 비틀어 잠갔어요. 체인도 스륵 밀어넣었고요. 다음은 걸쇠를 걸었어요. "어디 들어올 테면 들어와봐라, 세상아." 문에 대고 말했어요.

빗줄기가 요란하게 창문을 때리고 있었어요. 어느새 거센 폭우로 변한 비를 내다보다가 두꺼운 벨벳 커튼을 쳤어요. 한 발을 디딜 때마다 몸이 점점 무거워지는 것 같았어요. 당장이라도 어디 누워 한숨 푹 자고 싶었고 금방 그럴 거란 걸 알았죠. 서재로 가는 길에 부츠를 벗어던지고 우비를 외투 걸이에 걸었어요. 부엌을 지나면서는 차나 한잔할까 해서 전기주전자 스위치에 무심코 손을 뻗었다가, 다음 순간 마음을 바꿨어요. 물이 끓기도 전에 잠들 걸 알았거든요.

서재에는 몸을 쭉 펴고 눕기에 충분한, 푹신한 소파가 있었어요. 그 위로 담요와 쿠션도 넉넉하고요. 구석구석에 독서용 램프가 있었지만 하나도 켜지 않았어요. 책장 꼭대기에서 은은히 발광하는 꼬마전구로 충분했으니까요. 나는 소파 옆 협탁에 배와 아몬드를 내려놓고 누웠어요. 잠시 스노글로브들과 각종 기념품이 군데군데 놓여 있는 책장을 멍하니 바라봤어요. 선반의 오래된 시계가 조용히 째깍거렸고, 비와 천둥은 멀어진 듯 소리가 아득했어요. 눈이 점점 감겨왔어요. 부드럽게 타닥거리는 고양이 발소리가 들리더니, 점프를 하려는지 잠시 정적이 이어졌고, 다음 순간 녀석이 내 무릎에 폴짝 뛰어올랐어요. 내가 옆으로 돌아눕자 고양이는 내 다리 뒤 공간으로 파고들었죠. 담요를 끌어올려 우리 둘의 몸을 푹 덮고 얼굴을 낡은 베개에 살며시 뉘며 눈을 감았어요. 그대로 우리는 잠이 들었지요.

좋은 꿈 꿔요.

불안하고 몹시 지쳤을 때
효과 있는 간단한 이완법

. . . . .

나는 호흡이나 숫자 세기처럼 쉬운 이완법을 참 좋아해요. 거의 즉각적인 효과가 있고, 어디서든 남에게 티를 내지 않고서도 할 수 있거든요. 차 막히는 도로에 갇혔을 때, 일터에서 스트레스가 목구멍까지 차올랐을 때, 혹은 유난히 힘든 하루를 보내고 집에 돌아와 제일 좋아하는 후드 티셔츠로 갈아입고 몸과 마음을 이완시키고 싶을 때 한번 이 방법을 써보세요.

처음에는 그냥 자연스럽게 호흡을 하면서 자신의 들숨과 날숨이 어떻게 느껴지는지 의식해보세요. 호흡을 달리할 필요는 없고, 그냥 숨쉬기에 집중하면 돼요. 코로 마신 들숨이 목구멍을 통해 폐로 들어가는 걸 쫓아가보세요. 이번엔 폐에서 다시 목구멍을 통해 코로 나오는 날숨을 따라가보세요. 날숨을 다 내뱉었을 때 머릿속으로 하나, 둘, 하고 세어보세요. 그런 다음 다시 들숨 한 번, 날숨 한 번을 끝까지 쫓아간 다음 다시 숫자를 세요. 하나, 둘. 일이 분간 이것을 반복해요. 들이쉬고. 내쉬고. 하나, 둘.

아까보다 차분해졌으면 코로 숨을 크게 들이쉬고 입으로 한숨을 쉬듯 내쉬어요. 잘했어요.

도서관에서

○

도서관에 가서 몇 걸음 걷다보면 늘 놀라게 돼요.

한동안 뜸했던지라 그곳이 얼마나 조용하고 서늘한 곳인지, 책냄새가 퀴퀴하면서도 한편으로 얼마나 달콤한지, 그 많은 책들이 한눈에 들어오는 순간 얼마나 환대받는 느낌인지 까맣게 잊고 있다 새삼 느끼기 때문이죠. 다 읽은 책을 반납하러 들렀을 뿐일지라도 잠시 서가를 걸으며 열람실의 고요한 질서에 감탄할 수밖에 없는 거예요. 오늘은 조금 더 오래 머물 생각이어서, 느긋하게 움직이기로 했어요.

쉬는 날이었지만 커피를 한잔 마시려고 새벽같이 일어났다가 다시 이불 속으로 들어갔지요. 침실 창 블라인드를 걷어놓고 커피잔을 쥔 채 느긋하게 등을 기대고 앉아 서서히 변해가는 하늘빛을 오래도록 감상했어요. 바로 옆 이불 위에 자리를 잡고 고로롱대는 고양이 소리를 들으면서요. 녀석도 나처럼 한가로이 창밖을 내다보고 있었는데, 느닷없이 꼬리가 하늘로 솟았다가 이내 훅 불어 끈 촛불에서 피어오른 한줄기 연기처럼 돌돌 말려 침대에 천천히 내려앉곤 했어요. 무엇 때문에 꼬리를 팔락거린 걸까 궁금해지더군요. 도대체 무엇이 고양이의 머릿속을 간질인 걸까요? 녀석의 등에 손을 얹자 마음을 가라앉혀주는 가르릉가르릉 진동이 고스란히 느껴졌어요. 혼자 슬며시 웃으며 오늘의 계획을 세웠죠. 나뭇잎이 막 꿈틀대다 떨어지기 시작하는 서늘한 가을 초입이었어요. 밤은 점점 쌀쌀해져갔지만 낮에는 햇볕이 따사로워서 스웨터를 입고 나가 등으로는 햇살을 받고 얼굴로는 선선한 바람을 맞기 좋았지요. 나는 동네를 걷고 도서관 서가에서 시간을 보내기로 했어요.

몇 가지 필요한 물건을 챙겨넣은 크로스백을 메고 신발끈을 단단히 묶은 뒤, 밖으로 나가 오전의 상큼한 공기를 들이마셨어요. 개를 산책시키는 사람들, 장을 보고 들어가는 사람들을 구경하면서 골목골목을 지나 시내로 향했죠. 기껏해야 큰길 몇 개와 뒷길 몇 개가 전부인 소도시이지만 꽤 괜찮은 카페도 두어 군데 있고, 입구 위 대형 차양에 항상 새 영화와 함께 옛날 영화 한 편을 게시하는 오래된 극장 하나, 마을 한복판의 넓은 잔디 공원 하나, 그리고 시설이 상당히 좋은 도서관도 하나 갖추고 있었어요.

도서관 문이 열리고 몇 분이 지나지 않았는데도 거치대에는 자전거가 여러 대 서 있고 이용객이 끊임없이 드나들고 있었어요. 양손에 아이들 손을 잡고 온 사람도 있고, 누구는 노트북 귀퉁이가 삐죽 튀어나온, 자못 비장함이 묻어나는 책가방을 메고 당장 일에 뛰어들 기세로 들어왔어요. 나처럼 그저 책 가까이 있고 싶고 혹시 재밌는 책을 발견하지 않을까 해서 온 사람들도 있었고요. 나는 건물 정면의 유리문을 밀고 들어가 잠시 주위를 둘러봤어요. 곧바로 열람실로 갈 수도 있고 아니면 아동 도서 코너를 통과해 빙 돌아갈 수도 있었어요. 고민하다가 후자를 택했고, 커다란 이야기책들과 조그만 의자들 사이를 잠시 배회했어요. 통로에 주저앉아 딸을 무릎에 앉히고 책을 읽어주는 아빠에게 미소를 보내면서요. 책을 제자리에 꽂고 책상 위를 정돈하는 사서들에게는 고개를 까딱해 인사했고요.

한 열람실에는 책상이 가지런히 늘어서 있고 널찍한 작업대가 있었어요. 저마다 똑같은 독서등과 낡은 의자, 쓰레기통이 있더군요. 한 공간 속에서 그렇게 동일성이 반복되는 모양새가 보기 좋았어요. 마음이 차분해지고 집중이 잘되거든요. 나는 마음에 드는 자리를 골라 가방을 내려놓고, 뜨거운 차가 든 보온병을 꺼내 책상 위에 올려놓았어요. 그런 다음 서가를 한번 쭉 둘러보고 통로를 어슬렁거리기 시작했죠. 눈으로 책 제목을 훑어봤어요. 애서가라면 으레 그렇듯 나도 좋아하는 장르들이 있지만 올 때마다 반드시 낯선 장르도 훑어봐요. 이렇게 많은 책에 둘러싸였을 때 흥분되는 점 중 하나가 바로 그거예요. 아무 책이나 꺼내서 읽을 수 있다는 것, 하지만 그 책이 내 마음을 열어주고 호기심을 자극할지, 아니면 나를 웃게 할지 울게 할지, 책을 덮은 뒤 다른 인생을 살게 할지 결코 알 수 없다는 것.

처음엔 한두 권만 빌릴 생각이었는데, 한 시간 동안 둘러보고 조금

씩 읽어본 끝에 다섯 권을 골랐어요. 가지런히 배치된 책상에 앉아 차를 홀짝이며 몇 페이지씩 훑고는 어느 걸 먼저 읽을까 고민하는데, 뱃속에서 꾸르륵 하고 경고음이 울렸어요. 조금 더 앉아 있으려다가, 어차피 새 책을 읽는 것보다 더 신나는 일은 샌드위치를 먹으며 새 책을 읽는 거니까, 한 아름 고른 책들을 대출해서 밖으로 나가기로 했어요.

공원에는 아이스크림과 커피, 샌드위치, 찬 음료를 파는 매점이 있었어요. 나는 쉬는 시간을 맞아 밖으로 쏟아져나온 회사원들에 섞여 줄을 섰고, 내 차례가 되어 주문했어요. "피클 잔뜩 얹은 거 있죠? 그걸로 주세요." 판매원은 갈색 종이에 샌드위치를 싸고 거기에 사과 한 알까지 건넸어요. 나는 그걸 들고 공원 조용한 구석의 벤치로 가 앉아 샌드위치 포장지를 벗겼어요. 가을 공기가 참 선선하더군요. 새 책을 읽기에 완벽한 날씨였어요. 계절마다 딱 맞는 여가 활동이 있다고 늘 생각했어요. 겨울은 영화를 보기 딱 좋고, 봄은 시를 쓰고 감상하기에 좋지요. 여름은 음악 감상에 제격이고요. 가을 하면 단연코 책 아니겠어요.

내가 빌린 책은 언제나 알고 싶었지만 기회가 없었던 우주와 그 개념들에 관한 책 하나, 영국 전원의 집을 배경으로 벌어지는 미스터리한 사건에 관한 책 하나, 누군가의 회고록 하나, 그냥 표지가 마음에 들어서 집어든 소설 하나, 지구의 역사에서 몇 가지 현상이 조금씩 다르게 벌어졌다면 어떻게 됐을까 가정해서 풀어나간 책 하나, 이렇게 다섯 권이었어요. 먼저 표지가 예쁜 책을 후루룩 넘겨봤어요. 뜻밖에 매혹적인 삽화와 판화가 가득했어요. 그걸 조금 읽다가 회고록을 또 조금 읽었죠. 전에 대여한 사람이 몇 군데 귀퉁이를 접어놓았더라고요. 이러다 결국 영국 전원의 미스터리 사건으로 곧 넘어가리란 것을 (그리고 부디 범인이 집사가 아니기를 바라면서 읽으리란 것을) 알면서도, 다중우주와 끈 이론에 대한 책을 드디어 읽는 시늉을 잠깐 해봤어요. 그러고는 무릎에서 빵가루를 툭툭 떨어낸 다음, 새 책을 펼쳐 본격적으로 읽기 시작했죠.

좋은 꿈 꿔요.

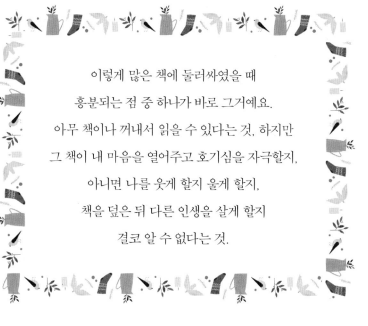

이렇게 많은 책에 둘러싸였을 때

흥분되는 점 중 하나가 바로 그거예요.

아무 책이나 꺼내서 읽을 수 있다는 것, 하지만

그 책이 내 마음을 열어주고 호기심을 자극할지,

아니면 나를 웃게 할지 울게 할지,

책을 덮은 뒤 다른 인생을 살게 할지

결코 알 수 없다는 것.

가을 아침,
농산물 시장에서

토요일 오전은 원래 점심때가 다 되도록 늦잠을 자는 날이었는데 말이죠…… 가끔은 가물가물한 전날 밤의 기억 조각들을 맞춰보는 날이기도 했고요.

그랬던 내가 조금은 어른이 된 모양이에요. 이제는 주말에도 일찍 일어나기를 고대하게 됐거든요. 오늘은 하루종일 무얼 하고 즐길까 계획하는 게 얼마나 신나는지요.

오늘 아침에도 담요를 뒤집어쓰고 뒷마당 포치에 앉아 한 손에 든 찻잔에서 올라오는 향긋한 김이 차가운 뺨을 데워주는 느낌을 즐기고 있었어요. 다람쥐 한 마리가 도토리를 열심히 모아 마당 한구석 비밀 창고에 숨기는 걸 한동안 지켜보면서요. 아마 우리는 그날 아침 겨울에 대비해 식량을 수확하려는 똑같은 계획을 세우고 있었나봐요. 나도 마침 농산물 시장에 가서 여름 끝물과 가을 한창 때에 나온 질 좋은 농산물을 장바구니 가득 쟁여 올 계획이었거든요.

찻잔을 싱크대에 놓고 차고로 갔어요. 차는 놔두고 자전거를 타고 갈까 했지만, 그러기엔 나는 나를 너무 잘 알았죠. 자전거로는 도저히 못 싣고 올 만큼 잔뜩 사 올 게 뻔했거든요. 각종 호박이 매대에 푸짐하게 쌓이는 요즘 같은 때에 자전거로는 더더욱 어림없죠. 내가 도착했을 때 이미 시장은 북적거렸고, 차를 댈 자리를 찾아 공원을 몇 바퀴 돌아야 했어요. 주차장 제일 안까지 들어가서야 겨우 발견한 자리에 차를 대고 차가운 아침 공기 속으로 두 발을 내디뎠어요. 제일 뒷줄에 주차된 차량들 뒤로 둥그렇게 모여 있는 커다란 나무들이 이제 막 물들기 시작한 잎사귀를 아침 바람에 하나둘 떨어뜨리고 있었어요. 나무들의 발치에는 기우뚱한 낡은 벤치가 하나 있고, 그 옆에는 개울이 세차게 흐르고 있었죠. 나는 걸음을 멈추고 장바구니들을 겨드랑이에 낀 채 물가의 납작한 바위에 쪼그려앉아 흐르는 물을 잠시 구경했어요. 시원한 개울물의 수면을 손가락으로 쓸어보면서 맑은 물과 코를 찌를 듯 청명한 아침 공기가 합쳐진 것 같은 냄새를 크게 들이마셨어요. 몇 번 깊이 숨을 들이마신 다음 시장으로 발길을 돌려, 장을 보러 온 사람들과 아이들, 반려견의 행렬을 따라 온갖 상품이 넘쳐나는 판매대로 갔어요.

경험상 제일 좋은 전략은 우선 시장을 이 끝에서 저 끝까지 걸으면서 처음엔 그냥 보기만 하는 거예요. 어떤 상품들이 나와 있고 제일 맛있는 건 어디쯤 있는지 파악하는 거죠. 그렇다는 걸 알지만, 기다리는 건 너무 힘든 일이에요. 이렇게 맛있는 게 사방에 잔뜩 널려 있을 때는 더욱요. 내가 이런 사람이라는 건 이미 오래전에 받아들였고, 이제는 너무 많이 사서 낑낑대며 장바구니를 차에 싣는 걸 당연하게 여긴답니다.

통로를 따라 낡은 우유 상자에 국화꽃이 잔뜩 꽂혀 있었어요. 어떤 건 활짝 폈고 어떤 건 아직 개화하려면 한참 남았는지 봉오리를 다물고 있었죠. 그 뒤 넓은 나무 벤치에는 해바라기가 가득한 유리병들과 백일초, 팬지, 관상용 양배추와 보라색 케일을 심은 화분들이 줄지어 있었어요. 그중 몇 개의 값을 치르고 나가는 길에 가져가기로 이야기해둔 다음, 각종 채소와 호박이 진열된 매대로 옮겨갔어요. 아직도 토마토가 나오고 있기에 조림용으로 몇 개 샀고, 굽고 으깨서 수프를 만들 요량으로 흙 묻은 참마 몇 개랑 단호박을 하나 샀어요. 방울양배추는 한 줄기를 통째로 사고 땅콩호박과 샛노란 줄기의 근대도 샀죠.

이미 장바구니들이 어깨를 무겁게 짓눌렀지만 굴하지 않고 야외 가판대를 지나 사람들이 바글거리는 천막 구역으로 갔어요. 거기서 일단 단호박 버터를 한 병 샀지요. 전에 사본 적이 있는데, 별것 아닌 토스트도 호박파이처럼 만들어줘서 근사한 아침식사를 할 수 있답니다. 몇 번이고 사 먹을 거예요. 이 구역 제일 안쪽에는 빵집이 하나 있는데 거기서 나는 달콤한 냄새가 주차장까지 퍼졌어요. 그 집 빵을 사려고 사람들이 굽이굽이 줄을 섰고, 나는 기다리면서 갓 구운 빵과 페이스트리, 쿠키에서 나는 따끈한 효모 냄새를 듬뿍 들이마셨어요. 어렸을 때의 기억이 선명하게 떠올랐지요. 다섯 살인가 여섯 살 때 정확히 이 자리에서, 하얀 종이봉투에 담긴 열두 개들이 초콜릿 칩 쿠키를 사는 엄마의 손을 꼭 붙잡고 있던 기억이에요. 세월이 이렇게나 흘렀는데도 진열대 옆에는 똑같은 봉투가 쌓여 있더군요. 바람에 날아가지 않도록 돌멩이로 눌러놓았고요. 빵집 주인이 무엇을 드릴까요, 하는 표정으로 나를 보더니 주문을 받고는 기름종이로 감싼 피칸 시나몬 빵 하나를 그 봉투에 넣어줬어요. 나는 빵값을 지불하고 어깨의 장바구니들을 고쳐 멘 후 쌀쌀한 바깥으로 나왔어요.

예상한 대로 짐을 전부 차에 싣고 좌석에 고정하느라 두 차례나 왔다갔다해야 했어요. 국화와 팬지를 한가득 싣고 트렁크 문을 닫는데, 어디선가 커피와 뜨거운 사과주 냄새가 솔솔 풍겼어요. 주차장 반대편 끄트머리에 반짝이는 자그마한 카트가 눈에 띄었죠. 아직 몇 달러 남았기에 커피 한 잔을 사서 피크닉 테이블에 앉아 조금씩 홀짝이며 사람 구경을 했어요. 기타를 치는 사람도 보였고요. 한 소녀는 친구에게 재미난 이야기를 들었는지 둘이 깔깔 웃음보가 터져서는 한 명이 고개를 젖히고 시원하게 웃다가 눈물까지 훔치고서야 그쳤어요. 저만치에서는 노부부가 손을 꼭 잡고 천천히, 서두름 없이 한 발짝씩 디디며 채소 판매대를 지나갔고요. 쌀쌀한 기운이 다리를 타고 올라올 때쯤 몸을 일으켰고, 남은 커피를 마시고 차를 세워둔 데로 가면서 남은 토요일은 무얼 하며 보낼까 궁리했어요.

좋은 꿈 꿔요.

사람 구경하기 명상

· · · · ·

북적거리는 장소에서 마음의 중심을 잡기에 좋은 명상법이에요.

다른 사람과 부딪히지 않고 앉아 있을 수 있는 구석을 찾아요. 양발을 바닥에 딱 붙이고 편한 자세로, 그러나 등은 꼿꼿이 편 채 앉아요.

움직이지 않는 것에, 사람이 아닌 대상에 시선을 고정하고 자기 몸에 느껴지는 감각들에 신경을 집중해보세요. 호흡의 리듬과, 피부에 닿는 옷의 감촉을 의식해보세요. 잠시 그렇게 있다가 시선을 천천히 주변 사람들에게로 옮겨보세요. 시야에 들어오는 사람들을 어떤 식으로도 평가하지 말고, 그저 그들의 세세한 특징만을 관찰하세요. 어떻게 움직이고, 머리카락은 무슨 색이고, 눈은 어떻게 생겼는지를요. 여러분이 눈앞에 펼쳐진 장면을 캔버스에 담으려는 화가라고 생각하고, 호기심을 갖고 디테일을 수집해보세요.

중간중간 의식을 되돌려 자기 몸의 감각을 체크한 뒤 다시 주변을 관찰하세요. 명심하세요. 명상이란 그저 차분하게 주변을 의식하는 것임을. 그러니 가만히 앉아 있을 때도, 걷거나 먹을 때도, 혹은 군중에 섞여 있을 때도 얼마든지 할 수 있답니다.

자, 이제 숨을 들이마셔요. 다시 내쉬어요. 잘했어요.

로즈메리의 꽃말은
기억

O

나는 텃밭에 나와 있었어요.

이맘때가 되면 마지막 옥수수까지 모두 수확한 뒤 밭은 흙만 남은 원래의 모습으로 되돌아가지만, 본격적으로 서리가 내려앉기 전에 텃밭이 내어줄 수 있는 마지막 수확물을 거둬들이고 싶었어요.

쿠쿠르비타라고 하는, 표면이 보드라운 호박부터 시작했어요. 쿠쿠르비타 호박은 끝부분이 갈고리처럼 길쭉하게 휘어 있고, 껍질은 울퉁불퉁하지만 반들거려요. 녹색이나 황금색 또는 환한 일출처럼 주황빛 섞인 붉은색을 띠며, 대부분은 한 손에 쥘 수 있을 정도로 작아요. 쿠쿠르비타를 넝쿨에서 잘라내 나무 바구니에 풍성히 담았어요. 이제 이 녀석들은 우리집 테이블을 장식하거나 포치의 타는 듯 붉은 단풍잎 화관 가운데에 폭 들어앉을 테고, 나머지는 숲가에서 간식을 찾는 짐승들이 지나가길 기다리고 있을 거예요.

다음엔 라제나리아라고 하는, 껍질이 딱딱한 박을 딸 차례였어요. 이 아이들은 햇볕에 그을린 것 같은 황갈색에 꽤 큼지막해요. 어떤 것들은 내가 키우는 호박만큼 큼직하게 자란다니까요. 이걸 한 번에 하나씩, 줄기에서 넝쿨을 2, 3센티미터쯤 남겨두고 땄고, 하나씩 헛간 앞마당 구석에 있는 수돗가로 날랐어요. 수도꼭지에서 콸콸 흐르는 시린 물로 한 개 한 개 정성스레 씻었죠. 다 씻은 다음에는 가을 햇살에 잘 마르라고 오래된 퀼트 이불을 펼치고 그 위에 널어놨고요.

박은 겨우내 보존하기 알맞게 건조될 테고, 속은 서서히 말라 종이처럼 가벼워질 거예요. 헛간 안에 딱 알맞은 자리가 있어요. 한겨울에도 얼지는 않으면서 건조만 되고, 통풍도 잘 되는 구석이에요. 이 박들을 그 구석에 있는 선반에 일정한 간격으로 길게 늘어놓고 두어 달에 한 번씩 슬쩍 방향을 돌려줄 거예요. 봄이 돼서 흔들었을 때 속의 씨앗이 딱딱한 껍질 속에서 달그락거릴 정도가 되면 박을 조심조심 갈라 속을 파낸 뒤 새 모이를 채우고, 껍질에 구멍을 뚫어 밧줄을 끼울 거예요. 검은머리박새, 청솔새, 노란가슴딱새, 가리지 않고 다들 와서 밥을 먹을 수 있도록 걸어두려고요. 몇 개는 하늘색이나 반들반들한 검정색으로 겉을 칠해 친구들과 이웃들에게 나눠줄 수도 있고요.

박을 다 처리한 다음에는 넝쿨에서 호박을 따 집 앞의 자갈 깔린 긴 진입로 끄트머리에 일렬로 늘어놓았어요. 우리가 쓰거나 먹을 양은 충분해서, 개당 가격을 적은, 스텐실 기법으로 손수 제작한 표지판을 세워놓고 내 노동의 대가를 수집할 낡은 커피 깡통을 우편함 위에 올려두었어요.

과연 얼마 지나지 않아 타이어가 자갈을 퉁기는 소리가 들렸어요. 고개를 드니 한 부부가 꼬맹이 아들을 데리고 호박을 살펴보고 있었어요. 아이는 쭈그려앉아 조그만 손으로 밝은 주황색 호박의 만질만질한 껍질과 까슬까슬한 초록색 줄기를 쓸어보더라고요. 꼬맹이에겐 중대한 결정이겠죠…… 어느 호박이 적당할까? 이윽고 아이는 하나를 골랐고, 몇 번의 시도 끝에 두 팔로 호박을 감싸안아 아장아장 차로 가져갔어요. 아이 엄마가 지폐 몇 장을 커피 깡통에 넣는 게 보였어요. 엄마는 팔을 들어 마당에 있는 내게 손을 흔들어 보였어요. 나도 손을 흔들어준 뒤 허브밭으로 갔죠.

파슬리랑 오레가노, 바질은 이미 9월에 마지막 한 잎까지 다 땄지만 샐비어와 괭이밥, 백리향은 아직 많이 남아 있었어요. 백리향이 햇빛에 달궈지면서 유독 좋은 향이 나서, 양 손바닥으로 잎을 비빈 뒤 손을 오므려 얼굴에 갖다댔어요. 눈을 감고 천천히 몇 번 향을 들이마셨죠. 러디어드 키플링이 그랬던가요? 백리향에서는 천국의 새벽 같은 냄새가 난다고요.

식물과 허브를 노래한 그 시를 떠올리면서 나는 마지막 몇 줄기 남은 로즈메리를 가지치기하려고 손을 뻗었어요. "이건 로즈메리, 저를 기억해달라는 뜻이에요. 부디 저를 잊지 마세요. 이것은 팬지, 저를 생각해달라는 뜻이에요." 내가 오필리어는 아니지만, 소리 내어 읊어봤어요. 실연하거나 길을 잃은 건 아니었어요. 오히려 마당 텃밭에 있

으면 나를 새로이 발견하는 기분이
들지요.

나는 발가락에 힘을 줘 땅
을 지그시 내리누르며 잠시
서 있었어요. 어쩌면 내 몸
을 땅에 접속시켜 고마움을
전하고 싶었나봐요. "네가 얼
마나 풍성하게 내주는지 알아,
정말 고마워"라고 말하려고요. 몇 년 전 친구에게 나는 자연에 둘러
싸이고픈 욕구를 강하게 느낀다고 털어놓은 적이 있어요. 친구는 다
정한 목소리로 대꾸했어요. "너 자신이 자연이잖아." 지금 보니 그 친
구가 옳았어요. 그날 이후로 밖에서 신선한 공기를 마시거나 흙을 만
지거나 울창한 숲을 걸을 여건이 되지 않을 때마다 친구의 그 말을 고
이 꺼내 되새김했어요.

추수감사절 만찬 준비에 쓸 샐비어 한 움큼과 우리집 고양이 식구
들을 위한 캣닙 몇 줄기를 잘라냈어요. 가지치기한 로즈메리 가지들
위에는 솔잎을 몇 센티미터 두께로 덮어뒀고요. 곧 서리와 눈이 닥칠
테니 로즈메리를 보호하려고요. 그리고 가지 하나는 내 낡은 플란넬
셔츠 앞주머니에 넣었어요. 하루종일 향기가 나를 따라다니게요. 로
즈메리의 꽃말은 기억이니까, 자연 속 내 자리를 기억하는 행위였어요.

좋은 꿈 꿔요.

박 말리기

. . . . .

껍질이 딱딱한 놈, 큼직하고 색이 농익은 놈부터 시작해요. 세제와 물로 빡빡 씻어낸 다음 바람이 잘 통하는 곳에 내놓고 말려요.

더 바싹 마르도록 소독용 알코올로 껍질을 문질러요.

직사광선을 피해 통풍 잘 되는 곳에 박을 놓아두세요. 골고루 잘 마르도록 일주일에 한 번씩 뒤집어가면서 6개월간 말려요. 만약 곰팡이가 피거나 썩기 시작하면 그건 버리고 새것을 따 와서 다시 시작해요. 박이 완전히 마르면 아주 가벼워지고, 흔들면 달그락 소리가 나요.

말린 박은 집 안이든 밖이든 장식으로 널어놓기에 꽤나 좋답니다. 단단하고 오래가는데다 아주 가볍죠. 잘라서 새 모이통으로 써도 좋고, 유화물감이나 아크릴물감으로 칠해도 되고, 있는 그대로 식탁이나 현관 앞 포치에 내놓아도 보기 좋아요.

계획이 취소된 날

계획을 세울 때만 해도 좋은 아이디어라고 생각했어요.

늘 그렇지 않나요? 금요일 저녁, 둘이서 보려고 벼르던 영화를 보고, 우리 둘이 좋아하는 레스토랑에 가고, 다음날은 휴일이니까 밤 늦게까지 놀아도 늦잠을 자면 되겠지.

하지만 이미 너무 긴 하루를 보낸 터였어요. 아침에 집을 나선 후 쉴 틈 없이 헐레벌떡 뛰어다녔거든요. 점심 도시락을 들고나오는 걸 깜빡해서 사과 한 알과 책상 서랍에서 발견한 크래커 하나로 끼니를 때워야 했고요. 먹고도 배가 고팠어요. 피곤하기도 했고요. 어서 제일 보드라운 옷으로 갈아입고 혼자서 뭐든 내키는 대로 하고 싶었어요. 집에 가는 길에 비까지 내리기 시작했죠. 옷깃 아래로 파고들고 손을 꽁꽁 얼리는 찬비였어요. 다시 치장을 하고 곧바로 우중충한 밖으로 나갈 생각을 하니 울고 싶어졌어요.

　다행히 만나기로 한 친구는 죽이 척척 맞는 친구였어요. 몇 년 전 미리 약속을 해둔 사이였죠. 자신이 할 수 있는 것과 할 수 없는 것, 원하는 것과 원하지 않는 것을 늘 솔직하게 말하자고 맹세한 사이. 이 맹세 덕분에 부탁을 하거나 같이 새로운 걸 해보자고 제안했을 때 상대방이 좋다고 하면 의무감에서가 아니라 진심으로 한 말임을 알 수 있어요. 거절한다 해도 상대방이 자신을 돌보기 위해서 그러는 것임을 알기에 전혀 기분 상하지 않고요. 그래서 나는 오래 고민하지 않았어요. 휴대전화를 집어들었는데, 오늘도 예전처럼 우리의 주파수가 일치했다는 걸 알아챘어요. 친구가 문자를 보냈더라고요. 딱 한 마디요.

　'저기……'

　나는 휴대전화를 손에 쥔 채 깔깔 웃었어요. 그리고 답장을 보냈죠.

　'너도야?'
　'나 벌써 잠옷으로 갈아입었어.'
　'잘했어. 그냥 있어. 다음에 가자. 사랑해.'
　'나도 사랑해.'

　"좋았어!" 나는 허공에 주먹을 날리며 외쳤어요. 그러고는 크게 숨을 들이쉬었다가 천천히 내뱉었어요. 긴장이 탁 풀리는 순간, 나도 모르게 어깨를 잔뜩 웅크리고 이를 앙다물고 있었다는 걸 깨달았어요. 이제 외출하지 않아도 된다는 걸 안 이상 느긋하게 움직이기로 했어요. 먼저 쫄딱 젖은 외투를 벗어 문 옆에 걸어놓고 침실로 가 제일 좋아하는 잠옷과 두툼한 양말, 닳아서 부들부들해진 카디건을 꺼냈어요. 찬비를 맞은 몸이 아직 녹지 않아서, 방금 꺼낸 포근한 옷가지를 건조기에 넣었죠. 십 분을 맞춰놓고 건조기가 돌아가는 동안 집안 구석구석을 누비며 초를 켜고 음악을 틀었어요. 냉장고 안을 들여다보고 부엌 서랍에서 배달 음식 메뉴들도 뒤져보면서 뭐가 제일 당기나 고민했어요. 피자나 매콤한 태국식 야채 볶음면을 주문할까 했지만, 축축하고 싸늘한 저녁에 배달원을 고생시키는 게 좀 미안했어요. 그때 건조기에서 땡 소리가 났고, 나는 신나서 달려갔죠. 나이가 들수록 별것 아닌 일에 신나는 게 참 재미있어요. 집에 막 돌아왔을 때는 지치고 기진맥진했는데 지금 이런 걸로 힘이 솟고 신이 난 걸 보세요. 혼자 아무것도 안 하면서 보낼 시간이 너무나 기대됐어요.

건조기에서 꺼낸 옷가지는 기분좋게 따끈했고, 온기가 조금이라도 사라질세라 얼른 갈아입었어요. 두툼한 양말을 신자 비로소 발가락이 녹기 시작했죠. 잠옷 위에 카디건을 덧입고 침대에 털썩 몸을 던졌어요. 집에 있는 게 이렇게 좋을 수가. 애초에 약속이 없었어도 집에 머무는 게 이렇게 좋았을까 궁금해졌어요. 그렇게 비교를 하고 나니 이편이 훨씬 더 달콤하게 느껴졌지요. 휴대전화를 주섬주섬 찾아 친구에게 문자를 하나 더 보냈어요.

"다음 주말에 또 약속 취소하자."

곧바로 답장이 왔어요. "그러자. 시내에서 콘서트 열리더라."

"빨리 거기 안 갔으면 좋겠다."

우리 둘 다 집안에 아늑하게 있는 걸 알기에 더 기분이 좋았어요. 친구는 도시 반대편 자기 집에서 편하고 만족스럽게 뒹굴고 있고, 나는 여기 우리집에서 몸을 녹이고 있었죠. 이런 우정이 최고의 우정 아닐까요. 곁에서 직접 보지 못해도 친구가 지금 행복한 걸 알기에 나도 행복해지는 우정이요.

다시 부엌으로 가서 냉장고를 뒤져 양송이 한 팩과 신선한 파슬리를 꺼냈어요. 식품 저장실에서는 육수용 스톡과 아르보리오 쌀, 와인 한 병을 찾아냈고요. 오늘 같은 밤에는 리소토가 딱이죠. 든든하고 배부른데다 기분을 사르르 녹여주고 뱃속까지 따끈히 데워주니까요. 게다가 맛이 없을 수가 없거든요. 나는 가스레인지에 커다란 팬을 올리고 양파를 잘게 썰어 올리브오일에 천천히 볶았어요. 다른 팬에는 육수를 데웠고요. 와인을 따서 내가 마실 몫으로 한 잔 따라놓고, 조릴 때 넣으려고 와인병은 손닿는 곳에 뒀어요.

양파가 침샘을 자극하는 냄새를 풍기고 약간 불그죽죽한 색을 띠기 시작했을 때 팬에 쌀을 넣고 일이 분간 같이 볶았어요. 쌀알의 표면이 투명해지면서 속의 진주색 핵이 들여다보였어요. 뜨거운 육수를 한 국자씩 떠서 천천히 쌀에 부었어요. 육수가 스며들도록 저어가면서요. 마치 명상을 하는 것 같았죠. 나무 숟가락으로 팬을 저으면서 쌀에서 전분이 나와 부드러워지고 뽀얀 크림이 생기는 과정을 지켜보는 것이요. 한 국자 더 붓고, 또 젓고. 팬 앞에 서서 고소한 냄새가 어린 김이 내 얼굴과 목을 데우는 걸 가만히 즐겼어요.

가스레인지 앞에서 물러나 요리에 뿌릴 파슬리를 잘게 다지고 버섯은 사등분했어요. 제일 마지막에 넣을 버섯은 와인을 약간 넣고 따로 볶아줬고요. 가스불을 끄고 버섯을 쌀에 와르르 부은 다음 소금과 후추를 양껏 뿌리고 잘 섞으면서 볶아줬어요.

마지막으로, 다 된 요리를 그릇에 담아냈죠. 빨리 달라고 아우성치는 뱃속을 달래며 저녁거리를 커피 테이블로 가져갔어요. 맞아요. 소파에 앉아 담요를 뒤집어쓰고 텔레비전을 보면서 먹으려고요. 나는 어른이니까 내 마음대로 해도 돼요.

"에헴." 아무도 뭐라고 안 하는데 괜히 헛기침을 했어요.

그리고 자리를 잡았죠. 발을 테이블에 올리고, 그릇은 무릎에 얹고, 한 손에 와인잔을 든 채 텔레비전을 켰어요. 딱 오늘 같은 밤을 위해 안 보고 아껴둔 영화가 있었거든요. 원래는 극장에서 보려고 했었죠. 그 생각에 웃음이 터졌어요. 아마 이것도 친구랑 보러 가기로 했다가 취소했을 거예요. 내가 좋아하는 배우가 여러 명 출연하는데 다 백 년 전 아름다운 동네의 아름다운 저택에서 벌어지는 사건을 다룬 추리물이었어요. 오래전 이 영화의 원작 소설을 읽었는데 범인이 누군지 잊어버렸지 뭐예요. 그래서 영화를 보면서 추리해볼 참이었어요. 등뒤 창문을 때리는 빗소리가 들려왔어요. 와인을 천천히 한 모금 마시고 리모컨 재생 버튼을 눌렀죠.

좋은 꿈 꿔요.

지독한 하루를 보낸 후
기분전환 하는 법

. . . . .

살다보면 별로인 날이 있잖아요. 지독히 힘든 날도 있고요. 그런 날은 귀가하고 부엌에 서서 커다란 머그에 코코아를 타 마셔요. 초콜릿칩 한 줌을 추가해 녹여 먹으면 훨씬 더 달콤해요. 달콤하고 고소한 밀크티를 타서 위스키 몇 방울을 넣어 마셔도 참 좋아요. 위스키를 넣으면서 "약으로 먹는 거지 뭐"라고 짐짓 모른 척 혼잣말을 해도 돼요. 아니, 그럴 필요도 없어요. 마시고 싶으면 마시는 거죠.

그런 다음 집안을 구석구석을 돌며 문과 창문을 단단히 잠갔는지 확인해요. 마지막 하나까지 잠그고 나서 세상을 향해 이렇게 말해봐요. "들어올 생각 마." 이제 침실로 가서 침대 옆에 코코아 잔을 내려놓고 작은 램프 하나만 켜요. 그리고 제일 부들부들한 잠옷을 꺼내요. 세탁기에 수백 번 돌려서 얇을 대로 얇아져 부드럽고 시원한 잠옷, 다리를 바지통에 집어넣을 때 느껴지는 감촉에 절로 만족스러운 숨을 뱉게 되는 그런 잠옷이요. 그런 다음 낙낙하고 보드라운 후드점퍼를 입어요. 지퍼를 올리고 후드도 뒤집어써요. 양말까지 신으면 더 좋고요.

이제 이불 속으로 들어가요. 같이 사는 짝꿍이 있으면 상대방 무릎에 기대며 눈이 스르륵 감길 때까지 머리를 쓰다듬어달라고 졸라보세요. 반려견이나 반려묘가 있으면 아마도 알아서 무릎에 올라와 동당거리는 심장박동으로 금세 기분이 좋아지게 해줄 거예요. 혼자여도 문제 없어요. 실컷 짜증을 내고 소리질러도 아무한테도 변명할 필요 없으니 긴장을 풀어요. 전화벨이 울려도 안 받아도 돼요. 메시지가 와 있거나 미처 못 끝낸 일이 있어도 내일로 미루면 돼요. 오늘은 할 만큼 했어요.

코코아를 한 모금 마셔요. 불을 꺼요. 이불을 어깨까지 끌어 덮어요. 상상 속 아늑하고 정갈한 곳으로 마음을 데려가요. 숨을 들이쉬고…… 내쉬고. 들이쉬고…… 다시 내쉬어요.

호박과 애플사이다와 함께하는
공장 견학

후텁지근한 여름 내내 기다려왔지요.

마침내 오고 말았어요. 서늘하고 쨍한 가을날이 온 거예요. 여름 내내 눈꺼풀을 무겁게 하던 나른함이 걷히고 기운이 솟으면서 기분이 상쾌해졌어요. 오후의 햇살은 가을 특유의 황금빛을 띠었고, 공기는 달콤하면서도 톡 쏘는 냄새가 났어요. 나뭇잎들은 물들어가면서 하루가 다르게 새로운 풍경을 만들어내고 있었고요. 오래전에 친구에게, 단풍에 굶주린 두 눈으로 나뭇잎을 하도 뚫어지게 바라봤더니 눈알이 시리다고 말한 적이 있어요. 친구는 웃으며 대답했죠. "눈에 힘을 빼." 훌륭한 조언이었어요. 내가 고대하는 순간들은 인내심을 발휘해 차분히 눈길을 줘야지만 제대로 만끽할 수 있는 것들이니까요.

그날 아침에도 시시각각 변하는 색들을 구경하고 얼굴에 닿는 찬 공기를 즐기며 눈에 힘을 풀고 잠시 가만히 서 있었어요. 그러다 아예 눈을 살며시 감고 버석한 나뭇잎들 사이로 지나가는 바람에 귀를 기울였죠. 새로 돋은 이파리가 푸르른 여름에 부는 산들바람의 소리와는 사뭇 달랐어요. 몸을 움직였거나 오랜 시간 귀를 기울이지 않았더라면 그 소리를 놓쳤겠지요.

짝꿍과 나는 남은 오전을 갈퀴로 낙엽을 긁어모으고 화분을 치우고 호스를 돌돌 말아 차고의 어두컴컴한 구석에 걸어놓는 등 잡일을 하면서 보냈어요. 보라색, 적갈색 국화가 포치를 예쁘게 장식하고 있었지만, 허리에 손을 짚고 화분들을 물끄러미 쳐다보던 우리는 어딘가 허전하다는 생각을 했죠.

"호박만 갖다놓으면 딱 좋겠어." 내가 툭 내뱉었어요.

"그러네." 짝꿍은 눈을 빛내며 웃었죠.

"그리고 애플사이다 한잔?"

"어유, 당연하지."

우리는 마당에서 일하다가 너무 더워서 벗어놓은 스웨터를 도로 주워 입고 재빨리 차에 탔어요. 동네를 벗어나 주도로를 탔다가 작은 도로로 빠졌다가 이내 흙길로 들어서는 동안 라디오에서는 내가 절반 정도만 가사를 아는 옛날 노래가 흘러나왔어요. 우리는 깍지 낀 손을 가운데 팔걸이에 얹었어요. 열매로 묵직해진 가지를 낮게 드리운, 땅딸막하고 줄기가 울퉁불퉁한 사과나무들이 줄줄이 창밖으로 스쳐지나갔고, 이윽고 우리는 듬성듬성 풀이 자라고 바퀴자국들이 깊게 팬 공장 앞 주차장에 차를 댔어요. 헛간과 가게 앞에 일렬로 늘어놓은 높다란 나무통에 사과가, 그것도 엄청 많이 담겨 있었어요. 시내 상점에서 파는 것보다 훨씬 맛나고 향긋해서 일 년 내내 기다렸다 사는 그런 사과죠. 더불어, 호박도 그득했어요. 어찌나 잔뜩 쌓고 줄줄이 늘어놨던지. 사람들은 신중히 그 사이를 거닐며 살펴보다가 "난 이걸로 할래" 하며 호박을 골랐어요.

실내에는 선반마다 보존식품이 한가득이고 갓 짠 사이다를 넘치기 직전까지 담은 차가운 용기와 따끈따끈한 도넛이 놓인 쟁반이 진열되어 있었어요. 아무것도 안 묻힌 플레인 도넛도 있고, 설탕 가루를 뿌리거나 시럽에 담근 도넛도 있었죠. 이 작은 상점의 한쪽 벽에는 아치형 문이 뚫려 있는데 그 문을 통해 바로 옆에 있는 사이다 압착실로 넘어가면 사이다 제조 과정을 견학할 수 있었어요. 우리는 그 방에서 걸음을 멈추고 압착기가 내려오는 걸 구경하는 꼬마를 구경했어요. 무언가가 제조되는 과정을 관찰하는 건 왜 이리 재밌을까요?

초등학교 때, 오전 수업만 있던 어느 비 오는 날 봤던 화질이 형편없는 영상이 떠올랐어요. 크레용의 제조 과정을 보여주는 단편 영상이었는데, 아주 넋을 놓고 봐라봤죠. 수백 개는 됨직한 벌거벗은 파란색 크레용이 컨베이어 벨트를 타고 미끄러져 내려와 포장지를 입은 다음 가지런히 상자에 담겼고, 그 상자들은 큰 용기에, 큰 용기들은 트럭에 실렸어요. 문득 떠오른 그 기억에 나는 한 손가락을 턱에 댄 채 홀린 듯 집중해서 바라보는 꼬마아이를 향해 미소를 지었어요. 한 발짝 뒤에서 아이와 함께 쪼그리고 앉은 아이의 아빠는 기계를 가리키며 아이가 먹을 한 잔의 애플사이다가 나오는 과정을 설명하고 있었어요. 그 꼬마아이는 앞으로 수많은 가을을 맞이하겠죠.

가게 밖으로 나온 우리는 호박이 널린 마당으로 갔어요. 낙엽을 신나게 발로 차고 과수원 가장자리 너머 언덕진 너른 땅을 보면서 잠시 걸었어요. 추수가 끝나 평평하게 다듬어진 구역들도 있고, 물줄기 세찬 개울이 끼고 도는, 나무로 둘러싸인 구역들도 있었어요. 우리는 바닥이 납작하면서 꽤 큼직하고 마치 동화에서 튀어나온 것처럼 꼬불꼬불한 초록색 줄기가 달린 호박들만 모아놓은 무더기를 발견했어요. 그 호박과 어서 얼굴을 조각해달라고 조르는 듯한 조그맣고 통통한 밝은 주황색 호박을 한아름 안아 들고 전부 가게로 가지고 들어갔어요. 계산대 옆 낡고 녹슨 저울에 무게를 달았죠(파운드당 40센트였어요). 갈색 종이봉투에 담아놓은 사과 몇 알과 계산대 옆에서 집어든 차가운 애플사이다 한 통까지, 원래 사려고 했던 것은 물론이고 계획에 없던 것까지 잔뜩 챙겼어요.

집에 돌아와서는 현관 앞 계단에 일단 호박들을 옮겨다 놓고 그 옆에 앉아 마지막 몇 모금의 사이다와 마지막 한 조각의 석양을 음미했어요. 좀 있으면 갈퀴를 치우고 남은 화분 몇 개랑 포대 자루들도 정돈해야 할 거예요. 그다음은 안에 들어가 초를 켜고 저녁식사도 준비해야 할 테고요. 하지만 당장은, 조금만 더 거기 앉아 쌀쌀한 공기에 목덜미와 코를 식혔어요. 그저 새들과 다람쥐들이 잠자리에 들면서 바스락거리는 저녁의 소리에 귀기울이고 빛깔이 시시각각 변하는 저녁의 하늘을 구경했지요. 당장은 눈에 힘을 풀고, 분주한 마음은 한 구석에 치워놨어요.

좋은 꿈 꿔요.

나의 비밀스러운 팬

　열쇠를 찾아 주머니를 뒤적거리고 있었는데, 열쇠 꾸러미와 함께 작은 종잇조각이 딸려 나왔지 뭐예요.

　순간 바람이 종이를 채갈 뻔했지만 내가 재빨리 손을 뻗어 낚아챘어요. 껌 포장지이거나 영화표 조각일 줄 알았는데 펴보니 손으로 쓴 글씨가 적혀 있었어요.

　당신은 사랑스러워요.

　글씨 옆에는 화살에 관통당한 작은 하트 그림도 있었어요. 나는 그 자리에 붙박인 듯 서서 미소를 지었어요. 서늘한 바람이 외투 자락을 파고드는데도 갑자기 몸에 후끈 열이 오르는 것 같았죠.

열쇠를 넣어 현관문을 열고 들어가 등뒤로 문을 닫은 후 또 한번 쪽지를 읽어봤어요. 아니, 딱 두 마디밖에 없으니 읽었다고 할 수는 없겠네요. 그보다는 어디선가 누군가가 나에게 호감을 품고 있다는 사실이 주는 기분에 잠깐 취해봤어요. 짜릿함과 따스함, 뱃속이 푹 꺼지는 듯한 흥분감이 동시에 들었어요. 문 옆 벽의 고리에 외투를 걸면서 대체 언제 어디서 이 쪽지가 내 주머니에 들어왔을까 되짚어 봤어요.

오늘 하루는 빵집에서 시작했어요. 외투를 벗어 의자 등받이에 걸쳐놓고 앉아 커피를 마셨죠. 플래너를 넘기며 이번주 계획을 짜고 이

것저것 메모하고 있었어요. 그때 누군가가 옆을 지나가면서 내 주머니에 쪽지를 툭 던져넣었다면 내가 눈치를 챘을까요? 아마 눈치채지 못했을 거예요. 한참을 앉아 있다가 두번째 커피와 잼이 든 페이스트리를 사러 일어섰어요. 페이스트리는 바삭바삭하고 겉면이 파사삭 부서지는 게 너무 맛있어서 한입 한입 천천히 먹어치웠어요. 그 순간 지진이 일어났다 해도 나는 까맣게 몰랐을걸요.

거기서 도서관으로 걸어갔어요. 아니 잠깐, 먼저 공원을 통과했어요. 공원에서는 공예미술 일일장을 열기 위해 사람들이 부스를 설치하고 있었어요. 나는 잠깐 걸음을 멈추고, 텐트 천이 고정대에서 풀어져 바람에 펄럭이는 걸 보며 발을 동동 구르고 있는 사람들을 도와줬어요. 우리는 낑낑대며 천을 도로 고정대에 끼웠고, 나는 호박 몇 개를 부스 앞까지 굴리는 작업에도 손을 보탰어요. 가을에 장식용으로 좋은 수공예 제품들이 바구니 가득 담겨 있어서, 거기서 잠시 물건을 구경했어요. 진한 주황색과 붉은색 떡갈잎으로 만든 화관, 현관 앞 포치에 걸어두면 딱 좋을 철사와 나일론으로 만든 으스스한 박쥐 모빌도 있었어요. 종이접기로 만든 해골과 거미, 허니크리스프 사과도 한 포대 있었고요. 도와줘서 고맙다며 사과 한 알을 던져줘서, 나중에 먹으려고 가방에 넣었어요. 그때 누군가가 내 주머니에 쪽지를 찔러넣었을 것 같지는 않아요. 일일장 참가자들은 하나같이 물건을 꺼내 진열하느라 정신없었거든요.

나는 쪽지를 길거리가 내다보이는 커다란 내닫이창 옆 소파로 가져갔어요. 아직도 바람이 숭숭 불어서, 인도 가장자리를 따라 늘어선 아까시나무에서 떨어진 작은 연노랑 잎들이 공중에 소용돌이치고 있었어요. 잎이 하도 작고 가벼워서 내가 현관문을 열 때마다 포르르 떠오르지요. 바람에 팽그르르 돌고 둥실 떠다니는 그 잎들을 보면서 혹시 이 작은 쪽지도 그러지 않았을까 생각했어요. 어쩌면 흠모하는 이가 흠모하는 대상에게 이미 잘 전달했는데 그후 우연히 바람에 실려 내 주머니에 들어온 게 아닐까 하고요.

하지만 구겨진 데가 없고 가장자리도 전혀 닳지 않은 상태였어요. 글귀를 쓴 사람 손에, 그다음엔 내 손에, 딱 한 번씩만 접히고 펼쳐진 쪽지였어요. 글씨와 하트 그림을 유심히 살펴봤지만 필체도 그림체도 누구의 것인지 알 수 없었어요.

공원에서 내가 어디로 갔는지 되짚어봤어요. 다음 들른 곳은 도서관이었어요. 반납할 책들만 문의 투입구로 밀어넣고 다음 볼일을 보러 떠날 작정이었는데 그새 몸이 너무 차가워졌고, 창문 너머로 책시렁을 둘러보는 사람들과 열람실의 커다랗고 푹신푹신한 소파가 보이자 나는 홀린 듯 안으로 들어가고 있었어요. 안내 데스크를 지나쳐 잡지와 신문 서가로 곧장 갔어요. 나는 도서관에서 이 구역을 참 좋아해요. 내가 매달 읽고 싶은 잡지를 죄다 구독할 순 없지만 도서관은 그럴 수 있고, 덕분에 언제든 가서 마음껏 기사를 읽고 반들반들한 사진도 들여다보고 질릴 때까지 책장을 넘겨볼 수 있으니까요. 나는 벽 쪽 서가에서 몇 권을 뽑아 왔어요. 하나는 최근 발굴된 무덤 내부 사진이 실려 있다는 고고학 잡지이고 다른 하나는 건축계 새로운 발상들을 소개하는 기사와 사진이 실린 잡지, 또하나는 추운 날씨에 제격인 속 뜨끈해지는 요리 레시피가 실린 잡지였어요. 긴 소파들 옆에는 일인용 안락의자들도 일렬로 배치되어 있었는데, 몇 개는 벌써 다른 이용자들이 차지했지만 나도 운좋게 빈자리를 하나 맡았어요. 거기에 다리를 쭉 뻗고 앉아 책장을 훌훌 넘기며 기사를 읽고 사진을 감상했어요. 읽다가 장보기 목록에 아이템 몇 가지를 추가했고, 한참 후 잡지를 전부 제자리에 갖다놨죠. 혹시 그때 누가 스쳐지나가면서 은근슬쩍 이 쪽지를 찔러넣은 걸까요? 그랬을 수도 있어요.

도서관에서 문구점으로 이동해 생일 카드를 샀어요. 판매대에서 직원에게 펜을 빌려 메시지를 적어넣은 다음 곧장 우체국으로 가 우표를 사서 바로 부쳤어요. 그러고는 마트에 가 저녁거리를 몇 가지 샀고, 마트에서 나와서는 어느 상점 진열창 앞에 멈춰 서서 신발을 구경했어요.

여러 장소에 갔고 많은 사람을 스쳐지나갔어요.

내가 갔던 곳들을 되짚으면서, 그리고 하루를 되새김질하면서 깨달았어요. 내가 수많은 사람들 속에 특별한 한 사람의 얼굴을 찾고 있었다는 것을요. 남모르게 이 쪽지를 써서 내 주머니에 슬그머니 넣었기를 바라는 어떤 사람의 얼굴을요. 학교를 졸업한 지는 한참 됐지만, 누군가에게 반해 속절없이 빠지고 그 누군가를 떠올리는 기분을 즐기기에는 너무 늦지 않은 모양이에요.

로맨스는 아직 긴가민가한 단계에 있을 때가 최고로 짜릿한 법이죠. 그래서 나는 기억 더듬기를 관두고 그냥 내가 흠모하는 사람이 나를 흠모해줄 일말의 가능성을 즐기기로 했어요. 오늘 그 사람이 길에서 나를 본 순간 제멋대로 두근대는 심장을 안고 자기도 모르게 하트를 그리고 한마디 끼적인 다음 그 감정을 내 외투 주머니에 스리슬쩍 집어넣었을 가능성을요.

이 쪽지는 특별한 장소에 보관하려고요. 언젠가는 이 쪽지가 나의 희망어린 의심이 맞아들었는지 확인해주겠죠?

좋은 꿈 꿔요.

오래된 집에서 보내는
핼러윈

O

'사탕 안 주면 장난칠 거야' 놀이가 시작될 즈음을 몇 시간 앞두고 벽장을 뒤지다가 몇 년 전에 다녀온 유럽 여행이 떠올랐어요.

어느 기차역 승강장에 내려서다가 문득, 그 순간 내가 누구든 될 수 있다는 걸 깨달았어요. 흐르는 물처럼 스쳐지나가는 수많은 사람들 중 그 누구도 나에 대해 몰랐으니까요. 나를 재창조해서, 이를테면 다른 이름을 대고 새로운 억양을 쓰고 또 전에는 용기가 부족해 하지 못했던 일들을 과감히 해보면서 아예 전혀 다른 삶을 살아볼 수 있는 거잖아요. 핼러윈도 그래서 사람들이 좋아하는 거 아닌가요? 마스크든 의상이든 몽땅 동원해서 색다른 나를 재창조할 수 있는 기회잖아요. 다들 조금씩 이상하게 굴어도 서로 묵인해주는 하루이기도 하고요.

옷걸이를 하나씩 옆으로 젖히다가, 잘하면 마녀의 로브처럼 연출할 수 있는 검은색 롱코트에 시선이 꽂혔어요. 하지만 곧 혀를 쯧쯧 찼죠. 또 마녀 분장을 하려고? 롱코트를 옆으로 밀자 이번엔 허리선이 높고 몸에 다소 붙는, 오래된 진홍색 롱드레스가 나왔어요. 맞아요. 맞아. 한때 〈오만과 편견〉 영화에 푹 빠져서 살았죠. 다들 한때 그런 시절을 거치잖아요. 드레스 옆 고리에는 유치한 모양에 번쩍거리는 황금색 왕관이 걸려 있었어요. 친구가 결혼식 전날 밤 들러리 파티에 쓰고 오라고 나눠준 거예요. 나는 왕관과 진홍색 드레스를 물끄러미 바라보다가 벽의 고리에 걸려 있던 목걸이 하나를 꺼냈어요. 커다랗고 새빨간 하트 모양 모조 보석이 달려 있는 코스튬용 액세서리였어요.

"하트의 여왕 어때?"

"쿵." 다락이 대답했어요.

"찬성표 고마워." 나는 웃으며 천장을 향해 말했어요.

우리집 다락은 평소에는 말이 많지 않아요. 하루에 한 번, 잘해야 두 번 의뭉스러운 '쿵' 소리가 들려오는데, 마치 누군가가 커피 머그를 조금 세게 테이블에 내려놓거나 밤에 자려고 책을 탁 덮는 것 같은 소리예요. 가만 보니 소리가 주로 저녁에 나더군요. 보통 잘 시간이 되기 십 분쯤 전에 둔탁한 쿵 소리가 들리곤 했어요. 그럼 나 역시 읽던 책을 내려놓고 "그래, 나도. 이제 불 끌까? 잘 자" 하고 허공에 대고 말해요. 오래된 집들은 으레 이상한 소리가 나고 조명도 깜빡거리기 마련이지만, 이 '쿵' 소리는 늘 얼굴은 알지만 이름은 모르는 이웃이 웃으며 손을 흔들어주는 것처럼 느껴지거든요. 서로를 향해 고개를 끄덕인 뒤 각자 자기 일을 보러 가는 거죠. 어쨌든 우리 모두 지낼 곳은 있어야 하잖아요.

아무튼 이렇게 '하트의 여왕'으로 결정됐어요. 나는 드레스를 바깥 길목이 내려다보이는 넓은 창이 있는 계단참으로 가져갔어요. 우선 창을 열어 선선하고 알싸한 핼러윈 특유의 공기를 집안에 들였죠. 드레스를 창 새시에 걸어놓은 다음 창틀에 팔꿈치를 괸 채 몸을 내밀고서 잠시 길을 내다봤어요. 현관 앞 계단에 호박을 내놓는 이웃들, 벌써 핼러윈 의상을 입은 채 학교 버스에서 내리면서 바닥에 모아놓은 낙엽을 발로 차거나 낙엽더미에 장난스럽게 몸을 던지는 아이들이 보였어요. 나도 어릴 때 코스튬을 입고 등교하는 걸 허락받은 하루는 날아다닐 듯 신이 났어요. 온종일 파티와 퍼레이드와 온갖 사탕, 초콜릿을 실컷 즐겨도 혼나지 않는 유일한 날이었죠. 아이들이 발산하는 들썩들썩한 기운은 어떠한 불순물도 섞이지 않은 순도 백 퍼센트라서 이렇게 떨어져 있는 나에게도 고스란히 전염될 정도였죠. 나는 창틀을 손가락으로 두드리다가 이내 돌아서서 부엌으로 내려갔어요.

호박 장식은 진즉에 해놓았답니다. 옛날 괴수영화를 무심히 틀어놓고서 호박씨를 파내고 우스꽝스러운 모양으로 눈, 코, 입을 조각했지요. 파낸 씨는 오븐에 굽는 중이었는데, 냄새로 미루어 거의 다 된 것 같았어요. 올리브오일과 천일염, 후추를 뿌려 구웠는데, 하나 입에 쏙 넣으니 아주 고소한 게 침이 가득 고였어요. 이따가 사탕을 나

274

뉘주면서 틈틈이 집어먹으려고 그릇에 수북하게 덜어냈죠. 그런 다음 분주히 집안을 돌며 여기저기 초를 켜놓고 초대형 사탕 그릇을 준비했어요.

마지막으로 내 호박을 가지고 나가 현관 앞 계단에 진열했어요. 여러 가지 호박 인형극 시나리오를 지어내며 혼자 재밌는 시간을 가졌죠. 이 호박이 저 호박이랑 사랑에 빠졌는데, 저어기 저 호박이 질투를 해서 이러쿵저러쿵…… 그러다가 퍼뜩 핼러윈 날 포치에 혼자 앉아 있는 어른이 너무 주책을 떠는 게 아닌가 싶어 주위를 둘러봤는데, 다행히 보는 사람이 아무도 없었어요. 그래서 조금 더 놀았죠.

하늘빛이 변하고 있었어요. 매년 이맘때면 해가 순식간에 넘어가서, 단 몇 분 만에 황혼에서 캄캄한 밤하늘로 변해요. 그걸 알기에 얼른 호박 등燈 안에 촛불을 켜놓고, 드레스를 입고 왕관을 쓰려고 위층으로 후다닥 올라갔어요. 계단참이 차갑게 식어 있어서 창부터 닫고, 걸어놓았던 드레스를 내렸어요. 그걸 들고 방을 향해 돌아섰다가 우뚝 멈춰 섰죠.

다락 사다리가 천장에서 내려와 계단참에 닿아 있지 뭐예요. 위로 올려뒀다가 천장의 끈을 잡아당겨 내리는 옛날식 사다리인데, 분명 나는 끈을 잡아당기지 않았거든요. 나는 크게 한 번 숨을 들이마셨어요.

"알았어." 그리고 조용히 말했죠. "네가 말썽 부려도 되는 날이 딱 하루 있다면, 당연히 그건 핼러윈 저녁이어야겠지." 이어진 침묵은 동의의 뜻으로 받아들였어요.

사다리를 빙 돌아 방으로 가서 문을 닫고 드레스로 갈아입었어요. 분명 아직도 몸에 찬 기운이 남아 있었지만, 동네를 한바탕 돌아다닐 생각에 들썩들썩 신이 난 아이들이 떠올랐어요. 조금 전 그 아이들의 기운이 내게로 옮겨왔던 것도요. 생각보다 더 전염성이 강한 기운임이 틀림없어요.

머리에 왕관을 쓰고 우스꽝스러운 하트 목걸이도 걸고 굴러다니던 오래된 새빨간 벨벳 구두를 신고 있는데 때마침 현관 쪽에서 "사탕 안 주면 장난칠 거예요!" 하는 오늘의 첫 외침이 들려왔어요.

"자, 이제 나가봐야겠다." 나는 허공에 대고 말했어요.

"쿵." 다락이 대답했어요.

좋은 꿈 꿔요.

바삭하게 구운 호박씨

. . . . .

——— 1컵 분량 ———

호박 등燈을 만들거나 호박씨 간식을 즐기기에 너무 늦은 나이란 없어요. 특히 핼러윈 밤이 제격이지요. 아이들에게 나눠줄 간식 그릇에서 사탕과 초콜릿을 슬쩍 집어먹다보면 단맛과 짠맛의 밸런스를 맞출 짭쪼름한 뭔가가 필요하잖아요.

호박 속을 최대한 긁어내고 물에 씻은 후 키친타월로 물기를 닦아
낸 생호박씨 1컵
엑스트라버진 올리브오일 또는 녹인 코코넛오일 1큰술
소금 적당량
커민 간 것 ½작은술(생략 가능)
카옌페퍼 한 자밤(생략 가능)

오븐을 160도로 예열해요. 그리고 큰 접시에 키친타월을 깔아둬요. 오븐 트레이에는 유산지를 깔고요.

호박씨에서 호박 속을 최대한 제거하세요. 그런 다음 호박씨를 물에

씻고 키친타월을 깐 접시에 넣어 말리세요. 필요할 경우 여분의 키친타월로 물기를 닦아내세요.

중간 크기의 오목한 그릇에 호박씨와 올리브오일, 소금, 그리고 취향에 따라 카옌페퍼를 한꺼번에 넣어요. 양념이 호박씨에 골고루 묻도록 충분히 섞어요.

오븐 트레이에 호박씨를 고루 펴요. 숟가락을 이용해 한 겹으로 납작하게 깔아요.

호박씨가 황금색을 띠고 바삭해질 때까지 이십 분 내지 삼십 분 정도 구워요. 씨가 크면 더 오래 걸리고 작으면 금방 구워져요.

이제 맛있게 먹으면 돼요! 구운 호박씨는 밀폐용기에 담아 상온에서 일주일까지 보관 가능합니다.

작업대 위 도구들

우리 언니는 금손이에요. 뭐든지 뚝딱 만들어내는 손.

우리 아빠도 그랬어요. 어릴 적 비가 내리는 봄날 오후면 언니와 아빠는 차고에 틀어박혀 무언가를 만들곤 했어요. 무더운 여름에는 선선한 공기를 들이려고 차고 문을 활짝 열어젖히고 작업을 했지요.

아빠는 수시로 목공선반에서 나무를 가공했어요. 팽팽 돌아가는 나무를 예리한 도구로 조심스레 깎으며 모양을 만들어갔죠. 아빠는 완제품에 들어갈 소형 부품을 세공하는 걸 좋아했어요. 대부분의 사람들은 존재하는 줄도 모르지만 제대로 볼 줄 아는 사람들은 귀히 여기는 그런 부품이요. 내가 아주 어렸을 때 아빠가 그리 크지 않은 책상을 하나 만들어주셨는데, 만드는 데 시간이 굉장히 많이 걸렸을 것 같은 작고 예쁜 디테일이 곳곳에 숨어 있었어요. 책상 뚜껑을 들어울리면 상부의 보이지 않는 공간 안으로 감쪽같이 밀어넣을 수 있고, 뚜껑을 내리면 내 팔찌에 달린 조그만 연철 열쇠로 찰칵 잠글 수 있었어요. 서랍 한쪽의 비밀 걸쇠를 열면 내 이니셜을 새겨놓은 판이 나왔어요. 평생 받아본 선물 중 가장 좋았어요. 헤아릴 수 없이 많은 물건이 만들어졌다가 금방 버려지는 세상에서 아빠가 만든 물건들은 진정한 보물이었지요.

아빠가 조각하고 대패질하고 도료를 칠하는 동안, 언니는 땜질을 하거나 분해했어요. 언니는 동네에서 낡은 시계나 버려지는 부품들, 망가진 기계 따위를 모아서 언니 전용인 소형 작업대에서 꼼꼼히 해체했어요. 참을성 있게 나사를 역방향으로 돌려 빼고 기계 내부의 작은 톱니바퀴와 톱니를 끄집어내고, 돌기나 살이 부러지거나 휘지 않았는지 일일이 부품들을 손으로 쓸며 확인했어요. 그렇게 고치고 재조립을 하면, 그 물건은 작업대 위에서 딸깍이고 왱왱거리며 순조롭게 작동했지요. 그러면 아빠는 언니를 흘끗 바라보며 기특함이 듬뿍 담긴 미소를 보냈고, 이내 두 사람은 또다른 작업에 돌입했지요.

나는 두 사람이 일할 때마다 방해하지 않으려 주머니에 손을 넣고 조심조심 창고를 들락거렸어요. 아빠랑 언니는 디테일에 신경을 쓰는 사람이지만, 나는 멀찍이 떨어져 바라보는 게 좋았고 한 가지 작업이나 장소에 오래 집중하지 못했어요. 내가 무엇을 하는 거냐고 물으면 두 사람은 참을성 있게 설명해줬지만, 잠시 후 내가 동네를 한 바퀴 돌고 오겠다며 자전거를 타고 휭 나가거나 바닥에 쌓인 톱밥으로 일몰 그림을 그리고 있어도 별로 의아하게 여기지 않았죠.

세월이 이렇게 흘렀건만 나는 여전히 동시다발적으로 일을 벌이고 언니는 여전한 손재주로 뭔가를 뚝딱뚝딱 만든답니다. 얼마 전 언니에게 전화를 걸었어요. 벼룩시장에서 언니 작업대에 올릴 만한 물건을 발견했거든요. 어느 청명한 가을날 차를 몰고 나가서 단풍이 들어가는 나뭇잎들을 구경하다가 근처에서 야외 시장 안내 표지판을 봤어요. 즉흥적으로 그 앞에 차를 대고, 부스와 가판대로 이루어진 미로를 걸어다녔어요. 덧댄 헝겊은 닳을 대로 닳았고 금색 실로 이름까지 수놓은 구제 대학교 점퍼들을 걸어놓은 옷걸이도 있고, 우유 상자에는 1950년대와 1960년대 음반이 가득했어요.

거기서 오래된 양철 케이크 용기를 발견했어요. 움푹 꺼진 부분이 거의 없고 밑면에 나이프를 끼워넣는 슬롯도 달린 용기였어요. 소풍 갈 때 케이크를 담아 가기 딱 좋은 용기였죠. 사실 케이크를 담아 가는 일은 거의 없지만, 아기자기하게 예쁜데다 가격도 얼마 하지 않아 내 잡동사니 모음에 추가했어요.

자리를 막 뜨려던 찰나, 구깃한 벨벳을 덧댄 작은 나무 오르골이 눈에 띄었어요. 뚜껑을 열자 음악이 나올 듯 말 듯 하더군요. 안에는 스케이트를 신은 자그마한 소녀 조각상이 눈 덮인 소나무와 눈보라 속에서, 꼿꼿이 서 있는 수사슴 주위의 트랙을 따라 빙글빙글 열심히 돌고 있었고요. 뒷면의 태엽을 감아보려고 했지만 이미 꽉 감겨 있는 것 같아서, 괜히 건드렸다가 더 망가뜨릴까봐 조심조심 뚜껑을 닫고 계산을 한 뒤 내 차에 실었어요.

언니는 작업실로 바로 오라면서, 내가 오는 동안 커피 물을 올려놓겠다고 했어요. 얼마 후 우리는 작업실에서 뜨거운 커피잔을 하나씩 들고 작은 상자를 뚫어져라 내려다보고 있었죠. 아빠는 연장을 대충 관리하는 편이지만 언니는 아주 철두철미해요. 벽마다 타공판을 걸고 연장들을 크기순으로 정렬해놨어요. 큰 드라이버 옆에 그보다 약간 작은 드라이버, 또 그 옆에는 더 작은 드라이버가 걸려 있는 식으로. 모든 연장이 제자리에 있는 광경을 보니 어마어마한 만족감이 들었어요. 재사용하려고 빼낸 온갖 부품과 다양한 길이의 나뭇조각이 가지런히 정리된 통, 석질에 따라 분류해놓은 사포가 든 철제 서랍, 세상에 존재하는 모든 크기와 모양의 나사가 들어 있는 작은 플라스틱 그릇도 있었어요. 노끈으로 페이지를 표시해둔 낡은 사용 설명서들이 꽂힌 선반과, 발행 연도가 우리 아빠의 젊은 시절까지 거슬러올라가는 옛날 잡지들이 가득한 통들도 있었고요. 언니의 작업실은 순한 대팻밥 냄새가 났고 언니가 수리해서 벽에 자랑스레 걸어놓은 시계 두 개에서 나는 째깍째깍 소리 말고는 아주 조용했어요.

언니는 목공용 연필을 귀 뒤에 꽂고는 서랍에서 초소형 연장이 담긴 상자를 꺼냈어요. 그러고는 목이 긴 스탠드 머리를 작업대로 기울이고 천천히 오르골을 분해하기 시작했죠. 언니가 일하는 동안 나는 커피를 홀짝이거나 어슬렁대며 바깥에 떨어지는 낙엽을 구경했어요. 취미 생활자를 위한 잡지 한 권을 꺼내 후루룩 넘겨보는데 시계 하나가 정시를 알렸어요. 시계 앞면의 조그마한 조각문이 열리더니 문보다 작은 새가 튀어나와 시계 종소리에 맞춰 노래를 하더라고요. 동시에 시계 하단에 있는 인형이 초소형 망원경을 눈에 갖다대고 그 새를 관찰하지 뭐에요. 기발함에 쿡쿡 웃음이 났어요. 작업대에서 만족한 듯한 숨소리가 나서 돌아보니 언니가 오르골 뒷면의 태엽을 감고 있었어요. 작업대로 다가가 언니와 둘이서 몇십 년 만에 흘러나왔을 가늘게 들려오는 감미로운 멜로디를 감상하면서 스케이트 신은 소녀가 빙글빙글 돌며 트랙을 따라 미끄러지는 걸 바라봤어요.

작동을 멈췄다고 죄다 내다버릴 필요는 없어요. 조금만 인내하고 노력을 쏟으면 대부분 고쳐서 다시 노래하게 만들 수 있답니다.

좋은 꿈 꿔요.

작동을 멈췄다고 죄다 내다버릴 필요는 없어요.

조금만 인내하고 노력을 쏟으면

대부분 고쳐서 다시 노래하게 만들 수 있답니다.

쌀쌀한 날 산책과
뜨거운 물 목욕

○

아직 나뭇가지에 듬성듬성 잎이 붙어 있었지만 그조차 그리 많지 않았어요.

나는 자갈길 위에 선 채, 저 높은 곳에서 잿빛 하늘을 배경으로 대롱거리는, 어느 가지에 끈질기게 매달려 있는 떡갈잎 뭉치를 올려다봤어요. 밝은 주홍색 잎들이 안간힘을 쓰며 매달리면서 우리 조금만 더 붙어 있자, 며칠만 더 버티자고 서로 격려해주는 장면이 머릿속에 그려졌어요. 나무줄기들도 한번 둘러봤어요. 줄기들은 밑동에 아직 서리를 입고 있었고, 회오리치는 바람이 버석하게 마른 갈색 솔잎과 낙엽을 한데 모아 뿌리와 둥치께로 밀어붙이고 있었어요. 폐 한가득 숨을 들이마시자 가을의 아릿하고 매캐한 냄새는 희미해지고 다가오는 겨울의 차갑고 청량한 냄새가 더 진하게 났어요. 좀 있으면 눈이

285

내리겠지만, 그래도 오늘은 끈질기게 붙어 있는 나뭇잎들을 보며 미소를 지었어요. 시간이 조금 남았다는 뜻이니까요.

모자 끝을 잡아당겨 귓바퀴까지 덮이도록 눌러쓰고는 바람을 향해 고개를 들었어요. 바람이 시원하지만 매섭지는 않아서 정신이 빠짝 들었지요. 내가 밟고 선 오솔길이 저만치 앞에서 방향을 틀어 개울을 끼고 돌기에 나도 길을 따라 걸으며 물이 이끼 입은 돌 위를 미끄러지듯 타고 내려가 천천히 뱅뱅 도는 소용돌이에 합류하는 모습을 관찰했어요. 봄에는 바로 이 지점에 서서 강둑 무성한 풀에 몸을 숨기고 있거나 수면 위로 빼꼼 내민 눈을 느릿느릿 끔벅거리며 떠다니는 개구리들을 구경했었죠. 저 앞에서 개울은 유수가 거세지면서 폭도 넓어졌고 더 빠르게 흐르고 있었어요. 나는 오래된 다리 위에서 걸음을 멈추고 난간 너머로 몸을 기울인 채 발밑을 쏜살같이 흐르는 물을 내려다봤어요.

이윽고 바람이 집에 돌아가라고 내 등을 떠밀었어요. 시린 손을 주머니에 찔러넣었죠. 공원에서 발길을 돌려 학교 운동장 옆을 지나가는데 아이들 몇이 공을 차면서 차가운 공기 속으로 신나게 환호성을 지르고 농담을 던지고 있었어요. 아이들은 바람이 식혀준 발갛게 상기된 얼굴로 깔깔 웃으며 뛰어다녔고, 한구석에 아무렇게나 쌓아놓은 방한 외투들은 잊힌 지 이미 오래라 여차하면 분실되기 직전이었죠. 바람이 더 세게 불어와 낙엽더미를 철조망으로 밀어붙였고 줄기 몇 개는 거기에 걸려 끼어버렸어요. "갈게, 간다고." 나는 바람에게 말했어요.

우리집 골목으로 들어서자 돌아온 나를 반기는 동네 강아지들의 다정한 멍멍 소리가 이웃집 문 안쪽에서 들려왔어요. 한 녀석이 창에 김이 서릴 정도로 코를 바짝 대고는 신이 나서 발을 동동거리며 나를 쳐다보더군요. 내가 녀석을 부르며 손을 흔들자 녀석도 왈왈, 하며 인사해줬어요. 친구에게 "나도 너를 보고 있어"라고 한마디 건네는 데서 얼마나 큰 위안을 얻을 수 있는지요. 우리집 포치로 들어서는데 현관문에 걸쳐놓은 작은 꾸러미가 보였어요. 수취인에 적힌 내 이름을 보고 슬머시 미소를 지었지요.

집의 따스함과 냄새에 폭 싸인 채 외투를 벗어 걸어놓고, 종이로 포장된 내 보물 꾸러미를 부엌 식탁으로 가져갔어요. 꾸러미 안에는 달콤한 향이 나는 비누와 소금, 예쁜 병에 담긴 입욕제가 들어 있었어요. 리본으로 묶고 박엽지로 싼 것이, 누가 봐도 선물이었죠. 이 선물을 내가 나 자신에게 보냈다고 해서 기쁨이 반감되지는 않았어요. 그리고 타이밍도 완벽해. 나는 속으로 중얼거렸어요. **지금 뜨거운 물로 목욕하면 딱이잖아.**

발이 네 개 달리고 곡선이 유려한 큼지막한 우리집 욕조는 욕실 창 아래 단독으로 놓여 있는데, 물을 콸콸 받으면서 김이 피어오르기 시작할 때쯤 창을 한 뼘 열어 바깥에서 들어온 맑고 찬 공기가 김과 섞여들게 했어요. 그런 다음 입욕제를 물에 따르고 물 온도를 내 취향에 맞게 조절했죠. 나에게 목욕은 중대사예요. 그래서 신경써서 준비한답니다. 욕조에 몸을 담근 채 와인을 한잔 홀짝일 때도 있고, 얇게 썬 사과를 한 접시 갖다놓고 아삭아삭 먹을 때도 있어요. 또 어떤 날은 머리카락을 모아 집게핀으로 고정하고, 싱크대 밑에 몇 년째 방치해둔 각종 제품을 어디에 어떻게 쓰는지 빠삭하게 아는 척하며 얼굴에 마스크 팩을 바를 때도 있고요. 오늘은 미네랄워터 큰 병과 얼음을 가득 채운 유리잔, 잔잔한 음악과 책을 준비했어요.

목욕물이 다 준비된 후 깨끗하고 폭신한 수건을 목욕하는 사이 따뜻해지도록 욕조 옆 라디에이터에 얹어놓고, 한 발씩 차례로 담그면서 물속에 앉았어요. 이렇게 처음 물에 몸을 담글 때마다 순간적으로 열기가 몸에 후끈 퍼져서 동작을 멈추고 가만히 있곤 해요. 머릿속에서 잡생각의 찌꺼기가 깨끗이 쓸려나가면서, 몸이 물에 뜨는 동시에 열기에 휩싸이는 짜릿한 감각만 남게 되죠. 몇 분이 흘렀어요. 톡톡 터지는 탄산수를 한 모금 마시고, 발을 욕조 가장자리에 걸쳐놓고 피부에서 김이 피어오르는 걸 잠시 지켜봤어요. 책도 몇 쪽 읽었죠. 이윽고 책을 내려놓고 음악에 귀기울었어요. 스르륵 물에 몸을 담그는데, 예전에 개울가에서 본 눈만 끔벅거리던 개구리들이 떠올랐어요. 창밖에는 아직도 바람이 세게 불고 있었어요. 아까 운동장에서 뛰놀던 아이들은 지금쯤 현관문을 박차고 들어가 저녁식사 냄새를 맡고 허기를 느끼고 있겠죠. 이웃 개들은 소파 위에 몸을 말고 있거나 지나가는 동네 주민에게 왈왈 인사하려고 창밖을 주시하고 있을 테고요.

우리 모두 각자의 둥지에 포근히 웅크리고 겨울을 날 준비를 하고 있었어요. 곧 눈이 올 것 같았어요. 몇 주만 지나면 아침에 새하얗게 얼어붙은 풍경을 마주하겠죠. 뜨거운 목욕물에 한참 동안 몸을 녹이고 아늑한 내 보금자리에서 눈이 펑펑 내리는 바깥을 내다볼 겨울 날이 기다려졌어요. 욕조 가장자리에 머리를 대자 눈이 저절로 감기고 뜨거운 물이 온몸을 나른히 녹여줬어요. 그렇게 조용히 있으니 참 좋더군요.

좋은 꿈 꿔요.

목욕 열 배 즐기기

· · · · ·

엄마는 퇴근해서 집에 오면 늘 현관 구석에 놓인 수납장 앞에서 천천히 손가락의 반지를 하나씩 빼고 손목시계를 푼 다음 도자기 접시 위에 올려놨어요. 그런 용도로 올려둔 접시였지요. 온종일 손을 쓰는 일을 했기 때문에 손가락이 몹시 아렸을 거예요. 그래서 손가락 마디를 하나씩 마사지했고 엄지의 납작한 부분으로 손바닥을 쓸면서 통증을 달랬어요. 그런 다음, 다른 반지는 내일을 위해 그대로 접시에 놔두고 결혼반지만 도로 꼈어요. 천천히 손을 보살피는 이 의식을 수행하면서 엄마는 작은 소리조차 내지 않았고, 다 마친 후에야 비로소 조그맣게 한숨을 토해낸 뒤 집안으로 들어와 우리랑 같이 그날 있었던 일들을 이야기하고 또 들어줬죠.

언젠가 지인에게 이런 이야기를 들었어요. 의식은 생각 없이 기계적으로 수행하면 별 소용이 없지만, 의미를 부여한 뒤 수행할 때마다 그 의미를 떠올리면 하나의 도구가 된다고요. 생의 새로운 국면으로 넘어갔음을 표시하는 도구, 특별한 순간을 기념하거나 음미하는 도구, 아니면 뭐가 됐든 의미 있는 행위를 실행하는 도구가 되는 거예요. 이 이야기를 듣고 엄마와 엄마의 퇴근 후 습관, 수납장 위의 도자기 접시가 떠올랐어요. 그건 엄마가 고안해낸 의식이었어요. 일을 마친 후 자기 자신을 보살피고 교통 체증과 마감으로 얼룩진 세계로부터 자신의 가족과 보금자리의 세계로 건너오는 엄마만의 방법이었던 거예요.

여기에 뜨거운 목욕으로 자신을 돌보는 간단한 의식을 소개할게요. 다음의 준비물이 필요해요.

- 깨끗한 욕조
- 기호에 따라 엡섬 소금 또는 거품 입욕제
- 양초
- 성냥이나 라이터
- 깨끗하고 두툼한 목욕 수건과 작은 수건

목욕은 단계마다 어느 정도 시간이 걸리기에, 이 의식은 삶의 속도를 늦추는 의식이기도 해요. 때로 서두르기는 전염성이 있지요. 우리는 그럴 의도가 없는데 세상이 너무 빠르게 돌아가는 바람에 덩달아 서두르기도 하잖아요. 그렇다면 자신을 세상과 그 서두름에서 분리하는 것부터 시작해봐요. 욕실 문 앞 지정 장소에서 스마트폰과 스마트워치, 태블릿 따위를 전부 끄고 내려놓아요. 말 그대로 전원을 끄는 거예요. 이것들은 욕실에 들고 갈 수 없어요 진동이나 소리 알림도 차단하세요.

이제 욕실에 들어가 문을 닫아요. 할 수 있다면 문을 잠그세요. 이때 나만의 공간 바깥에 세상을 놔둔 채 문을 닫고 있다는 사실을 잠시 의식해보세요. 이제 여러분은 혼자예요. 조금 전까지 어깨에 잔뜩 힘을 주거나 턱에 힘을 주고 있었음을 알아채고 비로소 긴장을 푸는 사람도 있을 거예요.

수도꼭지를 틀고 각자에게 맞는 최적의 온도로 수온을 맞춰요. 거품 목욕이나 엡섬 소금 목욕을 즐길 거라면 지금 물에 타세요. 거품이 보글보글 올라오거나 소금이 사르륵 녹는 걸 구경해보세요. 멀티태스킹에 길들여진 마음이 어서 뭐라도 하고픈 충동에 들썩이는 걸 알아챌 수도 있어요. 가만히 있는 게 일시적으로 마음이 불편할 수 있지만 꾹 참아보세요. 다른 데 주의가 쏠리지 않도록 주의하세요. 우리는 유니태스킹*을 하고 있는 거예요. 이것도 연습하면 마음이 편해질 거예요.

욕조에 물을 다 받았으면 수도꼭지를 잠가요.

그리고 초를 켜요. 그 행위에 어떤 의미를 부여해도 되고, 아니면 성냥을 그어 심지에 불을 붙이는 행위를 그저 정성껏 수행해도 좋습니다.

이제 옷을 벗어요.

수건을 손닿는 데 놓고 작은 수건은 욕조 옆에 놓아요.

욕조에 몸을 담그면서, 피부에 닿는 물의 감촉을 의식해보세요. 등을 기대고 십 분간 물속에 그대로 머물러요.

우리가 아기였을 때는 누군가가 우리를 목욕시켜주면서 일 분 일 초 주의깊게 지켜봤을 거예요. 지금 비누를 묻혀 몸을 씻으면서 그때 그 사람이 해준 것과 똑같이 정성스럽게, 천천히 자신을 돌봐주세요. 오늘의 나도 아껴주고 돌봐줄 가치가 있거든요.

물에서 나온 후 욕조 마개를 뽑고 물이 내려갈 동안 욕실에 그대로 머무르세요. 수건이나 가운을 몸에 두른 채 욕조를 물로 꼼꼼히 씻어

---

* uni-tasking. '멀티태스킹'의 반대말로, 한 번에 한 가지 일만 하는 것을 가리킨다.

내요. 다음번 목욕을 위한 준비예요. 이제 촛불을 끄고 크게 심호흡을 한 다음, 잠가놨던 욕실 문을 열어요.

지금까지 자기 자신을 정성껏 돌봤어요. 이제 다른 사람을 돌볼 차례예요.

비 오는 날
수프 만들기

온종일 우산을 쓰고 이 가게, 저 가게를 돌아다녔어요.

볼일을 마치고 퍼붓는 빗속에 귀가하는 길이었어요. 중간에 옛친구와 우연히 마주쳐서, 둘이 카페에 들어가 창가의 푹신한 안락의자에 앉아 따뜻한 음료를 홀짝이며 비 내리는 바깥 풍경을 감상했어요. 아직 이른 오후였지만 요새 낮이 점점 짧아져서 벌써 하늘이 어둑하고 낮게 내려앉아 있었어요. 사람들이 어서 볼일을 끝내려고 서두르는 통에 거리가 점점 분주해졌죠. 냉기를 피해 포근한 집에 들어앉아 웅크리려는 본능이 슬슬 발동되는 거에요. 우리는 식어가는 음료를 조금씩 마시며 한동안 수다를 떨었어요. 나는 내가 정해놓은 존재하지도 않는 마감에 쫓겨 온종일 헐레벌떡 서둘렀다는 것을 깨달았어요. 실제로는 시간이 있었는데 말이에요. 그 사실을 친구와 마주앉아 달콤하고 따끈한 차이를 마시면서 깨달은 거죠.

다시 북적이는 오후의 거리로 나온 우리는 며칠 후 같이 점심을 먹기로 약속하고 서로를 꼬옥 안아줬어요. 그러고 보니 나의 오랜 친구들은 하나같이 포옹할 때 나를 폭 감싸안고서 힘껏 꽉 안아주네요. 어설프게 상체만 기울여 등을 툭툭 두드리는 친구는 한 명도 없어요. 친구의 포옹이 무언의 격려로 느껴졌어요. 내 안의 깊은 곳에서 불꽃이 팍 켜져 나를 은은하게 밝혀주는 것 같았죠.

우산을 받쳐 쓰고 다시 씩씩하게 빗속으로 나간 나는 마지막 볼일 몇 가지는 미소를 머금고 해치웠어요. 얼마 후 우리집 현관문을 열고 포근한 집으로 들어갔죠. 가방들을 죄다 내려놓고 우산은 우산꽂이에 꽂은 뒤 돌아서서 문을 잠갔어요. 데드볼트를 찰칵 돌리면서 바깥을 내다봤는데 이제는 비가 세찬 줄기로 변해 도랑이며 수직 홈통을 타고 콸콸 쏟아져 인도를 흥건히 적시고는 그대로 도로를 타고 흘러내리고 있었어요. 오늘 저녁 더는 밖으로 안 나가도 되는 게 그렇게 다행일 수 없었어요. 우비를 벗고 낡은 카디건으로 갈아입고 젖은 구두도 폭신한 실내화로 갈아 신으면서 로저스 아저씨*가 떠올라 슬며시 웃었어요.

밖에서 사 온 것들을 부엌으로 가져가 조리대에 전부 늘어놓았어요. 좀처럼 떨쳐지지 않는 서두르는 버릇이 슬그머니 발동하는 게 느

---

* 1968년부터 2001년까지 방영된 미국의 아동용 장수 프로그램 〈로저스 아저씨네 동네 Mr. Rogers' Neighborhood〉의 주인공 겸 진행자.

껴져서, 잠시 동작을 멈추고 심호흡했어요.

"집에 왔잖아." 이렇게 스스로를 타일렀죠. "오늘 저녁엔 더이상 해야 할 일이 없어. 긴장 풀어. 이제 하고 싶은 거 해."

부엌을 한번 둘러봤어요. 요리할 때는 늘 깔끔히 정돈된 상태에서 하는 걸 좋아해서, 싱크대에 들어 있는 접시와 컵을 치우고 조리대도 행주로 훔치고 창틀에는 초를 켜놓았어요. 훨씬 낫군, 속으로 중얼거렸죠. 이제 뭐라도 좀 마셔볼까? 차를 타려고 주전자에 물을 올리다가 며칠 전에 조제해서 냉장고에 넣어둔 특별한 음료가 생각났어요. 위스키와 에스프레소, 코코넛밀크, 바닐라, 메이플시럽으로 만드는 가정용 커피 코디얼* 레시피를 어디선가 읽었거든요. 한번 만들어서 커피에 조금 섞어 맛봤는데 꽤 괜찮더라고요. 오늘은 아예 찬장에서 온더록스 잔을 꺼내 커다란 네모 얼음을 넣고, 냉장고에서 갓 꺼낸 코디얼을 곧장 부어 한 모금 마셔봤어요. 부드럽게 혀에 감기면서 약간 달콤한 맛이 났고, 매끈한 위스키와 진한 꿀 같은 메이플시럽의 풍미가 뒤따랐어요. 한 모금 머금고 잠시 혀에 올려두었다가 꿀꺽 넘기고는 다시 요리 재료가 널려 있는 조리대로 돌아섰죠.

뜨끈뜨끈한 수프를 끓여 먹기에 딱 좋은 밤이었어요. 그래서 우리 집에 있는 제일 큰 냄비를 꺼내 가스레인지에 얹었어요. 양파 한 알을 썰고 마늘 한 줌과 당근, 셀러리도 탁탁 썰어서 냄비에 다 털어넣고 올리브오일 몇 순갈을 쪼르륵 부었어요. 재료들이 치이익 소리를 내

---

* 주로 알코올과 다양한 재료를 첨가해 만드는 단 음료.

며 올리브오일에 볶아지는 동안, 스모크 향이 나는 토마토 캔을 따고 찬장에서 육수용 채소 스톡도 꺼내놓고 근대도 한 움큼 착착 채를 썰었어요. 수프를 끓일 때마다 늘 한 냄비 만들기엔 재료가 부족하다 느끼며 시작하지만 어느새 뚜껑이 간신히 닫힐 정도로 푸짐하게 넣고 있지요. 바로 전날 저녁에 찬장을 뒤지다가 여름이 끝나갈 무렵 농산물 시장에서 사다 둔, 종이봉투에 담긴 새빨간 팥을 발견했어요. 봉투 겉면에 판매자가 연필로 **수프에 넣으면 좋은 스칼렛 러너**°라고 써놓은 걸 보고, 물에 담가 냉장고에서 밤새 불린 참이었어요. 이제 그걸 꺼내 물을 따라내고 한 차례 헹군 다음 채소 스톡, 토마토와 함께 냄비에 붓고 바르르 끓인 뒤 불을 줄여 보글보글 끓였어요. 그렇게 맛과 향이 한데 섞이게 내버려두고, 재빨리 옥수수빵 반죽을 만들어 주철 팬에 붓고는 오븐에 구웠어요.

현관문 따는 소리와 또 한 개의 우산이 우산꽂이에 달그랑 꽂히는 소리가 들렸어요. 콩콩 발을 터는 소리, 바스락대며 우비를 벗어 거는 소리와 함께 "냄새 좋은데"라는 한마디가 들려왔죠. 나는 짝꿍에게 입맞춤을 받으려고 만면에 환한 웃음을 지으며 현관으로 달려갔어요. 아까의 그 불꽃이 내 안에서 반짝 되살아났고, 현관 앞 복도의 싸늘한 공기 속에서 짝꿍의 차가운 코가 내 목덜미를 파고드는데도 몸속은 따스하고 발그레해지는 것 같았어요. "저녁 금방 될 거야." 내가 말했어요. "한잔할래?"

• 팥의 품종 중 하나.

"같은 걸로 마실게." 나는 부엌으로 돌아가 수프를 젓고 녹색 채소를 조금 추가한 다음 가스불을 껐어요. 먹기 직전에 짜 넣으려고 레몬도 두어 개 잘랐고요. 어떤 수프든 먹기 직전 레몬즙을 짜 넣으면 열 배 맛있어진다는 게 나의 지론이에요. 빵이 얼마나 익었나 슬쩍 들여다보는데 오븐에서 김과 함께 군침 도는 냄새가 새어 나왔어요. 십오 분쯤 더 굽고 수프랑 같이 담아내면 되겠네 싶었죠. 거실 티비에서 옛날 영화 소리가 들려왔어요. 내 짝꿍이 소파에 누워 기지개를 켜는 소리도요. 나는 술을 한 잔 따라 거실로 가져가 커피 테이블에 내려놨어요. 내 걸 한 잔 더 따라서 돌아오는데 작게 코고는 소리가 들리더군요. 소파 팔걸이에 걸터앉아 잔을 입으로 가져가면서, 이렇게 캄캄하고 비 퍼붓는 밤에 집에서 짝꿍과 긴장을 풀고 조용히 있으니 참 좋구나 싶었어요.

좋은 꿈 꿔요.

집에서 만드는 아이리시크림 코디얼

· · · · ·

—— 1리터 분량 ——

휴일에 즐기기 딱 좋은 간단한 조제 음료예요. 추수감사절이 닥치기 전에 한 주전자 만들어뒀다가 겨우내 친구들이 놀러올 때마다 한 잔씩 대접하곤 해요. 하지만 꼭 특별한 날이 아니어도 아무때나 즐기기 좋은 음료랍니다. 만들어서 친구나 이웃에게 선물로 돌려도 되고, 크리스마스 브런치에 내놓아도 좋아요.

전유全乳 코코넛밀크 한 캔(400밀리리터)

무첨가 메이플시럽 2큰술, 기호에 따라 추가

코코아 분말 1큰술

무첨가 바닐라 추출액 1작은술

에스프레소 2샷, 또는 진한 커피 ¼컵

아이리시위스키 1컵(제임슨 아이리시위스키 정도면 무난함)

코코넛밀크와 메이플시럽, 코코아 분말, 바닐라 추출액 그리고 에스프레소까지 전부 블렌더에 넣습니다. 이 혼합물이 곱게 잘 섞이고 거품이 일 때까지, 강도를 '강'에 맞춰놓고 최소 일 분간 돌립니다.

여기에 위스키를 더합니다. 잘 섞이도록 '강'으로 블렌더를 돌립니다. 맛을 보고 더 단 맛을 원한다면 메이플시럽을 추가합니다.

얼음을 넣어 마셔도 좋고, 뜨거운 커피에 한두 샷 추가해 즐겨도 좋습니다. 코디얼은 밀폐용기에 넣어 냉장고에서 한 달까지 보관 가능해요. 내용물이 분리되어 층이 생겼다면 세게 흔들거나 다시 블렌더에 넣고 돌린 다음 따라 마시면 됩니다.

반려견과 밤 산책

톡톡톡 반려견의 가벼운 발소리가 들리더니 녀석이 침대 옆에 와 섰어요.

이제 내 귀는 늘 녀석에게 주파수가 맞춰져 있답니다. 녀석이 밤중에 한숨을 폭 내쉬거나 뒤척이면 내 귀가 귀신같이 알아차려요. 녀석이 일어나서 내 옆에 와 섰을 때도 금세 알아챘지요. 나의 반려견은 어르신이에요. 주둥이가 희끗희끗하고 걸음은 느릿느릿 조심스러워요. 요새 우리의 산책은 예전보다 많이 짧아졌지만, 오늘 낮에는 인도를 따라 전력 질주를 하는 다람쥐를 발견하고는 갑자기 노쇠한 다리에 어릴 때의 힘이 솟았나봐요. 다람쥐를 추격하느라 나도 홱 끌려 갔죠. 다행히 사냥은 안 했지만 간만에 추격전을 벌여 신이 난 모양이었어요. 다람쥐가 나무줄기를 쪼르르 타고 올라가 자신이 잽싸다

301

는 걸 잘 아는 작은 짐승 특유의 언어로 조잘대면서 약을 올리자 녀석은 다람쥐를 향해 격하게 왕왕 짖어댔어요. 나는 녀석의 머리를 쓰다듬으면서 달래줬어요. 아이고, 잘했다. 이제 공원 갈까?

이제 나는 아까 낮에 그랬던 것처럼 녀석의 머리에 살며시 손을 얹은 다음, 몸을 굴려 침대 아래로 발을 내렸어요. 너무 졸리지만 녀석이 뭘 원하는지 아니까요. 우리집 개는 나이가 들면서 한밤중에도 배변 산책을 요구할 때가 많아졌어요. 하나도 귀찮지 않아요. 가운을 걸치고 슬리퍼에 발을 꿰고서 녀석이랑 나란히 계단을 내려와 뒷마당으로 나갔어요. 평소에는 녀석만 잠깐 내보냈다 얼른 들여보내지만, 문을 열고 공기를 들이마신 순간 밤 내음에 서린 묘한 기운이 나까지 밖으로 불러냈어요. 새카맣고 깊은 밤이었어요. 새벽 세시쯤 됐을까. 지난 몇 주간 날씨가 마음을 못 정한 듯 가을과 겨울을 왔다갔다했었죠. 차가운 공기에 눈이 번쩍 뜨였고, 고개를 들자 무수한 별들, 그리고 반달보다는 살짝 통통한 달이 훤히 비추는 청명한 하늘이 눈에 들어왔어요. 차오르는 달이구나.

개가 내 곁으로 돌아온 후 우리는 거기 가만히 서서 귀를 기울였어요. 여름밤에는 날벌레가 찌르륵찌르륵 울고 개구리가 개골개골하고, 또 어디서 나는지 모를 파동이 공기를 웅웅 진동시키지요. 어쩌면 쑥쑥 자라는 풀들의 생산력이 발하는 기운일 수도 있고 아니면 태양빛을 한껏 받은 한낮의 생동감이 남긴 여운일 수도 있지만, 뭐가 됐든 참 요란스러워요. 그런데 겨울이 가까워올 무렵 한밤중에만 들을 수 있는 소리도 있어요. 바로, 정신이 번쩍 들 정도의 적막이에요. 지나가는 차도 없고, 근처에서 부스럭대는 짐승도 없고, 저 높이 텅 빈 나뭇가지 사이에 이는 지극히 가벼운 바람소리만 희미하게 들려올 뿐이에요. 땅이 잠자고, 땅의 생물들도 덩달아 새 계절에 대비하느라 굴속에서 몸을 웅크리는 밤. 구근들도 뿌리덮개와 땅속 깊은 곳에서 돌아올 봄에 틔워낼 진분홍색, 보라색, 노란색을 꿈꾸며 잠들어 있었어요.

우리는 조금 더 그렇게 서 있었어요. 찬 공기가 손가락을 깨물고 목뒤를 만져도 내버려두면서요. 이내 다시 따끈한 이불 속으로 들어갈 테니까요. 몇 차례 크게 숨을 들이마시니 바삭한 나뭇잎의 알싸한 냄새에 가려 있던 깨끗하고 정갈한 기운이 감지됐어요. 눈(雪)의 기운이었을지도 모르겠네요. 내일이면 저 청명한 하늘이 구름으로 희뿌예질지 모르겠어요. 우리가 또 한밤중에 일어난다면, 아마 일어나겠지만, 올해 첫눈을 맞으며 서 있을 수도 있겠구나 싶었어요.

나는 몸을 굽혀 다정한 내 노견의 정수리에 가만히 입을 맞췄고, 우리는 다시 집안으로 들어왔어요. 녀석은 걸음을 멈추고 찹찹 물을 마셨고, 나도 물을 한 잔 마신 뒤 둘이서 천천히 위층 침실로 올라갔어요. 녀석은 커다랗고 폭신한 쿠션 위를 몇 번 뱅글뱅글 맴돌더니 마침내 자리를 잡았죠. 나는 녀석에게 담요를 덮어주고 등을 둘러가며 꼭꼭 여며줬어요. 녀석은 몇 초면 잠들 테지요. 우리 모두 개한테 배워야 해요. 개들은 말똥말똥 깨어 있다가 순식간에 깊이 잠들 수 있고 그 반대도 가능하잖아요.

나는 가운과 슬리퍼를 벗고 침대 위 묵직한 퀼트 이불을 젖혔어요.

몸을 눕힌 뒤 이불을 덮었죠. 찬 기운이 조금씩 몸에서 물러갔고 이윽고 발가락 끝까지 따뜻해졌어요. 바뀌는 계절과 밖의 고요한 바람을 떠올렸어요. 내 노견이 나를 데리고 나가줘서 정말 고마웠어요. 이런 게 바로 친구들이 주는 선물이죠. 혼자서는 여간해선 가지 않을 곳으로 우리를 데려가주고 가지 않았으면 놓쳤을 것들을 보여주는 것.

천천히 심호흡을 하면서 모로 눕고 이불을 당겨 어깨까지 덮었어요. 어느새 나는 스르륵 잠에 빠져들고 있었어요. 잠들면서 오늘 하루의 조각들을 꿈속으로 가져가겠죠. 높은 나뭇가지에서 꼬리를 팔락거리던 다람쥐. 갑자기 뜀박질을 시작한 나의 노견이 목줄을 잡아끌던 느낌. 차오르는 달과 잠든 땅. 눈이 올 것 같은 기운.

그래요, 아마 나는 내일 밤에도 깰 테고 그후로도 수많은 밤에 깨겠지만 그럴 수 있어서 행복해요.

좋은 꿈 꿔요.

이런 게 바로 친구들이 주는 선물이죠.

혼자서는 여간해선 가지 않을 곳으로

우리를 데려가주고 가지 않았으면

놓쳤을 것들을 보여주는 것.

추수감사절
다음날

　그 왜, 추수감사절 다음날 세일을 노려 새벽 네시부터 줄을 서고 지쳐 쓰러질 때까지 쇼핑하는 사람들도 있잖아요. 나는 그런 광란의 쇼핑에 합류하고픈 충동을 느낀 적이 한 번도 없어요.

　오히려 추수감사절 다음날이야말로 늦게까지 이불 속에서 뒹굴거리면서 느긋하게 커피를 마시고 아침으로 무슨 파이를 먹을까 고민하기에 딱 좋은 날이라고 생각해요. 그래서 그렇게 하고 있었죠. 나머지 식구들이 모두 늦잠을 자는 동안 푹신한 베개에 파묻히듯 기대앉아 어깨에 이불을 두르고 두 잔째 커피를 마셨지요. 펼친 책에는 반만 신경을 쏟고, 어젯밤 저녁식사를 떠올리면서 슬그머니 미소를 지었죠.

　우리집 추수감사절 전통은 진짜 가족들, 그리고 너무 오랫동안 친하게 지내서 가족이나 다름없는 친구들이 다 함께 모여 와자지껄 재미나게 보내는 거예요. 추수감사절 당일 이른 오후에 시작하는데, 그때쯤이면 슬슬 차들이 진입로에 들어오고 현관 벨이 울리기 시작해요. 용기에 정성껏 담아 온 캐서롤이 이 손에서 저 손으로 건네지고, 잔에 술이 콸콸 차오르고, 어느새 견과류나 올리브, 피클 따위를 담은 접시 주위로 삼삼오오 둥글게 모여들지요. 모두가 냄비를 젓거나 간을 보거나 식탁을 차리면서 준비를 거들다가 드디어 착석하면 잔을 들고 서로에게, 지나간 한 해에, 그리고 한 해 동안 우리에게 주어진 것들에 감사하며 건배해요. 곧이어 요리가 나오고, 접시가 이리저리 옮겨지고, 호탕한 웃음이 터지고, 서로 잔을 채워주고, 더이상은 못 먹겠다는 우는소리가 이어져요. 못 먹겠다면서 조금 더 먹죠. 다 먹고 난 뒤에는 항상 소강상태가 와요. 몇몇은 일어나서 기지개를 켜고 아예 한숨 자기도 해요. 어린아이들은 들썩들썩한 기운을 발산하려고 옷을 껴입고 밖에 나가 공을 차요. 또 몇몇은 뒷정리를 하고 남은 음식을 용기에 담은 다음 파이에 곁들일 커피를 위해 물을 얹으면서 수다를 떠는 정도로 만족하지요.

이야기를 하다보니 다시 생각났네요. 오늘 아침으로 무슨 파이 먹을까? 어제 여러 명이 순식간에 치워서 고맙게도 깨끗해진 부엌으로 내려가 어떤 파이가 있나 훑어봤어요. 호박파이. 사과파이. 피칸파이. 이거 정말 어렵군. 이럴 땐 보통 이것저것 한 입씩 먹곤 하지만 오늘은 호박파이가 답이라는 걸 이미 마음속 깊이 알고 있었어요.

파이를 큼지막하게 한 조각 잘라내고, 포트에서 커피도 한 잔 더 따랐어요. 올해에는 새로운 걸 시도해봤는데 뭐냐면, 차갑게 식힌 코코넛밀크를 휘핑해 부드럽고 달콤한 토핑을 만드는 거예요. 그걸 파이에 한 숟갈 얹고 커피에도 한 숟갈 얹었죠. 그걸 먹고 마시면서 양말 신은 발로 집안 여기저기를 어슬렁대고 창밖을 내다봤어요. 아직 눈은 안 왔지만 나뭇잎마다 버석하고 단단한 서리가 붙어 있었고, 햇살 받은 바깥 공기가 제법 싸늘해 보였어요. 얼굴은 까만데 부리는 빨간, 새빨간 털옷을 입은 북부홍관조가 새 모이통에 앉아 있는 모습이 눈에 들어왔어요. 그 옆 가지에는 은빛 감도는 회색 털옷을 입었는데 양 옆구리와 아랫배 일부만 복숭아색인 박새가 앉아 있었고요. 새들은 우리가 달아놓은 모이통에서 든든히 배를 채웠지만 덤불과 나무를 쪼면서 남은 베리를 찾아내 먹기도 했어요.

그 모습을 보자 냉장고에 씻어놓은 크랜베리 한 그릇이 생각났어요. 어제 이걸로 뭘 만들어 내놓을까 고민하다가 까맣게 잊었지 뭐예요. 나는 혀를 쯧 찼어요. 어차피 크랜베리는 아무도 안 먹으니까. 대신 크리스마스트리 장식용으로 팝콘이랑 같이 끈에 꿰면 되겠네. 그게 좋겠다.

포근한 잠옷과 양말을 세트로 입고 오래된 초록색 카디건을 걸친 뒤 단추를 채우고는 바늘과 실을 찾으러 벽장으로 갔어요. 이 반짇고리는 원래 내 것이 아니었어요. 손재주가 예사롭지 않았던 재봉사 이모한테 바느질 도구 일체가 든 낡은 케이스를 통째로 물려받았죠. 이모는 시력이 떨어져 일을 접게 됐을 때 나한테 도구를 물려주면서 내가 재봉 취미도 물려받기를 바라셨어요. 결국 그러진 못했지만, 이모가 준 케이스는 무척 아낀답니다. 그 케이스를 테이블에 꺼내놓고 이모의 재봉 도구를 하나씩 살펴봤어요. 질 좋은 기다란 은제 가위(어렸을 때 빌려 쓰려고 하면 바느질 이외의 용도로는 절대 써선 안 된다고 당부하셨지요)가 있었어요. 그리고 본체는 토마토 모양인데 작은 딸기 모양 방울이 달린 다 해진 빨간색 핀 쿠션이 있었고요. 이모가 쓰던 바늘과 핀이 꽂힌 채로요. 단추만 가득 든 유리로 된 잼 병도 나왔어요. 나는 손바닥에 단추를 몇 개 쏟아놓고 하나씩 만져보면서 어떤 드레스, 어떤 정장 재킷, 어떤 화려한 하이힐에 달려 있던 단추일까 상상해봤어요. 그러다가 곧 튼튼한 실과 바늘 꽂힌 핀 쿠션만 놔두고 나머지는 다 정리해서 도로 집어넣었어요.

크랜베리 그릇을 꺼내고 찬장에서 팝콘 튀김용 팬을 꺼냈어요. 팬에 식용유를 두르고 옥수수알을 딱 세 개만 넣은 뒤 레인지 불에 올렸죠.

(잠깐, 여기서 팝콘 잘 튀기는 비결을 알려드릴게요. 이 옥수수알 세 개가 튀어오를 때까지 기다려요. 세 개가 다 튀어오르면 나머지를 넣어요. 그러면 안 태우고 골고루 잘 튀길 수 있어요. 무슨 원리인지는 모르겠는데, 아무튼 그래요.)

갓 튀긴 팝콘과 뜨거운 커피 냄새가 진동하면 곧 누군가 나타나곤 한답니다. 그러면 더 좋죠. 나는 커다란 그릇에 팝콘을 붓고 소금을 쳤어요. 그런 다음 길게 끊어낸 검은색 실과 바늘, 팝콘과 크랜베리, 그리고 다 꿴 장식 끈을 담을 빈 그릇 하나를 가지고 소파로 가 앉았어요. 한 알 먹고 한 알 꿰고 하면서 작업을 했죠. 이윽고 계단을 내

려오는 슬리퍼 소리와 부엌에서 커피를 쪼르륵 따르는 소리가 들려오더군요.

커피잔 가장자리 위로 빼꼼 나온 눈이 크랜베리와 팝콘을 꿰는 나를 가만히 지켜봤어요. "음악은 왜 안 틀었어? 벽난로 불도 피워야지."

둘이서 오늘 온종일 이렇게 느긋하게 보낼 생각에 살며시 미소가 나왔어요.

"틀어줘." 내가 말했어요.

좋은 꿈 꿔요.

도시의 북적임

내가 사는 작은 아파트의 성에 낀 창으로 시내의 도로들은 물론이고 이어진 공원까지 한눈에 내다보였어요. 공원의 거대한 크리스마스트리에 조명을 다는 작업이 한창이었죠.

트리는 오늘 아침 짐칸이 긴 평상형 트럭에 실려 공원에 들어왔는데, 그때부터 두꺼운 코트를 입은 사람들이 그 주위에 모여 부지런히 작업하고 있었어요. 한참 동안 책임자로 보이는 사람들이 뭐라 뭐라 소리치고 다급하게 팔을 휘두른 끝에 지금 공원 한복판에 키가 훌쩍 큰 그 트리가 꼿꼿이 서 있게 된 거예요. 몇 시간 후면 올겨울 처음으로 트리에 불을 밝힐 거예요.

창가에서 물러나 방금 장식을 끝낸 나의 아늑한 아파트를 둘러봤어요. 창문을 빙 두른 색색의 꼬마전구가 오래된 아파트의 벽돌 벽과 대들보까지 길게 걸쳐져 있었어요. 조명 몇 개와 직접 잘라 만든 종이 장식 몇 개만 달아놓은 나의 꼬마 트리도 창문 옆 테이블에서 즐거운 듯 깜빡거렸고요. 맞은편 아파트에 사는 모녀에게 잘 보이리란 걸 알아서 더 기분이 좋았어요. 우리집에서도 그 집의 커다란 메노라 촛대가 다 보이거든요. 며칠 전 저녁에 그 아홉 개의 초 중 첫번째에 불을 붙여달라고 초대받아서 그 집에 다녀오기도 했어요. 우리는 그날 게임을 하고 푸짐한 식사를 함께했고, 몇 주 내로 같이 스케이트를 타러 가기로 약속도 했어요.

나는 한 모금 남은 시나몬 커피를 마저 마시고 컵을 싱크대에 갖다놨어요. 이따 친구들과 만나 트리 점등식에 같이 가기로 했는데 그전에 살 것이 몇 가지 있었어요. 부츠를 신고 외투와 목도리를 단단히 여미고 또 기적적으로 아직 잃어버리지 않은 장갑도 찾아내 끼고는 아파트를 나섰지요. 시내 한복판의 오래된 벽돌 건물 삼층에서 지층으로 내려와 거리로 나갔어요. 오후의 공기는 제법 차가웠어요. 그 공기를 한가득 들이마셨죠. 눈의 차갑고 깨끗한 냄새와 오늘밤 불 켜질 트리의 신선한 솔잎 향이 배어 있었어요.

우리 아파트 건물 일층에는 작은 서점이 하나 있는데, 내가 적어도 일주일에 한 번은 들르는 곳이에요. 오늘은 저녁 늦게까지 열려 있기에 창을 슬쩍 들여다보니 손님 몇 명이 책을 고르거나 읽고 있더군요. 이 서점의 전면창 바로 안쪽에는 콕 처박혀서 책 읽기 좋은 자리가 있어요. 널따란 나무 벤치가 있고 그 위에 둥근 호두나무 차양이 드리워 있지요. 거기에 십대 후반쯤 돼 보이는 남자애가 앉아 있었는데 우주선과 화성 탐사 임무에 관한 책에 푹 빠져 있더라고요. 계산대 뒤편의 서점 주인과 눈이 마주쳐서 우리는 서로에게 손을 흔들었고 나는 곧 걸음을 옮겼어요.

거리는 쇼핑객들과 진열창을 구경하는 이들, 길모퉁이에서 우연히 친구를 만나 인사를 나누는 사람들로 몹시 북적였어요. 다음 블록에 내가 제일 좋아하는 가게가 있어요. 예쁜 문구류와 장난스러운 인사말이 인쇄된 카드, 취향을 종잡을 수 없는 음반 컬렉션, 향 좋은 비누, 화초, 직접 뜬 목도리 따위를 파는 곳이에요. 모르긴 몰라도 주인장이 마음에 드는 물건을 마구잡이로 들여온 뒤 무계획적으로 진열하는 것 같아요. 때로는 무계획이 최고의 계획이지요. 지구 반대편에 사는 친구에게 보낼 카드를 사려고 그 상점에 들렀어요. 명절 카드는 잘 안 보내는 편이지만 이 친구에게만은 보내고 싶었거든요. 어느 날 우편함을 열었는데 내 필체로 쓰인 편지 봉투를 발견하고는 고향에 온 기분을 느낄 친구의 표정이 아른거렸어요. 진열된 카드를 넘겨보다가 우리집 창문 앞 작은 크리스마스트리를 연상케 하는 복고풍 일러스트가 인쇄된 카드를 발견했어요. 계산을 한 뒤 카드를 가방에 넣고 다시 밖으로 나왔어요. 친구들을 만나러 가는 길에 그렇게 상점을 몇 군데 더 들렀어요. 언니에게 보낼 귀고리와 친구에게 선물할 토종 조류 백과사전을 샀고, 맞은편 집 소녀에게 선물할 지그소 퍼즐도 충동구매했어요. 어느새 공원에서 틀어놓은 음악소리가 들려왔고, 날은 더 어두워지고 있었어요. 나는 북적대는 인파를 뚫고 시내 중심가로 걸음을 재촉했죠.

공원 맞은편 커피숍 문 앞에 옹기종기 모여 있는 친구들이 보였어요. 크게 소리쳐 불렀죠. 우리의 연례행사예요. 그냥 저녁식사를 할 때도 있고 밤새 술집에서 떠들기도 하는데, 뭘 하든 무조건 다 같이 트리 점등식을 보고 연말 인사를 나누곤 해요. 인원이 제법 많은 우리는 공원 가장자리 히터 주위에 배치된 의자와 벤치 여럿을 차지했어요. 우리 중 한 명이 철저한 준비 정신으로 뜨거운 코코아를 담은 보온병과 종이컵을 준비해 왔지 뭐예요. 우리는 코코아를 한 잔씩 돌리고 몇 명을 가판대로 보내 팝콘이랑 원뿔형 종이컵에 담아주는 설탕에 조린 견과를 사 오게 했어요.

주위를 둘러보니 광장이 사람들로 점점 꽉 차고 있었어요. 친구끼리 온 무리, 근처 상점주들, 매일 길에서 마주치는 사람들, 트리가 잘 보이도록 아이들을 목말 태우고 가족 단위로 마실 나온 동네 주민들. 이제 시간이 다 됐어요. 악단의 연주 소리가 조금 더 커지자 군중의 이목이 광장 중앙으로 쏠렸어요. 멀리서 누군가가 낡은 마이크에 대고 하는 인사말이 잡음 심한 스피커를 통해 우리에게 전달됐어요. 익숙한 이야기죠. 올해도 크리스마스가 왔습니다. 캄캄한 밤에도 한 줄기 빛은 있는 법이지요. 이 시간을 함께하러 오신 여러분, 반갑습니다.

드럼이 드르르 울리고 기대에 찬 아이들이 손뼉을 치고 발을 굴러 댔어요. 그러다가 한순간 도시 전체가 고요해지더니 다음 순간 불이 짠 켜졌어요. 찬란하게 조명을 밝힌 크리스마스트리가 공원에 높다랗게 우뚝 서 있었어요. 모두들 박수를 치고 휘파람을 불며 흐뭇해했죠.

금방 헤어질 시간이 되었어요. 서로 손을 꼭 잡아주고 포옹했고, 차가워진 뺨을 맞대며 "메리 크리스마스" "조심히 가" "잘 자" 하고 인사를 나눴어요. 거리 곳곳에 꼬마전구 줄이 늘어져 있었고, 나는 상점의 진열창들을 들여다보고 길거리 매점의 군침 도는 냄새를 맡고 차가운 공기를 들이마시며 평소보다 천천히 집으로 돌아갔어요.

참 좋구나, 하는 생각이 들었죠. 북적대는 시내에 나가고, 친구들과 12월의 어느 하루 저녁 늦게 만나 시끌벅적한 시간을 보내는 것이 즐거웠어요. 하지만 나의 작은 아파트에서 맛보는 조용한 고독도 좋았어요. 그 고요함, 내가 손수 준비한 단출한 크리스마스 장식, 수증기를 치익 내뿜는 낡은 라디에이터까지 전부요. 보니까 서점은 이제 문을 닫았더군요. 길거리도 점차 조용해져갔고요. 아파트 건물로 막 들어서려는데 소리 없이 눈송이가 떨어지기 시작했어요. 장갑 낀 손으로 받아봤어요. 가로등에 비친, 일정한 모양을 그리며 떨어지는 도톰한 눈송이들을 보며 미소 지었어요.

빨리 저 위 우리집 내가 제일 좋아하는 이층 창가에서 안락의자에 몸을 말고 담요를 두른 채 앉아 바깥을 내다보고 싶었어요. 열쇠로 찰칵 문을 열고 밤에 작별을 고하며 안으로 들어갔어요.

좋은 꿈 꿔요.

올해도 크리스마스가 왔습니다.

캄캄한 밤에도 한줄기 빛은 있는 법이지요.

이 시간을 함께하러 오신 여러분,

반갑습니다.

누구나 쉽게 만들 수 있는 종이 장식

. . . . .

벌써 몇 년째 만들고 있는 간단한 종이 장식이에요. 여러 색상의 빳빳한 명함용 종이로 큼지막하게 만들 때도 있고, 별의별 색이 다 있는 종이접기용 색종이로 만들기도 해요. 어린아이들과 함께 만들기에 최고예요. 단순하고 금방 배울 수 있거든요. 만든 장식을 크리스마스트리 가지에 얹어놔도 되고, 벽난로 위에 늘어놓은 화분에 걸어도 되고, 아니면 끈을 묶어 창틀에 달아놔도 좋습니다.

가로세로 15센티미터의 색종이 12장,
　여러 가지 색상으로
연필
잘 드는 가위
매다는 데 쓸 실이나 치실 한 토리
풀, 반짝이

색종이를 반으로 접어요. 거기에 위의 그림과 같은 모양을 연필로 그려요. 몇 개 그리다보면 다른 모양도 그리고 싶어질 거예요. 하단을 더 크게 또는 작게, 아니면 네모 모양으로 변형해도 돼요. 잘못된 방법은 없으니까 마음 가는 대로 그려보세요.

그림의 윤곽을 따라 오려내요. 완성본에 연필 선이 안 보이게 하려면 선 안쪽으로 자르면 돼요. 아니면 나중에 지우개로 지워도 되고요. 이제 가운데의 선 세 개를 오려내요. 가장자리까지 잘라버리지 않도록 조심하세요. 너무 많이 자르면 조각날 수 있으니까요. 2, 3센티미터 자르면 충분해요. 장식을 걸고 싶으면 상부에 작은 마름모꼴 모양의 구멍을 잘라내요.

이제 장식을 펼쳐봐요. 가운데 길게 오려낸 부분이 볼륨을 살려줄 거예요. 나란히 잘라낸 긴 구멍으로 생긴 첫번째 줄을 뒤로 살짝 밀어낸 다음 원래의 주름을 따라 꼭꼭 접어줘요. 두번째 줄은 앞으로 빼내고 주름 부분을 다시 접어줘요. 마지막 남은 부분은 다시 뒤로 밀고 한번 더 주름을 따라 꼭꼭 접어줘요.

일정 길이로 끊어낸 실이나 치실을 맨 위 마름모 구멍에 꿰어 장식을 걸어도 좋고, 그냥 원하는 데 얹어둬도 돼요. 장식의 가장자리를 따라 풀칠을 하고 반짝이를 뿌려도 예쁘답니다.

올해의 크리스마스트리
입양하기

우리집에서 몇 블록 가면 길모퉁이에 작은 비스트로 식당이 있어요. 길고 좁은 매장에는 깊숙한 부스 좌석들이 있고 조명은 은은하며 한쪽 벽을 따라 길게 바 테이블이 놓인 곳이지요. 길 쪽으로 난 커다란 창문의 창틀에 깜빡이는 꼬마전구를 달아놨고 테이블마다 유리병에 띄운 초를 한두 개씩 켜놓았더라고요. 크리스마스트리를 사러 나온 우리는 우선 거기에서 뭘 좀 먹고 마시기로 했어요. 운좋게 마지막 하나 남은 아늑한 구석 자리를 맡아서, 좌석 등받이에 기대앉아 거리를 오가는 사람들과 지붕 위에 트리를 고정한 채 달리는 차들을 구경할 수 있었어요.

일주일이나 지났는데도 추수감사절 때 하도 배불리 먹어서 몸이 다소 무거웠던 우리는 가벼운 안주와 샴페인 두 잔을 시켰어요. 웨이

터가 커다란 쟁반에 담은 한입 거리 안주를 가져왔어요. 로즈메리와 잘게 간 오렌지 껍질을 뿌린 볶은 견과는 오븐에서 갓 꺼내 따끈따끈했어요. 여기에 속은 보드랍고 가장자리는 적당히 바삭한 빵 한 바구니, 진한 갈색의 발사믹식초를 섞고 허브를 살짝 뿌려 오목한 종지에 담아낸 올리브오일, 조그만 접시에 담긴 푹 삶은 아티초크와 버섯, 그리고 통통한 초록 올리브 약간, 이렇게 구성된 안주였어요. 웨이터는 샴페인 병을 내려놓고 그 옆에 새빨간 라즈베리를 담은 작은 접시를 놓았어요. 우리는 미소로 고마움을 표한 뒤 잔을 들어 서로에게 그리고 앞으로 보낼 즐거운 하루에 건배했어요. 샴페인 한 모금을 입에 머금고 입안에서 터지는 탄산을 느끼며 바깥 거리를 내다보는데 어느새 올해의 첫 눈송이가 하나둘 내리기 시작하는 거예요. **샴페인 거품만큼 눈송이랑 잘 어울리는 것도 없지**, 이런 생각이 들었어요.

우리는 느긋하게 먹고 마셨어요. 그러면서 계획을 세웠죠. 겨울이 가기 전 하고 싶은 일들에 대해서요. 스케이트 타기, 연말 파티 열기, 극장에서 상영중인 옛날 크리스마스 영화 보러 가기. 그러다가 잠시 말없이 앉아 눈으로는 눈송이를, 혀로는 음식을 즐겼어요. 말없이 같이 있어도 편한 사람이 있다는 것, 소소한 즐거움을 함께 누릴 사람이 내 삶에 있다는 것이 얼마나 큰 축복인지. 결코 당연한 일이 아님을 알고 있었어요. 마음속 깊이 감사하면서, 이 축복이 안겨준 푸근하고 흡족한 기분을 조금 더 음미했어요.

이윽고 우리는 계산을 한 다음 목도리를 칭칭 둘러 얼굴 절반을 가리고 장갑을 도로 끼고 모자도 다시 쓰고서 눈 내리는 거리로 나와 잠시 서 있었어요. 얼굴에 내려앉는 눈송이를 맞고 공기 중에 어린 겨울 특유의 상쾌하게 차가운 냄새를 맡으려고요. 그러다가 이내 차를 몰고 크리스마스트리 농장으로 갔지요.

내가 어릴 때 부모님은 감사하게도 매년 우리를 두꺼운 옷으로 꽁꽁 싸매준 뒤 농장에 데려가 직접 나무를 고르게 했어요. 건초 실은 짐마차를 얻어 타고 이동한 다음 눈 덮인 들판을 또 한참 걸어 농장에 도착하면 온 가족이 각자 어떤 나무가 잘 어울릴까 심각하게 고민했어요. 어른이 된 지금 부모님이 그날 하루 얼마나 힘들었을지 십분 이해해서 새삼스레 고맙고, 또 그때의 추억을 떠올릴 때마다 어린아이의 흥분이 여운처럼 감돌아서 슬며시 미소를 짓곤 해요.

몇 년 전 우리는 파릇파릇한 나무만 골라 갖다놓는 농장과, 유리 장식이나 뜨거운 사과주를 파는 오래된 농가 안의 작은 상점을 발견했어요. 상점 안에는 벽난로 불이 타닥타닥 타오르고 있었는데 그 옆에 있으면 나무를 직접 고르는 재미를 포기하고 싶을 정도로 아늑한 기분이 들었죠.

우리는 눈 쌓인 주차장으로 들어가 저마다 다른 집으로 입양될, 일렬로 비스듬히 세워놓은 나무들 앞에 차를 댔어요. 나이를 먹어도 여전히 흥겹고 신나는 일이 있는 법이죠. 크리스마스트리 입양도 그중 하나예요. "빨리 와, 자기야." 내가 장갑 낀 손으로 손뼉을 치며 말했어요. "우리집에 데려갈 나무를 찾아보자."

줄기차게 내리는 눈발을 뚫고 걸어가면서 어떤 나무가 좋을까 고민하기 시작했어요. 우리는 찰리 브라운 삽화에 나오는 것처럼 키가 홀쩍 크고 앙상하며 가지와 잎이 듬성듬성해서 장식을 걸 공간이 많은 나무를 좋아해요. 하지만 그런 나무는 흔치 않아요. 든든한 작업복을 껴입고 추위에 눈이 말똥말똥해진 직원이 눈에 띄었어요. 작년에 나무 고르는 걸 도와준 사람이었어요. 그가 우리에게 이리 오라고 손짓했어요. 마침 우리가 좋아할 만한 나무가 있다는 거예요. 우리를 기억해뒀다가 키 크고 앙상하고 야윈 나무를 발견했을 때 우리가 올해에도 오길 바라며 베어뒀다고요. 그런데 우리가 정말로 온 거예요. 나는 친절하게도 우리를 기억해줘서 고맙다고 인사를 한 뒤, 직원이 나무를 차 지붕에 싣고 튼튼한 갈색 노끈으로 동여매 고정하는 동안 따뜻한 음료를 두 잔 사러 농가로 갔어요.

사실 따뜻한 음료보다는 진열 상품을 구경하고 그 집 고양이를 쓰다듬는 데 더 관심이 있었죠. 따뜻한 실내에 들어가자 몸이 사르르 녹았어요. 그제야 몸이 꽁꽁 얼었단 걸 깨달았죠. 벽난로 앞에 잠시 서서 따끈따끈한 쇠살대를 향해 손을 뻗고 손가락을 쫙 폈어요. 실내는 여기저기 조명으로 장식되어 있었고, 선반 빈자리마다 놓아둔 솔가지에서 은은한 향이 풍겼어요. 나는 코코아와 애플사이다를 주문한 후, 밖에서 우리 차 지붕에 트리를 싣고 있는 친절한 직원을 가리키며 물었어요. "저분은 뭘 좋아하세요?"

"아, 저 양반은 커피 주면 좋아할 거예요." 계산대 뒤에 선 사장님이 알려줬어요.

"그럼 커피도 한 잔 주세요."

"어떻게 마시는지도 알아요, 블랙에 설탕 둘." 사장님은 눈을 찡긋

하며 덧붙였어요.

사장님이 돈을 받고 주문한 음료를 준비하는데 내 발치에서 작게 야옹 소리가 들렸어요. 내려다보니 이 집 얼룩무늬 고양이가 내 다리 사이에 제 몸을 감고 있지 뭐예요. 나는 쭈그려앉아 녀석의 머리를 쓰다듬으며 말을 걸었어요. 보드랍고 뱃살이 통통한 녀석은 내 손길에 살갑게 배를 내어주다가 곧 싫증이 났는지 놀아줄 다른 사람을 찾아 총총 가버렸어요. 나는 음료를 받아들고 밖으로 나가 하나씩 나눠준 뒤 직원에게 고마워요, 행복한 연휴 보내세요, 내년에 또 봐요, 하고 인사했고 우리는 다시 차를 타고 집으로 향했어요.

좋은 꿈 꿔요.

폭설에 갇힌 날

O

어제, 밤새 눈이 내리고 오늘도 종일 그치지 않을 거라는 기상예보가 있었어요.

눈이 진입로와 골목에, 들판과 교차로에 수북이 쌓일 테니 안전하게 집에 머무는 게 좋을 거라고요. 우리도 그러는 게 좋겠다고 생각했죠. 온 마을이, 온 나라가, 그러는 게 좋겠다고 했어요. 그렇게, 오늘 우리 모두가 집안에 갇힌 거예요.

한 겹의 장막에 모든 소리가 차단된 듯 고요한 이른 아침, 나는 침대에 누워 눈에 대해 생각했어요. 땅을 소복이 덮은 건 물론이고 벌거벗은 나뭇가지에도, 내 머리 위 지붕에도, 표면이란 표면에는 다 두터운 모포처럼 내려앉은 눈이요. 나는 꼼짝도 않고 이불 속에서 나른히 팔다리를 꼼지락거리면서, 폭설로 쉬는 날이 있어서 얼마나 좋은지, 특히 그것을 전날 밤에 미리 알아서 얼마나 좋은지 생각했어요. 꿈도 기억나지 않을 정도로 푹 자고 일어난 오늘, 새하얀 백지 상태로 하루를 시작할 수 있을 것 같은 기분이었어요. 침대 옆에서 얌전히 나를 기다리고 있는 슬리퍼에 발을 넣고, 길게 내려오는 두툼한 스웨터를 걸쳐 입고서 창가로 갔어요. 커튼을 천천히 열어젖히고는 눈으로 하얗게 뒤덮인 땅을 내다보는데 뱃속에 짜릿한 흥분이 느껴졌어요.

나는 눈이 많이 내리는 곳에서 자랐어요. 이런 풍경을 수천 번은 봤단 말이죠. 어릴 때부터 이와 똑같은 순간을, 함박눈이 펑펑 내리고 이튿날 아침에 잠옷 바람으로 차가운 창유리에 코를 대고 서 있는 순간을 수없이 경험했는데도 매번 새삼스레 경이감에 사로잡혀요. 희미하게 밝아오는 여명이 눈밭에 긴 그림자를 드리우고, 두둥실 내려오는 눈송이를 포착해 보여주는가 하면 오래된 우리 농가 주위의 언덕을 뒤덮은, 아직 아무도 건드리지 않은 깨끗한 눈밭까지 비춰줬어요. 나는 창문이 내뿜는 한기에 두 팔로 몸을 감싸고 가만히 서서 그저 내리는 눈을 구경하며 대자연이 선물한 자유로운 하루를 만끽했어요.

어릴 때 폭설이 내린 날은 나가서 썰매를 타고 신나게 놀다가 따뜻한 부엌으로 뛰어들어와 뜨거운 코코아를 마시고 도로 뛰어나가는 날이었어요. 그런데 어른이 되니 의무에서 놓여나는 날이 됐네요. 강제로라도 쉬어야 하는데다 그날만큼은 합리적인 사람이라면 아무도 평상시처럼 일하라고 닦달하지 않으니까요. 때로 너무 빠르게 돌아가는 분주한 세상에서 이런 휴식은 영약이 되지요.

어제 생필품을 사둔 덕에 지금 우리집 부엌에는 폭설에 갇힌 날의 필수품으로 가득했어요. 갓 볶은 커피 원두 500그램, 샌드위치나 토스트용 식빵 큰 것 한 봉지, 스콘과 머핀으로 가득 채운 빵 봉투, 그리고 겨울에 재배하는 오렌지와 자몽 한 자루가 있었죠. 냉장고에 신선한 주스 한 병과 녹색 채소도 충분히 갖춰놨고, 식품 저장실에는 수제 토마토 조림과 피클, 각종 콩류, 쌀 몇 포대, 그리고 크래커와 파스타도 몇 봉지 있었어요. 나는 부엌 창밖을 내다보며 펑펑 내리는 눈에게 말했어요. "계속 와봐라. 나는 몇 주도 버틸 수 있어."

일단 커피를 내리고, 머핀 귀퉁이를 조금 뜯어먹었어요. 그러다가 하려면 제대로 해야지, 하고 중얼거리며 찬장에서 와플기를 꺼냈죠. 이런 게 바로 폭설 온 날의 묘미 아니겠어요? 평소에 미처 할 시간이 없던 것들을 할 여유가 생기고, 안 할 이유도 없다는 거요. 나는 커피 한 잔을 따라놓은 다음 선반에서 재료들을 꺼내 그릇에 부어 섞고, 휘젓고, 와플기를 예열했어요. 그러고는 내가 제일 좋아하는 이 빠진 접시와 냅킨, 포크를 식탁에 정성껏 차렸지요.

문득 어릴 적 이모가 해주던 상차림이 떠올랐어요. 이모네 찬장에는 이모가 무척 아끼는 접시가 하나 있었는데, 다른 어느 식기와도 맞지 않는, 금색으로 옛날 문양을 그린 접시였어요. 우리가 시험을 잘 봤거나 생일을 맞았거나 아니면 너무 속상한 날을 보내서 보살핌과 사랑이 필요할 때, 이모는 그 사람 앞에 그 특별한 접시를 놓아주었지요. 그럼 식탁 앞에 앉을 때 좀더 등을 꼿꼿이 펴고 앉게 됐고 어깨로 이모의 따스한 손길도 느낄 수 있었죠. 그런 날은 저녁식사가 몇 배 맛났어요.

그 따뜻한 기억이 온몸에 지핀 온기에 위로받으며, 국자로 반죽을 떠서 뜨겁게 달궈진 와플기에 부었어요. 치이익 소리와 함께 달콤한 냄새가 공기 중에 퍼지자 나도 모르게 만면에 미소가 번졌어요. 팬케이크나 와플을 구울 때는 늘 '세번째의 법칙'이 적용된답니다. 첫번째 한 장은 설익고, 두번째 한 장은 타고, 세번째 장이 비로소 완벽하게 구워진다는 법칙이에요. 접시 한가득 와플이 쌓이자 나는 새로 따른 커피 한 잔과 따끈히 데운 메이플시럽 단지를 식탁에 함께 차린 뒤 눈 내리는 창밖 풍경을 구경하며 먹었어요. 오렌지도 하나 까서 커피를 몇 모금 마실 때마다 한 조각씩 천천히 먹었고요. 껍질은 따로 뒀어요. 나중에 시나몬 스틱과 바닐라, 정향 몇 개랑 같이 넣고 끓이는 향 단지simmer pot나 만들까 해서요. 그 달콤한 냄새가 집안 가득 퍼지고 바싹 마른 실내를 수증기가 촉촉이 적실 때까지 하루종일 팔팔 끓일 거에요. 나는 접시를 헹구고 부엌을 정리한 뒤 집안을 돌며 창문마다 내다봤어요.

어젯밤 장작을 들여와 화로의 쇠살대에 적당히 쌓아놨으니 벽난로를 땔 준비는 다 돼 있었어요. 긴 성냥을 그어 종이와 불쏘시개에 갖다대고 불이 옮겨붙어 타오르는 걸 지켜봤어요. 그런 다음 조금 큰 장작을 착착 쌓아 넣고, 얼굴과 손가락이 충분히 따뜻해질 때까지 난롯가에 쭈그리고 앉아 있었어요. 어느새 바람이 거세졌어요. 눈발이 작게 소용돌이치며 떠올랐다가 공중에서 다시 흩어지는 광경을 멍하니 구경했죠. 어쩌면 이따 두껍게 껴입고 들판과 숲을 씩씩하게 산책하고 돌아와 뜨거운 음료로 스스로에게 상을 줄지도 모르겠네요. 일단 지금은 아늑한 이 자리를 뜰 생각이 없어요. 영화 한 편을 배경음으로 틀어놓은 채 테이블에 지그소 퍼즐 조각을 늘어놓고 한동안 조각을 맞출지도 모르겠네요. 아니면 몇 시간이고 책을 읽거나 손가락이 쭈글쭈글해질 때까지 뜨거운 목욕물에 몸을 담그고 있을지도 모르고요. 하지만 일단 아침을 먹어서 배도 부르고 난롯불에 몸도 따뜻해졌겠다, 소파에 몸을 쭉 펴고 누워 긴 담요로 다리를 덮으니 그냥 눈 감고 장작이 타닥타닥 타들어가는 소리를 듣다가 스르륵 겨울날의 긴 낮잠에 빠져드는 게 제일 좋겠다는 생각이 들어요.

좋은 꿈 꿔요.

계절별 향 단지 만들기

. . . . .

향 단지를 만들면 실내 공기가 촉촉해지고 달콤한 향이 집안에 은근히 배는 추가적 효과도 있어요. 공기가 건조해지는 겨울에, 특히 벽난로에 불을 많이 땔 시기에 도움이 되더군요. 그렇지만 향 단지는 어느 계절에 만들어도 좋아요. 친구들이 놀러올 때 종종 만드는데, 어쩜 이렇게 향긋하냐고 다들 놀란답니다. 향초나 방안에 뿌리는 스프레이를 부담스러워하는 사람들에게도 향 단지는 마음 편히 즐길 수 있는 대체제이지요.

제일 먼저 커다란 솥이나 냄비에 물을 가득 붓고 화구에 얹어 약한 불로 천천히 끓여요. 보통은 절대로 냄비를 불에 얹어두고 눈을 떼면 안 되지만, 향 단지는 몇 시간이고 끓여도 바싹 졸지 않으니 염려하지 않아도 돼. 때때로 냄비를 들여다보고, 남은 물이 10센티미터 이하라면 그냥 물을 더 넣어주면 돼요. 그리고 계절에 따라 아래의 재료를 넣어요.

봄
말린 라벤더 꽃잎 한 줌
로즈메리 몇 줄기

레몬 추출액 2작은술

스타아니스 한 줌

여름

오렌지 큰 것 2개분 껍질

무첨가 바닐라 추출액 1작은술

카더몬 씨 1큰술

가을

시나몬 스틱 2개

솔방울 2개

빨간 사과 1개, 썰어서

호박파이 스파이스 1작은술

겨울

오렌지 1개, 썰어서 준비

작게 자른 솔가지 조각 3, 4개

갈지 않은 정향 12개

오늘밤은 극장에서

광고를 본 건 추수감사절 전이었어요.

시내의 대극장에서 하는 공연이었어요. 가볍게 보기 좋은 다소 엉뚱한 이야기로, 춤과 노래는 물론이고 라이브 오케스트라 연주까지 곁들인 공연이고 12월 내내 상연한댔어요. 우리는 각자 신문에서 그 광고를 보고는 서로에게 보여주려고 둘 다 그 지면을 찢어서 챙겨뒀지 뭐예요. 어느 날 저녁을 먹다가 서로 동시에 그 신문 광고를 불쑥 내밀었다가 웃음을 터뜨렸어요. 우리는 초대형 뮤지컬은 잘 안 가고 주로 친숙한 소극장에 오르는, 관객과의 거리가 가까운 소규모 공연을 좋아하는 편이지만 연말도 됐겠다, 웃으며 음악에 맞춰 발가락으로 바닥을 톡톡 두드리게 되는 신나는 공연이 보고 싶었어요. 내 경우 연말 연휴만 되면 어린애로 돌아간 기분이 들어서 그런 것 같아요.

어릴 때 우리 가족은 늘 크리스마스 한두 주 전에 대극장에서 하는 공연을 보러 가곤 했거든요. 그런 날이면 우리는 나름 신경써서 차려 입었어요. 반들반들 윤을 낸 구두를 신고, 제일 좋은 외투를 꺼내 입 고, 거기다 나는 아끼는 물건을 집어넣은 작은 핸드백까지 멨어요. 아 이들은 평범한 물건을 보물로 둔갑시키는 영특한 재주가 있잖아요. 나도 아마 학교에서 얻어 온 자질구레한 장신구, 호루라기나 바다 유 리, 몽당연필과 메모지, 엄마의 화장대 서랍에서 발견했을 법한 아주 조그만 향수병, 필요한 척 가지고 다니던 여분의 열쇠 뭉치 따위를 핸 드백에 챙겨넣었을 거예요. 부모님은 우리를 데리고 외식을 하러 나 갔는데, 예쁘게 입자마자 옷매무새를 흐트리지 말라고 몇 번이고 당 부를 했죠. 극장에 도착하면 나는 로비에서 고급 수트와 드레스 차림 을 한 사람들을 휘둥그런 눈으로 바라봤어요. 극장 자체도 대성당처 럼 웅장해 보였어요. 나는 붙박인 듯 서서 아치형 통로의 디테일과 천 장을 덮은 벽화, 푹신한 빨간색 양탄자와 황동 난간, 나선형으로 구 불구불 올라가 발코니로 이어지는 계단을 열심히 구경했죠.

아빠는 내 손을 아빠의 팔꿈치 안쪽에 얹고 나를 좌석으로 데려 갔어요. 나는 바닥에서 30센티미터는 떨어진 발을 허공에 붕붕 흔들 며, 손에는 프로그램북을 꼭 쥐고, 좀 있으면 라이브 공연을 본다는 기대감에 뱃속에서 요동치는 흥분을 애써 달랬죠. 조명이 어두워지 고 지휘자가 봉을 들어 오케스트라 연주를 시작하면 나는 눈을 최대 한 크게 뜨고 음절 하나, 발이 안 보일 만큼 빠른 셔플 볼 체인지 스텝 하나, 농담 한마디도 놓치지 않으려고 집중했어요. 밤이 끝나갈 무렵 우리는 어릴 때 흔히 경험하는 흥분 반 기진맥진 반의 상태가 되어 자동차 뒷좌석에 축 늘어진 채 집으로 실려갔죠. 집에 가는 길에 이웃들이 내건 크리스마스 조명을 구경하려고 일부러 동네를 한 바퀴 돌기도 했어요. 뒷좌석에서 차가운 차창에 뺨을 대고 흘러가는 조명을 얼굴에 받으며, 나만의 쇼에서 춤과 노래를 선보이는 상상을 꽃피웠던 그때가 생각나네요.

이런 추억을 회상하며 공연 티켓을 샀어요.

공연 당일, 제일 좋아하는 빨간 드레스를 입었어요. 여전히 나는 자질구레한 보물이 가득한 핸드백을 가지고 다니지만, 몽당연필과 메모지가 들어 있다는 점을 제외하고는 겉모양이 그때와 사뭇 달라요. 그리고 지금 핸드백에는 대담한 붉은색 립스틱과 동전 몇 개가 든 동전 지갑 그리고 우리의 첫 데이트 때 포춘쿠키에서 나온 쪽지가 고이 들어 있답니다. 귀 뒤에 향수를 살짝 묻히고 실크 스카프를 목에 둘렀어요. 얼마나 재미있는데요. 어렸을 때 어른의 눈으로 흉내내던 순간을 진짜 어른이 되어 재현하는 것 말이에요.

공연 시작 전 우리는 먼저 좋아하는 레스토랑에 갔어요. 크리스마스 연휴에 외식하러 나온 사람들로 몹시 북적였죠. 원래 나는 조용한 걸 좋아하지만 오늘밤만큼은 모두가 들뜨는 시간이라 휩쓸리지 않을 수 없었어요. 주변을 둘러보니 잔을 들어 축배를 올리는 사람들, 진심에서 우러난 미소와 반짝이는 눈망울들이 참 많이도 보여서, 연말 분위기를 즐기는 이들에게 둘러싸인 그 순간이 참 행복했어요. 우리도 서로를 위해 건배한 뒤 먹고 마셨어요. 둘이서 명절을 함께한

지 벌써 몇 년째인데도 아직 서로에 대해 모르는 부분들이 남아 있었어요. 미처 나누지 못한 옛 추억들을 하나둘 꺼내 서로에게 들려줬죠. 누군가와 삶을 함께하는 것, 그리고 벌써 수십 년을 함께했는데도 여전히 서로를 놀래줄 거리가 남아 있는 것은 참 멋진 일이라고 생각했어요.

극장에 가니 옛날식 매표창구가 있었고 거기에서 우리 표를 찾았어요. 창구 하단의 작은 구멍에서 황동색 트레이에 곱게 담긴 표가 쏙 나오는 순간이 늘 그렇게 좋더라고요. 표를 집어들면서 창구 안의 남자 직원에게 미소를 지었고 직원도 미소로 화답했어요.

로비는 내 기억 속 그곳과 똑같이 북적였어요. 짝꿍이 내 팔꿈치 안쪽에 제 손을 집어넣는 순간 나는 걸음을 잠시 멈추고 저만치에서 입을 벌린 채 휘둥그레진 눈으로 천장을 올려다보는 한 소년을 바라봤어요.

곧 우리는 군중을 따라 움직였어요. 약간 떠밀리기는 했지만 그 정도는 개의치 않았어요. 우리 자리를 찾아 흥분과 기대 섞인 마음으로 앉아 있는데 사람들이 계속 들어왔어요. 오케스트라석을 슬쩍 바라보니 우아한 검정색 정장을 입은 단원들이 비올라를 무릎에 올려놓고 준비하거나, 클라리넷 리드를 조정하고, 트롬본의 슬라이드를 슬쩍 움직여보고 있더군요. 지휘자는 신중하게 악보를 넘기며 박자와 기보로 이루어진 비밀 언어를 손으로 읽고 있었어요. 막이 오르기 전 마지막으로 한번 더 훑어보는 거지요.

분장실에서 분장을 최종 점검하고 있을 배우들을 떠올렸어요. 무대 뒤를 담당한 스태프들은 소도구와 큐 신호를 재차 확인하고 있겠죠. 우리가 다 함께 뭔가 굉장한 것을 만들어내고 감상하기 위해 하나가 된 느낌이에요. 조명이 어두워지기 시작했고 지휘자가 지휘봉을 들었어요. 관람석의 우리들은 한마음으로 무대에 눈과 귀를 집중했고요.

좋은 꿈 꿔요.

크리스마스이브

○

온몸을 훑는 흥분을 느끼며 잠에서 깼어요. 무슨 일이 일어날 것만 같았지요. 좋은 일이요.

나는 가만히 누워 베개에 얼굴을 묻고서 슬그머니 미소를 지었어요. 크리스마스이브였어요. 너무너무 좋아해서 일 년 내내 기다려온 하루. 어둠 속에서 천천히 몸을 일으켰어요. 아직 잠들어 있는 짝꿍의 깊고 나지막한 숨소리가 들려왔어요. 단잠을 방해하고 싶지 않아서 살그머니 침대에서 빠져나왔죠. 발치에 잠들어 있던 반려견이 갈색 눈 한쪽을 뜨고 나를 쳐다봤어요. 그 옆에 쭈그려앉아 귀에 대고 속삭였어요. "크리스마스이브야." 녀석은 내 말에 쫑긋 귀를 기울였고, 나는 녀석의 목덜미를 긁어준 다음 몸을 숙여 녀석의 넓고 보드라운 미간에 입을 맞췄어요. 내가 문 쪽으로 가자 녀석은 침대에서 풀쩍 뛰어내려 나를 따라 나왔어요. 우리는 침실 문을 닫고 아침 의식을 행하러 발끝으로 살금살금 움직였죠.

주전자 물이 끓는 동안 나는 뒷마당을 구석구석 살피며 조명이 주렁주렁 걸린 나무들 사이로 바삐 돌아다니는 개를 부엌 창 너머로 내다봤어요. 녀석의 머리 위 나뭇가지에서 새 몇 마리가 잠에서 깨어나 폴짝폴짝 다른 가지로 옮겨다녔어요. 나는 아직 간밤의 조명이 꺼지지 않은 집들을 보려고 현관문을 열었어요. 전구 달린 선이 지붕의 윤곽을 감싸고 창문을 에우고 또 나무의 줄기와 가지에 빙빙 감긴 모습을 바라봤어요. 주전자가 내지르는 소리에 얼른 들어가 컵에 물을 따르는데 반려견이 벌써 뒷문 바로 안쪽에 들어와서 기다리고 있더군요. 나는 가서 크리스마스트리 조명을 켜고 소파에 자리를 잡았어요. 그러자 녀석이 내 옆구리에 바짝 붙어 앉더니 내 무릎에 제 머리를 얹었어요. 나는 담요를 펼쳐 우리 둘을 덮었어요. 집안은 고요하고 어둑한 가운데 트리 조명만 은은히 빛났어요. 녀석의 북실북실한 등에 손을 얹은 채 뜨거운 차를 마셨어요.

오래전, 끌어안고 애정을 나누는 걸 좋아하지 않는 반려견을 키운 적이 있어요. 녀석은 늘 자기 침대로 곧장 가버리고 나와는 그저 한 방에 있는 정도로 만족했지만, 하루에 한 번쯤은 어슬렁어슬렁 다가와 따끈한 이마를 내 허벅지에 갖다대곤 했어요. 그러면 나는 녀석의 목덜미를 긁어줬고, 곧 녀석은 우리는 모르는 개들의 일과를 수행하러 가버렸어요. 옆구리에 이 녀석을 끼고 소파에 앉은 지금, 나는 세상의 모든 개들이 나눠주는 우정에 감사의 인사를 보냈어요. 나이가 들수록 살면서 가장 중요한 건 친구를 만드는 것, 그저 함께 시간을 보내는 것, 내 곁에 있어주는 이 곁에 나도 함께 있어주는 것, 그리고 관심을 기울이는 것이라는 심증이 점점 굳어지는 건 왜일까요.

오늘을 바로 그런 날로 만들 작정이었어요. 오붓한 파티를 열기로 했거든요. 음악을 틀어놓고 맛있는 음식을 먹고, 벽난로에 불도 피우고요. 오늘을 위해 피아노 덮개에 쌓인 먼지도 털어놨어요. 누구든 연주해줬으면 해서요. 가슴에 따뜻한 기운이 퍼졌어요. 우리에게 몹시 소중한, 듬직한 친구들이 올해도 변함없이 한자리에 모인다고 생각하니 그저 감사할 따름이었어요.

어제는 종일을 기꺼이 부엌에서 보냈어요. 앞치마에 밀가루와 슈거 파우더가 하얗게 내려앉았고, 조리대에는 구운 디저트가 한가득이었죠. 반죽을 꼬아 만든 반들반들한 황금색 빵, 아이싱을 한 겹 입히고 작은 은색 설탕 알갱이를 박은 별 모양 쿠키, 호두와 시나몬을 반죽에 넣어 굽고 겉에는 살구잼을 바른 페이스트리 쿠키 따위로 꽉 찼죠. 이따가 멍멍이 산타가 우리집 털 뭉치에게 선물해줄 수제 강아지 비스킷도 몇 개 구웠어요.

햇볕에 말린 토마토와 잣, 달달 볶은 양파를 채운 먹음직스러운 타르트 같은 핑거 푸드도 몇 쟁반 준비했어요. 오븐에 구워 겉잎이 진한 갈색으로 바삭하고 짭짤하게 익은 방울양배추, 소스에 찍어 먹는 찬요리, 포도 잎으로 감싼 양념된 밥도 내놓을 거예요. 온종일 부엌에 머무르면 진저리를 치는 사람도 있지만 나는 그저 즐겁답니다. 특히 매년 이맘때는 더욱요. 백 번도 넘게 본 제일 좋아하는 크리스마

스 흑백영화를 틀어놓고 요리를 하나씩 하나씩 완성했어요. 전부 끝내고 부엌을 원래대로 정돈한 다음, 한 걸음 물러나 만족스러운 한숨을 내뱉었죠. 친구들과 가족들 전부 배불리 먹이고 싶었어요. 사랑하는 사람들에게 포근한 안식처를 제공해주고 싶었어요. 다들 안전하고 편안하고 보살핌을 받는 기분이 들 테고, 그 모습을 보는 나도 뿌듯하겠죠.

다시 소파에 앉아 있는 지금으로 돌아왔어요. 반려견은 여전히 내 곁에서 코를 골고 있고 나는 오늘 펼쳐질 하루를 그려봤어요. 함께 산책을 다녀올 시간도 있고, 혼자 방에서 선물을 포장할 시간도 넉넉했어요. 내가 만든 음식을 같이 먼저 조금씩 맛볼 수도 있고, 우연인 척 겨우살이나무 장식 아래 둘이 서 있다가 뽀뽀해도 좋겠죠. 그러다 어스름이 내려앉으면 근사한 옷을 차려입고 난롯불과 촛불을 켠 뒤, 준비한 음식을 다 차려놓고 와인을 딸 거예요. 그러고는 우리집 입구로 하나둘 모일 친구들을 기다리면 돼요.

어렸을 때는 소파에 앉아 옛날 크리스마스 영화를 보면서 어른이 되면 크리스마스 때마다 기차를 타고 눈 덮인 교외를 달려 어디론가 가거나 화려한 칵테일 클럽에서 밤을 보낼 거라고 상상했어요. 사람들이 스키 리조트의 별장에서 갑자기 탭댄스를 추기 시작한다거나, 그것도 아니면 최소한, 글쎄요…… 머핏들* 정도는 홀연히 나타나

---

* 미국의 TV 프로그램 〈더 머핏 쇼〉와 영화 등에 등장한 유명 꼭두각시 캐릭터들. 개구리 인형 '커밋'이 대표적이다.

지 않을까 기대했죠. 그런데 실제로 어른이 되고 보니 연휴는 최대한 단출하게 보내고 있네요. 내가 제일 하고 싶은 걸 하고, 내가 가족이라 부르는 사람들 곁에 있고, 갓 쌓인 눈이나 남의 집 창으로 들여다보이는 조명 장식한 크리스마스트리를 감상하면서요. 그리고 소파에 개랑 나란히 앉아 혀에 감기는 따뜻한 음료 한 잔을 마시면서, 이렇게 한 해를 또 함께하게 된 것에 감사하면서요.

　좋은 꿈 꿔요.

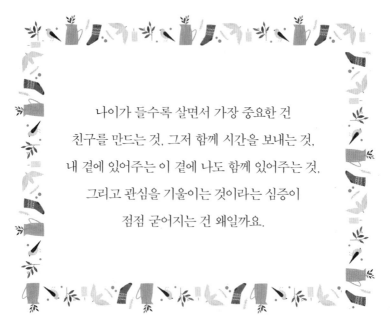

나이가 들수록 살면서 가장 중요한 건
친구를 만드는 것, 그저 함께 시간을 보내는 것,
내 곁에 있어주는 이 곁에 나도 함께 있어주는 것,
그리고 관심을 기울이는 것이라는 심증이
점점 굳어지는 건 왜일까요.

정신없는 연휴에
마음의 평정을 찾기 위한 명상

. . . . .

다른 사람들과 떨어져서 잠시 혼자 조용히 앉거나 누워 있을 수 있는 곳으로 가세요.

편안하게 느껴지는 자세로 앉거나 누우세요. 눈을 감고 코로 숨을 깊이 들이마시고 한숨을 쉬듯 입으로 내뱉어요. 다시 입을 다물고 이제부터는 자연스럽게 코로 호흡해요. 당장 지금 이 순간에 집중하라고 마음에 강요하는 대신 머릿속 생각들이 서서히 잦아들도록 내버려두세요.

잠시 동안 그냥 마음 가는 대로 느껴보세요. 할일이 너무 많아서 조급한 마음이 들 수도 있어요. 옛 기억이나 따라야 할 집안 전통이 떠올라 압박감을 느끼거나 걱정이 될 수도 있어요. 곧 도착할 사람들 혹은 이미 와 있는 사람들 때문에, 가족만이 불러일으킬 수 있는 설렘 반 초조함 반의 상태가 됐을 수도 있고요. 아니면 편안하고 이완된 마음으로 그냥 다른 사람들과 연결된 기분을 느끼고 싶을 수도 있겠지요. 어떤 기분이든 그대로 괜찮아요. 현재의 마음 상태와 감정에 주목하면서, 그에 상응하는 몸의 감각을 의식해보세요. 모든 감정은 신체적 감각을 발생시킵니다. 그 감각의 반응을 읽을 줄 알면 조기 경보 시스템을 구축할 수 있고 나아가 자기 자신에 대한 통찰도 두루 얻을 수 있답니다.

자신의 감정에 온 신경을 집중하고, 그것을 억지로 바꾸려 하지 않고 진중하게 귀를 기울이다보면 감정이 차차 가라앉는다는 것을 알아챌 거예요. 나는 이 현상이 어찌 보면 레스토랑에서 친구를 만나는 것과 비슷하다고 생각해요. 내가 레스토랑 문으로 들어서면 나를 먼저 본 친구가 팔을 번쩍 들고 마구 흔들겠지요. 하지만 일단 시선을 맞추면 친구는 팔을 내리고 긴장을 풀 거예요. 상대방이 자신을 봤기에 아까보다 차분해진 거예요. 우리의 마음과 정신을 가득 채우고 끊임없이 보채는 감정들도 마찬가지예요. 하나하나 보고 느껴줘야 해요. 일단 그렇게 해주면 보통은 잠잠해진답니다.

자기 안의 파도가 찰랑찰랑한 잔물결 정도로 가라앉았으면 이제 콧방울 밑 윗입술 위의 작은 부위로 주의를 돌려봐요. 숨이 들어가고 나가는 걸 의식해보세요. 생각이 산만하게 배회하면, 그 생각이 어디로 향하는지 확인만 해요. 생각이 다른 데 가 있는데도 그렇지 않은 척할 필요 없어요. 그냥 그 생각들을 똑바로 봐요. 그 생각들을 느껴봐요. 그런 다음 윗입술 위 조그만 이랑으로 돌아와 들숨 날숨을 의식해요.

명절의 북적거림에 다시 끼어들 준비가 됐으면, 한번 더 코로 숨을 들이쉬고 입으로 내쉬어요. 잘했어요.

감사의 말

　제일 먼저 사랑스러운 아내 재키에게 감사의 마음을 표합니다. 아내는 내가 『오늘도 별일 없었어요』 집필 아이디어를 처음 내놓은 그 순간부터 나를 격려하고 지지해주었습니다. 이 프로젝트의 성공에 재키가 놀라지 않은 것은 나와 내가 하고자 했던 일을 완전히 믿어주었기 때문이지요. 재키와 사랑에 빠진 뒤로 수천 가지 감사할 일이 생겼고 매일이 행복한 가능성으로 충만하답니다. 사람들이 언젠가 달콤한 이야깃거리가 떨어지는 날이 올 것 같으냐고 내게 물을 때마다 나는 미소를 지으며 자신 있게 고개를 저을 수 있어요. (재키, 미치도록 사랑해.)

　부모님께 감사드립니다. 아주 어릴 때부터 책과 이야기를 사랑하는 법을 가르쳐주셨고, 상상할 수 있는 것은 뭐든 이룰 수 있는 힘이 내게 있다는 믿음을 심어주셨어요. 나 자신에 대한 확신이 흔들릴 때마다 나에 대한 부모님의 믿음에서 힘을 얻었어요.

뛰어난 작가인 나의 형제 그레그에게 고마움을 전합니다. 전화로 (이 책 말고 다른 책의) 집필 아이디어를 들려주면서 우리가 사는 이 세상과 썩 어울리지 않는 책일 듯해 걱정이라고 하자, 그레그는 한마디를 해주었어요. "캐스린, 이곳에 없는 이야기는 다른 평행 세계에 어떻게든 존재하는 법이야. 그러니까 그냥 원하는 걸 써." 그래서 원하는 걸 썼죠.

내게 늘 친절하고 무한한 창의력과 인내심을 발휘하며 전심전력으로 지지해준 편집자님과 출판사 관계자 분들께도 감사드립니다. 이분들 덕분에 이렇게 특별한 형태의 위로가 수많은 독자들에게 가닿고, 또 내 평생의 가장 큰 꿈이 실현되었어요. 처음으로 책을 내는 이 초짜 작가에게 더 크고 더 역동적인 세계를 그리도록 용기를 북돋워준 펭귄 출판그룹의 메그 레더와 로라 도스키에게 특별히 감사의 말을 전합니다.

나의 에이전트 재키 카이저에게도 고마운 마음을 전합니다. 처음 전화로 이야기를 나눈 순간부터 재키는 내가 만들어내고자 하는 것이 무엇인지 직감적으로 완벽하게 파악했어요. 재키가 던진 질문들 덕분에 자극을 받아 글쓰기 뇌를 힘차게 돌릴 수 있었어요. 우리 둘이서 또 어떤 일을 꿈꾸고 이뤄낼지 정말 궁금해요.

아름다운 삽화를 그려준 레아 르 피베르에게도 감사합니다. 나는 머릿속에 뭔가를 그리는 재주가 없어서, 글로 묘사하는 것 말고는

『오늘도 별일 없었어요』의 세계를 구축하는 데 보탬이 되지 못했어요. 모두가 환영받는 기분을 느낄 수 있는 아름답고 포근한 마을을 창조한 건 순전히 레아였죠. 그 사실을 떠올릴 때마다 앞으로도 늘 고마울 거예요.

팟캐스트를 통해 헤아릴 수 없이 많은 이들에게 내 이야기를 전달할 수 있게 도와준 '큐어리어스캐스트'의 친구들에게 감사의 마음을 전합니다.

우리에게는 신이자 전설인 밥 위터스하임에게도 감사드립니다. 팟캐스트 사운드를 환상적으로 손봐주고 언제나 시간과 재능을 아낌없이 쏟아준 분이에요.

내가 제대로 이야기하는 법을 배워가는 동안 참을성 있게 들어준 모든 분들(팟캐스트 청취자들, 요가 스튜디오 회원들, 친구들)에게 감사드립니다.

우리에게 말과 시를 선물해주고 살아가는 법에 대해 조언을 남겨준 위대한 시인 메리 올리버에게 감사의 마음을 전합니다. 그분이 "주의를 기울여요. 실컷 놀라요. 그리고 그것을 말로 전달해요"라고 말하는 걸 들은 순간 나의 소명을 찾은 기분이었어요.

포근함 찾아보기

아래의 쪽수는 각 항목이 포함된 이야기의
첫번째 페이지를 표시한 것입니다.

옮긴이 **허형은**

번역하는 사람. 옮긴 책으로 『뜨거운 미래에 보내는 편지』 『하프 브로크』 『죽어 마땅한 자』
『디어 가브리엘』 『미친 사랑의 서』 『토베 얀손, 일과 사랑』 등이 있다.

오늘도 별일 없었어요
잠 못 이루는 밤 마음을 다독여줄 포근하고 잔잔한 이야기들

초판 인쇄 2023년 1월 10일 | 초판 발행 2023년 1월 20일

지은이 캐스린 니콜라이 | 옮긴이 허형은
기획 윤정민 | 책임편집 이봄이랑 | 편집 류기일 이현자 이희연
디자인 백주영 | 저작권 박지영 형소진 이영은 김하림
마케팅 정민호 이숙재 박치우 한민아 이민경 안남영 왕지경 김수현 정경주
브랜딩 함유지 함근아 김희숙 고보미 박민재 박진희 정승민
제작 강신은 김동욱 임현식 | 제작처 한영문화사

펴낸곳 (주)문학동네 | 펴낸이 김소영
출판등록 1993년 10월 22일 제2003-000045호
주소 10881 경기도 파주시 회동길 210
전자우편 editor@munhak.com | 대표전화 031) 955-8888 | 팩스 031) 955-8855
문의전화 031) 955-3578(마케팅) 031) 955-1929(편집)
문학동네카페 http://cafe.naver.com/mhdn
인스타그램 @munhakdongne | 트위터 @munhakdongne
북클럽문학동네 http://bookclubmunhak.com

ISBN 978-89-546-9087-4 03840

www.munhak.com